"创新报国 70 年"大型报告文学丛书

中国科学院 中国作家协会 中国科学技术协会 联合组织创作

世界屋脊的光芒

杨丰美 纪红建 著

浙江教育出版社·杭州

指导委员会、编辑委员会成员名单

总序

今年是中华人民共和国成立70周年。70年时间，在历史的长河中如白驹过隙，但在中华民族的历史上却是浓墨重彩。中国人民在中国共产党的领导下，从苦难深重的旧中国站起来，在一穷二白的条件下富起来，在百年未遇的变局中强起来，中国特色社会主义事业取得了一个又一个巨大成就。

成立于1949年11月1日的中国科学院，始终与祖国同行、与科学共进——70年来，在党中央、国务院的坚强领导下，几代科学院人不懈努力、顽强拼搏，始终以"创新科技、服务国家、造福人民"为己任，为我国经济发展、社会进步、国家安全等诸多方面作出了重大贡献，成为党、国家、人民可以依靠和信赖的国家战略科技力量。70年峥嵘岁月，中国科学院产出了一大批创新报国的科研成果，涌现出一大批创新报国的先进代表和典型事迹，几代中国科学院人共同谱写了创新报国的华彩乐章。

"创新报国"是中国科学院的优良传统。无论是1965年在世界上首次人工合成牛胰岛素，抑或1988年北京正负电子对撞机首次对撞成功，还是2017年构建天地一体化广域量子通信网络，中国科学院人创新报国矢志不渝。以北京正负电子对撞机为例，邓小平在参观北京正负电子对撞机国家实验室时指出："任何时候，中国都必须发展自己的高科技，在世界高科技领域占有一席之地……高科技的发展和成就，反映了一个国家和民族的能力，也是一个国家兴旺发达的标志。"北京正负电子对撞机的建成，奠定了我国在粒子物理学领域的国际领先地位，是继"两弹一星"之后，我国在高科技领域的又一重大突破性成就。党的十八大以来，习近平总书记始终把创新摆在国家发展战略全局的核心位置，指出"科技是国家强盛之基，创新是民族进步之魂"。中国科学院发扬创新报国的优良传统，不辱使命，再立新功，从"中国天眼"、散裂中子源等重大科技基础设施，到"悟空"号暗物质探测器、"墨子"号量子实验卫星、"慧眼"硬X射线调制望远镜卫星等系列科学实验卫星，再到铁基高温超导、多光子纠缠、中微子振荡新模式、水稻分子育种、量子反常霍尔效应等基础前沿重大创新成果，都充分体现了国家战略科技力量的使命担当和实力水平。

"创新报国"是中国科学院人科学精神的集中体现。无论是扎根边疆、献身植物科学研究的蔡希陶先生，坚持实地调研、重视一手资料的地理学家周立三院士，还是时代楷模"天眼"巨匠南仁东先生、药理学家王逸平先生，他们都用毕生的科学实践诠释了求实、创新、奉献、爱国的科学精神。以南仁东先生为例，为了给"天眼"选址，他跋山涉水，在贵州的深山里奔波了12年；身为项目首席科学家兼总工程师，他淡泊名利，长期默默无闻工作在一线。我们要珍惜这些宝贵的精神财富，大力弘扬他们在科研工作中体现出来的科学精神和专业精神，营造良好的创新文化氛围，推动创新文化建设，增强广大科研工作者的历史使命感和责任感。

"创新报国"是中国科学院科学文化的核心理念。科学文化是影响创造性科研活动最深刻的因素，是科学家创造力最持久的内在源泉。基础研究和原始创新要求科学家具有勇于探索、敢为人先的创新精神，严谨认真、锲而不舍的治学态度，无私忘我、甘于奉献的崇高人格，不辱使命、至诚报国的伟大情怀。中华人民共和国成立之初，百废待兴、百业待举。竺可桢、吴有训等一批饱经战火洗礼的爱国科学家毅然选择留在新中国；赵忠尧、钱学森、郭永怀等一批优秀科学家纷纷放弃海外优厚的生活条件，克服重重阻挠回到祖国。在当时十分艰苦的条件下，他们以高度的爱国热忱投身于新中国的科技事业，积极参与新组建的中国科学院的建设，研制"两弹一星"，制定"十二年科技规划"等，使新中国许多空白领域得到填补，新兴学科得到发展。中国科学院70年的奋斗历程，始终依靠的就是这种文化和精神，我们必须珍视和弘扬。

　　"创新报国"对新时期我国科学文化建设具有重要意义。科学文化本质上是一套行为准则、社会规范和价值体系，包含科学知识、科学方法、科学思想、科学精神等方面。一方面，"创新报国"已经内化为我国科学文化的一部分。"服务国家、造福人民"不但是广大科技工作者的历史使命和社会责任，也是科技工作的出发点和落脚点。另一方面，科技工作者在具体的创新活动实践中，不断深化和丰富了科学文化的内涵。他们所取得的面向世界科技前沿、面向国家重大需求、面向国民经济主战场的创新成果，帮助我们进一步坚定了民族自信和文化自信，为科学文化建设提供了强有力的科技支撑。

　　五年前，出于提高全民族科学文化素养的共同责任，中国科学院、中国作家协会、中国科学技术协会前瞻性地部署了"创新报国70年"大型报告文学丛书项目，目的是聚焦"创新报国"的主题，回顾我国70年重大创新成就，展现杰出科技工作者群体风貌，倡导科学精神、奉献精神和创新精神，弘扬爱国主义、集体主义和理想主义。

　　五年时光，倏忽而逝。这期间，作家舟车劳顿、深入基层采风，审读专家埋首伏案、逐字逐句精心审读，中国科学院研究所同志翻检档案、提供支撑保障，中国作家协会、中国科学技术协会、中国科学院机关和工作团队的同志们鼎力支持、居间协调，浙江教育出版社的同志仔细审稿、严控质量。几许不眠夜，甘苦寸心知。而今，"创新报国70年"大型报告文学丛书首批作品即将付梓与读者见面，相信这批融合了科学与文化、倾注了心血与智慧的作品，这套向历史致敬、向时代献礼的报告文学，能让我们重温激情燃烧、砥砺奋进的70年岁月，进一步坚定执着前行、无悔奋斗的信念，去努力实现建成世界科技强国的美好梦想。

中国科学院院长、党组书记

中国科学院学部主席团执行主席

白春礼

2019年6月

目录

世界屋脊解密人

青藏高原，总面积约 250 万平方千米，大部分地区海拔 4000 米以上，素有"世界屋脊""世界第三极"之称。这是一片神秘的土地！长期以来，无数双眼睛盯着这片土地，无数的脚步踏入这片土地，多少隐藏其中的奥秘像金子般被挖掘出来，闪耀在阳光下。那一个个勇于探索的灵魂，幻化成熠熠夺目的光彩，照亮后来者的路。

中国青藏高原综合科学考察（简称"青藏科考"）就是其中最夺目的一颗明珠！

中华人民共和国成立以前，青藏高原艰险的自然环境和封闭的社会环境阻挡了人们探索的脚步，只有极少数外国探险家和传教士曾涉足这片土地，然而，他们脚步所到之处只是极少数地方，收集到的也只是片面和零星的资料。青藏高原，仿若一条古老的巨龙，静卧在中国的苍茫大地上，神秘又巍峨！

中华人民共和国的成立敲响了希望的晨钟！党和政府决定要掀开青藏高原神秘的面纱，中国科学工作者迎来了深入青藏的绝佳机会。

在党和国家的号召下，从 20 世纪 50 年代初至 60 年代末，我国科学工作者对青藏高原进行了一系列区域性、专题性的科学考察研究工作。1951 年，国家政务院委派中国科学院（简称"中科院"）组织随军工作队进入西藏开展科学考察。1959—1960 年，1966—1968 年，中科院两次组织对珠穆朗玛峰地区的科学考察。同时，1959—1960 年，中科院组织了对西部地区南水北调工程的综合科学考察；1960—1961 年，中科院西藏综合考察队深入西藏，对局部地区进行了地理、地质、农业、水利、经济等领域的专业考察；1964 年，中科院和国家体委共同组成希夏邦马峰科学考察队，对希夏邦马峰地区进行科学考察；1966 年，中科院西藏综合考察队再次开展以农业资源开发为主题的科学考察工作；等等。这些考察及类似的工作，都是我国对青藏高原早期的现代科学探索。

初来乍到，勇敢的中国科学家顶着高山反应带来的诸多不适，如饥似渴地挖掘着第一手科学资料，争分夺秒，孜孜以求。这些工作，为接下来的大规模科学考察奠定了基础。

1972 年，中科院制定了《中国科学院青藏高原综合科学考察规划》，明确这次科学考察的中心任务是"阐明高原地质发展的历史及隆升的原因，分析高原隆起后对自然环境和人类活动的影响，研究自然条件和自然资源的特点及其利用改造的方向和途径"，规划长达 8 年。

1973 年，中国科学院青藏高原综合科学考察队（简称"青藏队"）成立，浩大的青藏高原科学考察正式拉开序幕，来自全国多地，研究领域分属几十个专业的科学工作者组成了一支劲旅，浩浩荡荡进军青藏高原这一世界极地。

孙鸿烈院士是亲历者，更是主要负责人，他在《青藏高原科学考察研究的回顾与展望》一文中，如此描述 20 世纪 70 年代规模宏大的青藏科考：

从 1973 年到 1980 年，考察队先后组织有关研究所、高等院校、生产部门数十个单位，40 余个专业，770 余人次参加考察研究工作。考察区域从喜马拉雅山脉到藏北无人区，从横断山区到阿里高原，考察队员的足迹几乎遍布青藏高原全境。他们克服了各种艰难困苦，获得了数以万计的第一手科学资料。例如：发现了多条蛇绿岩带、喜马拉雅地热带、三趾马动物群化石、恐龙化石、盐类矿床和油气显示；观测到珠峰旗云、珠峰地面的强力加热作用、冰川风；采集到野生大麦和野生小麦、7 个植物新属、300 多个植物新种，以及 20 个昆虫新属、400 多个昆虫新种，缺翅目昆虫的发现填补了一个"目"的空白。经过 5 年的野外工作和近 4 年的室内总结，撰写出版了"青藏高原科学考察丛书"共 36 部 41 册专著。1978 年全国科学大会上，中国科学院青藏高原综合科学考察队受到国务院嘉奖；1980 年在北京举办了青藏高原国际科学讨论会，开启了高原科研国际合作的新局面。"青藏高原隆起及其对自然环境与人类活动影响的综合研究"项目于 1986 年获中国科学院科学技术进步奖特等奖，1987 年获国家自然科学一等奖，1989 年获陈嘉庚地球科学奖。

孙院士总结的成绩已是蔚为壮观，但科学探索的脚步却不止于此。

在这之后，20 世纪 80 年代，中科院又组织了横断山区、南迦巴瓦峰地区、喀喇昆仑—昆仑山地区和可可西里地区的综合科学考察。青藏高原自然地带的划分，第五缝合带的提出，高原生物区系的组成、起源和演化的过程及规律，高原对周边生态与环境影响的揭示等，都是这一阶段取得的为人所称颂的成就。

从 1973 年开始，到 1992 年结束，这 20 年的时间里，科学家们提出了诸多重大科学命题，填补了众多领域的空白，进行了广泛服务于青藏高原各地的有益实践。

20 世纪 90 年代，青藏科考迎来了新的机遇和挑战。1992 年到 2003 年的 12 年时间里，青藏科考队的不少单位相继承担了国家三项重大基础科研项目：一为国家"八五"攀登计划、中科院"八五"重大基础研究项目"青藏高原形成演化、环境变迁与生态系统研究"，二为国家"九五"攀登计划预选、中科院"九五"重大基础研究项目"青藏高原环境变化与区域可持续发展"，三为国家重点基础研究发展规划项目"青藏高原形成演化及其环境、资源效应"。孙鸿烈和郑度先后担任了项目的首席科学家。在这个过程中，科学家们不断攀登、不断深入、不断求索。如此一来，青藏高原不仅在海拔高度上是世界高地，其科学意义和对人类的价值同样堪称世界高地。

在多年的协同作战中，青藏高原科考队在国家部委、地方政府、驻边军队、当地百姓的支持下深入极地，取得了令世界瞩目的成就。在1980年中科院组织的国际学术会议上，我国科学工作者将一个个前所未有、令人瞩目的成果呈现在世人面前，令多位与会的国外知名科学家惊叹和称颂。科学无国界，青藏高原抓住了国际科学界的眼球。自国际会议之后，越来越多的国家寻求与我国合作；在改革开放政策的引导下，我国科学界也向世界伸出了橄榄枝。越来越多的国际知名学者深入青藏腹地，与我国科学家共同探究世界屋脊的奥秘。青藏高原成了名副其实的世界极地。

我们为这一宏大时代命题所感召，深入其中，深入了解。在震惊世界的丰硕成果背后，我们看到了一个个令人感动、令人敬佩的人和故事。几十年峥嵘岁月，在高寒低氧之地、无人之地等人类生存极为艰难的地方，近千名科学工作者却明知山有虎，偏向虎山行。他们怀着满腔爱国之情，将生死置之度外，忍受着风吹雪打，忍受着日头暴晒，行走在危险的泥沼里，攀登在皑皑的冰川上……他们有的牙齿掉光了，有的头发掉没了，有的甚至年纪轻轻失去了生命……可他们没有后悔，没有畏惧。因为他们要完成的是国家使命，人类使命！

青藏科考团结了一批具有科学献身精神的人，也造就了一批走在科学前沿的科学家。以40余位两院院士为代表的"老青藏"们用生命谱写了关于青藏、关于人类的赞曲。这样的赞曲，延续至今，以至未来。这样的精神流淌进了一批批活跃在青藏高原科学考察第一线的中青年科学家的血液里，流淌进了一个个中国青年的内心深处。

如今，那一批早期活跃在青藏高原地区，揭开青藏高原神秘面纱的科学家，有的已经作古，有的已是耄耋之年，有的疾病缠身。我们来不及一一"抢救"他们记忆深处的关于青藏的故事，只尽力寻访了十几位老青藏，听他们讲那金子般的岁月，讲那行走在生命边缘线上的艰难考察，讲那不分彼此、生死与共的深厚情谊。每每听得入了神，便以为自己也深入了青藏高原的无人区、茫茫草原、原始森林、巍峨冰川……有无尽的酸楚，亦有无尽的喜悦；有数不清的艰辛，亦有数不清的惊喜。本书只盼能从所见所闻的故事中，还原当时的一二情状，以献礼中华人民共和国成立70周年，以致敬伟大的青藏科考，致敬为这片土地、为我们的国家奉献了几十年甚至是一辈子的老青藏们，也致敬即将投身这一事业的科学家们！

青藏科考是一部可歌可泣的史诗，是一篇壮烈豪迈的华章。我们的使命是尽可能将这段历史记录下来，让这伟大的精神熔铸到人性深处，继往开来！

第一章　艰难的拓荒

Chapter One

如果说青藏科考是一部悲壮的史诗，那么走在最前头的开拓者便是这首诗最打眼的第一句。那些荒山野岭，那些冰川雪地，那些荆棘丛林，那些暗沼湿地，所有的危险仅是先行者们脚底的波澜，坚毅绑在腿上，乾坤长在心间。多少人前赴后继，终于用布满老茧抑或血迹斑斑的双手，一层一层揭开了神秘土地的面纱，让后来者，透过那窗户，看到耀眼的光。

一、凿开一扇窗

乌云铺在头顶上，一场雷暴如箭在弦！

刘慎谔撩开盖在脸上的枯草般的长发，望了望头顶的天和远处沟壑纵横的地，竟没有发现一处可以安身的，连一棵像样的树都没有。

果不其然，雷雨劈头盖脸地打下来，刘慎谔被浑身淋了个遍，满脸的胡须也洗了个澡，雨水穿过破衣烂衫渗进皮肤，冷得他直打寒噤！

"这鬼天气！"刘慎谔无可奈何地哆嗦着。

好像"鬼天气"听到了人的不满，把太阳叫出来看热闹了。太阳一出来，态度不太友好，强烈的紫外线穿射过稀薄的空气，晒得人眩晕，像明灿灿的火，仿佛是在晒笑，笑这个闯入"生命禁区"的不知死活的人。

刘慎谔那几片破烂衣服很快被烘干了。他只觉脸皮辣辣的，像被灼伤了一般。他竟开始想念刚才的雨，可太阳没打算放过他。

"这鬼天气！"刘慎谔张合着被晒焦的嘴唇。

这是 1932 年藏北高原上的一天。

北平研究院植物所主任刘慎谔，刚刚完成西北考察团新疆考察任务，取道西昆仑古里雅山口，穿行藏北高原西侧，准备进入印度境内。

这一年，刘慎谔才 35 岁。可藏北高原酷寒的风雪已经给他种上了胡子，又抹上了一层泥沙般的土黄，看起来像个衣衫褴褛的老头。

他不是不知道藏北素来被称为"无人区"，进入藏北无疑是把脑袋别在裤腰带上，可作为植物学家的他实在受不住来自神秘之地的诱惑，他必须去探一探究竟。他如饥似渴地采集着标本，沉浸在新的发现中。

突然，他听到有人说话。紧接着，他抬起头，看到一个奇怪的汉子正拿着刀对着他，嘴里说着一些听不懂的话。

刘慎谔先是被吓了一跳，在这人迹罕见的荒原上，竟能遇到人！

汉子也被吓到了，犷悍中又有些惊慌失措。

两个人连比带画地交流了半天，刘慎谔才弄明白，对方只是想谋些钱财，并未打算要他的性命。

刘慎谔大方地摊开行李，汉子喜出望外，继而又大失所望。原来，这个奇怪的人冒着生命危险路经此处，并不是运送什么珍贵的东西，身上甚至连一件像样的值钱东西都没有。他只是背了一行囊"没用"的废报纸和花花草草。可气的是，这个人还将这些东西视若珍宝，一直用恳求的眼神望着他，请求他不要损坏其中的任何一样。

抢劫的汉子再三翻看，实在一无所获，只得失落地放行。

刘慎谔侥幸躲过了一劫，继续上路，踏入了他也不曾了解的苍茫旅途。

一年多时间，杳无音讯，家人和朋友无不以为刘慎谔已葬身于藏北的酷寒禁区。直到接到他从印度发来的求寄路费的电报，这才确认，他已经完成了前无古人的壮举。

那一年，刘慎谔带回了 2000 多号标本！

在那之后不久的 1934 年，另一位广为后人感念的独行侠式的传奇人物——气象学家徐近之，受时任中研院气象研究所所长竺可桢委派，担任资源委员会青康藏调查员，随商队自青海进藏。

在科技尚不发达的 20 世纪 30 年代，一位气象学家到青藏能做什么呢？徐近之带去了量雨筒，他在拉萨建起了高原上第一个测候所，又在八廓街房顶上第一次放上了量雨筒。

将近 3 个月的时间，这个年纪仅有 26 岁的年轻人一路跋涉，一路观察。当他发现自己气喘吁吁，越来越使不上力气，头昏脑涨得厉害的时候，他知道，是海拔在抬升。可眼下没有测量海拔的好办法，而他又必须测定海拔，怎么办？他将自己脑子里那点货倒了出来，提出了"煮沸法"，即，以沸点的高低换算海拔的高程。

历经艰辛，他终于来到珠峰地区。他像所有虔诚的卫士一般，抬头仰望峰顶。白皑皑的珠峰高耸云端，肃穆、冷峻，引人入胜！他细细观察着，期待看到白皑皑之外的新颜色。一朵朵可爱的白云闯入他的视野。啊，还有这么可人的景致，徐近之将云朵装进了心里。他追着云朵的方向，不断追问"它是怎么形成的"。他也顾不得身体的不适了，在高寒的环境中，沿着云朵的方向追——他一定得推论出个来龙去脉来。

徐近之是花了多少时间，经过怎样的艰难跋涉才找到答案，我们不得而知。我们从后来的文献资料上看到的是，他对这一天气现象做了详细的记录："珠穆朗玛峰东南面上升的潮湿气流和强烈的西风相遇时，山头遂有向东伸出的旗状云。"这，是对珠峰"旗云"的首次记录。

之后，徐近之又绕道横断山，在藏东、川西至云南一带，艰难跋涉和考察了两个多月。回去之后，他虽然远赴英美留学，却将青藏装进了心中，成了他一生的牵挂。1946 年归国后，他就职于南京某高校，教书的同时，还致力于地理文献学的研究。当他看到关于青藏的科学文献时，青藏的神秘光芒又闪现在他的脑海。人在书斋，他也能为青藏的研究做一些事情，不是吗？

徐近之有了这份心思，借着研究的便利，从文献库中穷搜博采，终于完成了代表作之一——《青康藏高原及毗连地区西文文献目录》，将此前一个多世纪的相关科学文献罗列其中，兼及背景介绍、调查史要，并附调查者小传。资料来源包括英、法、德、意、俄诸语种，也包括荷兰、波兰、匈牙利、捷克、瑞典、丹麦、拉丁文等小语种；内容包括地质地理地形、古生物、冰川、气候、动植物、测量制图，等等，总计 26 类。1958 年正式出版。

中华人民共和国成立后，青藏高原综合考察被列入国家 57 项重大任务之一，亟待整理相关资料做参考工具书，徐近之以一人之力，耗时 6 年，编写完成了《青藏自然地理资料》。地文部分于 1960 年出版，这本书青藏科考队员几乎人手一册，其作用，说它类似于初学汉字的人手中的《新华字典》亦不为过。

在那个对青藏高原知之甚少的年代，前人的足迹无疑闪着宝贵的金光。诸如刘慎谔和徐近之这样的前辈，提供给后来人的，除了可供参考的资料，更重要的是不畏艰险、勇往直前的精神。而徐近之又为何要费尽心力整理前人留下来的零零星星的资料呢？因为那里典藏着历史，亦启示着未来。

徐近之的材料源于何处？源自对青藏高原更早的科学探索。我们以为，在此应作一简单回溯。

事实上，西方人以"科学"的名义踏入青藏高原可以追溯到 19 世纪下半叶。在 19 世纪中叶到 20 世纪初，完备的地学、博物学研究体系尚未传入我国。

在青藏高原这片神秘的土地上，当时绝大多数外国人的到访都属于不请自来。或许是探险的欲望驱动了一颗颗蠢蠢欲动的心，也或许是科学的魅力催生了一个个勇敢的步履，总之，他们可以说是千方百计，历尽千难万险来到青藏这片神秘之地。他们中间有科学家、探险者，也有传教士，还有为各自利益驱动的间谍，等等。当然，也有极少数人是为当时的政府所允许进入青藏高原的。无论出于什么目的，这一批外国涉险者成了早期到达青藏，将青藏的奥秘掘出零星半点，并将其展露人前的先行者。

其中，最著名者当首推瑞典探险家斯文·赫定，他可是个多才多艺的人物——擅长画画，会写文章，满腹才学，艺高胆大。他画的画极好看，他的书基本自配插图。想象一下，在青藏大地上，行走着这么一个人物：他戴着眼镜和帽子，穿着厚厚的大棉袄，有时还夹着画板。他饱经风霜的脸上写满了江湖气，可他又像个文质彬彬的思考者。他常常一个人领着一群驮畜和雇工，行走在苍茫大地上，一走就是几个月，甚至一两年。

据资料记载，在 1899 年到 1935 年期间，斯文·赫定四次到达中国西部，甚至穿越藏北高原无人区，此间，他自称"以死为侣"。他花费那么多的时间，冒着生命危险在青藏"挖"到了什么宝贝呢？那可是个浩大的工程。

大至地质地理、河源水文，小至动物、植物、古物等，斯文·赫定都在想方设法一探究竟。他在《亚洲腹地旅行记》等书文图册中，记录了一路所闻所见所历。这位博物学家是个集大成者。在之后的岁月里，凡涉及青藏的研究，不论什么专业、什么学科，都多多少少受到他的影响。

斯文·赫定半个世纪的探险生涯中，绝大多数时间行走在中亚和中国。他发现了楼兰古城，并首次描述了罗布泊沙漠雅丹地貌的成因；调查了帕米尔山脉、塔克拉玛干沙漠和博斯腾湖；还到达了玛旁雍错湖与冈仁波齐峰，填补了地图上西藏地区的大片空白。1898 年，斯文·赫定被瑞典人类学和地理学会授予"维加奖"。曾有人发起"斯文·赫定的遗产"国际计划，专门研究他的生平和业绩。不少中国科学家也参与其中，以纪念斯文·赫定。

1927 年，中国科学界组建西北考察团，首开中外合作的先河。中方团长相继由地质学家徐炳昶、袁复礼担任，外方团长正是大名鼎鼎的斯文·赫定。成员中有 17 人来自欧洲国家，其中当时大名鼎鼎的瑞典古脊椎生物学家博格·步林是斯文·赫定亲自邀请来的。

此前，博格·步林因发现了一枚"北京人"的人类下臼齿而闻名于世。加盟西北考察团之后，1928年盛夏，他率队到达甘肃，并在北山的南坡首次发掘了恐龙和哺乳动物化石。博格·步林旗开得胜，踌躇满志。却不料，接下来，他遇到一件惊险之事，令他一度沮丧不已。

在那兵荒马乱的年代，遭遇任何事都是有可能的。博格·步林遭遇了抢劫，被迫取消了前往新疆的计划，就近南下。然而，因祸得福，南下的路线正好是青藏高原的祁连山北麓和柴达木盆地。那可真是一个古生物化石的宝地，博格·步林喜出望外，一度在甘肃党河流域发现了距今3390万年到2303万年的塔奔布鲁克动物群，该动物群以小型哺乳动物为主。不久之后，他又发现了距今2303万年到533万年的以大型哺乳动物为主的柴达木动物群。这两大发现震惊了国内外，其意义之大令博格·步林始料未及。这一开拓性的成果为青藏高原及其周边地区新生代哺乳动物进化研究奠定了基础。半个世纪后，我国著名古生物学家邱占祥特意命名了一种"步氏和政羊"，以纪念博格·步林的开拓性功绩。

差不多同一时期，英国植物学家和园艺学家金敦·沃德在东喜马拉雅山一带活动了半个世纪之久，前后14次深入喜马拉雅山核心地段。在那个没有航拍技术的年代，他"看"到金沙江、澜沧江、怒江在不足200千米的狭隘之地并排南流，他快速记录下来，并称之为"三江并流"奇观。在那个地震监测台站稀少的年代，1950 年特大地震发生时，金敦·沃德恰好在雅鲁藏布江大峡谷以东作现场报道，国际上正是凭借这位亲历者的观察，确定了震级，并将震中位置确认在察隅或以南地区。他笔下的雅鲁藏布江大峡谷一带的"虹霞瀑布"，在大地震之后，再也寻不到踪迹，有不少人猜测，或许瀑布就是在这次大地震中消失的。这种曾经存在的，活在他笔下的自然奇观不在少数。在那个航测技术及卫星图片尚未问世的年代，金敦·沃德拍摄了大量的照片，为后来的青藏科考留存了难能可贵的参考资料。他当年拍摄的察隅阿扎冰川，几十年后成了冰川前进后退之类动态变化的参考坐标。诸如此类的贡献令这位探险者在中国声名鹊起。

和金敦·沃德类似，同样凭借成千上万与青藏相关的珍贵照片而为人们熟知的，还有美籍奥地利人约瑟夫·洛克。

沿着茶马古道走了多年，洛克醉心沿途所见的民族风情。于是，他举起相机，留下了一个个精彩的瞬间。洛克最为出名的故事，与一个美丽浪漫的名字——香格里拉息息相关。

大约 1922—1959 年，洛克活跃在横断山区。横断山区的美实在令他惊叹不已。洛克在一文中写道："我平生从未见过如此绮丽的景色。"文中他提到了"迭部"，这是甘南高原的一个县名，紧邻川北若尔盖。

洛克不断地写作，配上美丽的图片，在美国的诸多报纸上发表。当时,《消失的地平线》小说及电影风靡一时,"香格里拉"成为理想国的代名词。殊不知,正是洛克拍摄、描写横断山区的图文,为《消失的地平线》的作者提供了灵感。洛克的图文报道被视为"香格里拉"的缘起。

需要说明的是,洛克描述的香格里拉的确切位置尚无定论,有部分人认为是在比较偏南的川、滇、藏交错区,或者说是典型的横断山区。迭部位于横断山地区的北端,有部分人认为这里并非很典型的横断山区。无论如何,洛克在这片神秘的土地上获得了令人惊喜的灵感。

横断山区风景绮丽,是动植物的王国,也是西方园艺家的最爱之一。洛克采集了无数标本,那些耐寒的种子经哈佛大学阿诺德植物园培植,在北美、欧洲等地生根发芽,遍地开花。

据统计,截止到1949年10月1日,曾经到过青藏高原边缘地区考察的可以见到名字的外国科学家、探险家有50人以上,他们来自英国、美国、法国、德国、瑞典、奥地利、比利时等国。除此以外,还有很多不为后人所知的人物。在英文版图书《神山》中有这样的记录:从1808年到第二次世界大战结束,曾有数以百计的外国人来到西藏的冈仁波齐一带,除了登山狩猎,还有很多人是来采集标本、探测河源等的。

到达青藏的外国人虽不少,可我们发现一个问题,他们多游走在青藏高原边缘地区,能够进入西藏腹地者少之又少。他们所获得的资料多出自表面的某些外观或是现象,几乎没有系统化、规律化、规模化的研究成果。地质学家曾鼎乾在其《西藏地质调查简史》一文中列举了 1880 年以来，数十位西方地质学家抵达西藏地区的情况，其中，到达西藏腹地拉萨的，没有一个人。即使像斯文·赫定这样手持清政府官方准入文书的人，当他穿越藏北准备进入拉萨时，也遭到了阻拦，终究未能进入拉萨，只得西行出境。有不少外国间谍、密探乔装成僧侣、朝圣者，试图进入这片神秘之地，但终究没能得偿所愿。

所幸的是，真正深入西藏腹地做现代科学考察的还是中国人。

与刘慎谔穿越青藏高原差不多同一时间，高原上兴起了一波科考热潮：植物学家王启元深入察隅察瓦龙地区采集植物标本；吴征镒勇攀白马雪山；藏学名家任乃强深入横断山区，成为综合考察的先驱人物；"中国石油之父"孙健初受命奔赴甘肃、青海等地做地质调查，开发了玉门油田……

20 世纪 40 年代初，即使抗日战争进入最艰苦的时段，中国科学家进藏的脚步也未停歇。地质学家罗文柏和林文英带着最原始的地质锤、指南针、无液气压表，以及一幅比例尺为 1:1000000 的地图深入藏东一带，对该地的地质情况和人文地理作了详细论述。他们的成果最终体现在地质学家曾鼎乾所绘制的地质调查路线图上。遗憾的是，曾鼎乾本人却没有在自己绘制的地质调查线路图上留下足迹。

1940 年，国民政府派遣吴忠信前往拉萨主持十四世达赖喇嘛的坐床典礼。地学界老先生黄汲清得知了消息，觉得机会来了，赶紧安排曾鼎乾作为随员进藏考察。当时进入拉萨得借道印度，而印度还在英国的殖民统治之下，从印度借道的人必须向英印当局申请签证。尽管曾鼎乾隐瞒了自己的科学家身份，仍被英国人察觉，被拒之门外。

1951年，曾鼎乾本来有机会圆了自己进西藏腹地考察的梦想，无奈身体已经吃不消了。那一年，中科院受政务院委托，组建了首批西藏科学工作队随军进藏，工作队隶属于18军。为了安全和方便开展工作，队员全部穿着军装。此行的目的，是在西藏东部和中部开展地质、地理、气象、农业、畜牧、水利、医药、社会和语言等方面的调查工作。曾鼎乾被列入了名单，只是他最终没能渡过金沙江，只能将一腔热血托付给前行的队友，望着他们走向高原。

队友们没有辜负他的期望。全队57名队员中，43岁的崔克信年龄最大，18岁的汪缉安最小。39岁的地质学家李璞担任队长。李璞，1911年出生于今山东省威海市文登区，历任中国科学院地质研究所、地球化学研究所研究员。此行，工作队历时18个月，开了我国西藏雪域高原综合科考的先河。李璞带领地质考察队调查了近100个矿点，发现了20余种有用矿产；绘制了6幅比例尺为1∶500000的西藏东部路线地质图，对西藏东部的地层、岩浆活动、地质构造和矿产资源等进行了调查研究，改写了对这一地区地质认识的空白。20世纪60年代，李璞还开创了我国同位素年代学和同位素地球化学的研究领域。

北京农业大学教授、土壤学家李连捷担任工作队农业气象组组长。从 1951 年起的 3 年间，这个由 17 个人组成的考察队先后考察了西藏东部察雅、左贡、邦达等地的垦殖业、藏南农区、那曲牧区和亚东林区的自然条件，连同相关农林问题，撰写了《西藏农业考察报告》。根据他们的考察报告，在拉萨建立了七一农场（今西藏自治区农牧科学院所在地）。后来，七一农场一度成了青藏科考人员的物品供给地，而且在西藏自治区现代农业科技的发展中起到了前锋导向作用。他们没想到的是，半个世纪之后，中国科学院青藏高原研究所会在七一农场农科院大院里挂牌成立。这是后话。

这是新中国第一支青藏高原科学考察队，此后，青藏高原的科学考察工作展现出了大不同前的新气象，从最初的西方主导，转变为我国自力更生的综合科学考察。勇敢的科学家、探险家敲开了一扇透着亮光的窗户，在接下来的岁月里，千千万万的中国科学家循着这希望之光，打开了神秘殿堂的大门。

二、打开一扇门

在中国科学院的办公室里，刚刚完成一本黄土研究专著书稿的刘东生正在冥思苦想。黄土研究已整整十年了，他心中存了一个大大的疑问：我国的黄土与青藏高原及其高耸的冰川有没有关系？

在欧美，黄土的成因与冰川息息相关。此前，刘东生特意请教过李四光和黄汲清两位老先生。李四光说，研究第四纪必须研究冰川；黄汲清则说，研究古冰川需要从现代冰川做起。想来，是得去青藏高原一探究竟了！

正当他想得入神时，咚咚咚，敲门声响了起来。

一开门，原来是老队友施雅风！大名鼎鼎的施雅风是我国冰川学的开创者之一，也是冰川研究的领军人物。

"刘先生，我刚刚接到任务，要组建一支科学考察队配合中国登山队攀登希夏邦马峰，我第一个就想到了先生您！可愿同往啊?"施雅风屁股还没坐到椅子上,就欣喜地将此行的缘由抛了出来,他实在是有些激动。

这可真是想什么来什么。刘东生正在为心中的疑虑犯难,没想到机会就自己走到了面前。"当然,当然!"刘东生满口答应着。

这两位学界的翘楚没有过多的寒暄,几乎一拍即合。得了刘东生的支持,施雅风匆匆忙忙赶去跟竺可桢汇报。对于这样一个超强组合,竺可桢十分满意,当即委任二位为正、副队长,令其联袂主持 1964 年的希夏邦马峰科学考察。

这一年,施雅风 45 岁,刘东生 47 岁,堪称黄金年龄。在他们的身上,也已经裹满了黄金般的硕果。实践证明,刘、施二人是青藏科考中举足轻重的人物。其实,他们的故事,开始在更早以前。

事情要从 1956 年说起。

继 1951 年第一次组队入西藏科学考察之后,1956 年,国家制定了《1956—1967 年科学技术发展远景规划纲要》,西藏地区和横断山科学考察正式列入 57 项重大任务。由中科院主导,在青藏高原地区发起了"向科学进军"的行动!同时入藏工作的还有诸多兄弟单位,如国家测绘局、中国人民解放军总参谋部测绘局、地质矿产部、石油工业部等等。

中华人民共和国成立前后的那几年,中国人参加了中苏边境的多次攀登活动,均以苏联为主导。国际上不乏一些不好听的声音——"中国人是被苏联扶上去的"。当时的国务院副总理兼共和国第一任国家体委主任贺龙元帅、分管科研工作的副总理聂荣臻元帅等怎么能听得了这样的诬蔑之词。贺龙大笔一挥，决意尽快创建中国登山队和中国登山协会，组织中国人独立参加的登山活动，并且邀请科学工作者参与其中，令其意义重大又深远。

在中国登山协会成立大会上，贺龙指着外面，豪迈地说："中国这么大，高山这么多，山多宝多，解放的中国人民要踏上祖国的每一座高山，要给每座山峰做出结论，这是光荣的职责。"

贺龙的指示击中了在场每一位爱国人士的心，他们早就想为祖国的荣光贡献自己的一份力量。如今机会来了，他们争先恐后，将自己的一片丹心交给党和国家，只待吩咐。

登山科考应运而生，并成了这一时期的鲜明特征。

在登山科考的风潮下，仅中科院就连续组织了一系列科考活动。冰川研究是登山科考不可回避的重要内容。

冰川学的出现要追溯到 19 世纪中叶，中国的冰川学起步较晚。20世纪二三十年代，地质学家李四光便开始关注中国古冰川，但由于长期战乱和动荡，他始终没能推动这一学科发展，不免遗憾。直到 1957 年，崔之久受登山队邀请，并受时任中科院副院长竺可桢所托，深入青藏高原东部的贡嘎山研究冰川，冰川学在中国才算正式发端。

临行前，竺可桢约见崔之久，送了他一本英国人描述 1921

年珠峰登山的英文版图书，意味深长地叮嘱他要为中国冰川学的发展而努力。接了竺可桢的书，崔之久急不可耐地打开，准备研究，却发现另有玄机。图书扉页有题词："之久同志将去贡嘎山，赠此书以壮其行。"

看着苍劲有力的题词，崔之久内心久久不能平静。老前辈的一片丹心可见一斑，而他，一个初出茅庐的年轻人，能否背负所托？他心里在打鼓，但也下定决心，无论如何，一定得全力以赴去做这个事情。

冰川深处，险象环生，注定是一场生死考验。在贡嘎山登山科考中，不乏年纪轻轻葬身雪崩的队友。崔之久没有辜负国家的期望，在残酷的环境中生存了下来，并写就了《贡嘎山现代冰川初步观察》，被视为中国现代冰川学第一篇研究论文。此后，这位中国现代冰川学先行者继续转战青藏高原南北冰川中，为科学事业奋斗终生。

一年后，施雅风率队进军青藏高原北侧的祁连山。此时，他的身份是中科院地学部副学术秘书。置身于祁连山绵亘数千千米的冰雪世界中，冰川研究专家施雅风心生一念：河西走廊大部分地区缺水，坐拥如此巨大的固体水源，何不想办法加以利用，解决生活、灌溉等问题呢？回到兰州，施雅风跟甘肃省领导谈了想法，省领导拍案称绝，当即向中科院发出邀请。中科院方面很重视这个院、地合作的项目，委派施雅风挑选专家从北京赶赴兰州；甘肃方面也调集了当地的领导、生产部门骨干、高校力量等，很快汇集了 200 余人，联合组建成立了中科院高山冰雪利用研究队。这个队伍兵分 7 路，3 个月时间里攀登了 60 多条冰川。

苏联冰川学家道尔古辛来到祁连山七一冰川跟前，现场摆开讲学的阵势，指导插花杆测量方法；施雅风主讲地形地貌考察；大气物理学家高由禧主讲大气物理的知识。多管齐下，普及科学知识；多方合作，共同致力于冰川利用。

遗憾的是，一年之后，所有诸如"黑化"冰雪、撒土石粉等融冰的办法在偌大的坚冰面前都收效甚微，虽说出发点是非常好的，但真正要解决西北干旱的问题，恐怕还要另辟蹊径，做大量科学研究。

可喜的是，在现学现用的实践中，祁连山冰山群成了中国冰川学的策源地。以施雅风为首的一大批高端科学人才纷纷举家迁往兰州，成立了相应的科研机构，为中国培养了一大批科研人才。中国冰川学由此诞生，同时诞生的还有冻土学。1960 年，施雅风受命筹建冰川积雪冻土研究所，谢自楚、周幼吾等专业人才纷纷被请到了兰州。

"中国冰川学开拓者、奠基人""中国现代冰川之父""中国冰川学泰斗"等，头顶这些光鲜亮丽的头衔，施雅风举足轻重的地位不言而喻。2005 年 3 月，施雅风获得"甘肃省科技功臣"称号之后，刘东生作了这样一番评价："他是中国地理科学，特别是自然地理学等领域的开拓者和领导者之一。他有一种值得大家，尤其是年轻人学习的无私奉献的精神、不断创新的精神、勤恳实践的精神，归纳起来可以称之为'施雅风精神'。"评价十分中肯。刘东生为何对施雅风知之甚深？因为他们几乎是在同一时期成长起来的国家栋梁。

与施雅风率队奔赴祁连山、开创冰川学研究的同一年，刘东生领导的黄土高原纵横 10 条剖面大调查风风火火地展开了。1961 年，第六届国际第四纪研究联合会大会在波兰召开，刘东生作了"中国的黄土"学术报告。他介绍了关于中国黄土的研究成果，第一次证实了中国黄土的奇迹。在山西午城一个 120 米厚的黄土剖面上有 17 层古土壤，这表明第四纪至少有 17 次气候变化旋回。当时，国际上普遍信奉的是阿尔卑斯的 4 次气候变化模式，而刘东生所作的报告给第四纪气候变化带来了更复杂的图景。刘东生的研究成功将中国的黄土研究推向了新的高度，中国第四纪黄土研究走在了世界的前头。刘东生"黄土之父"的称号实至名归。

就是这么两位在各自学科中地位崇高的人组合成了一对黄金搭档，携手进军希夏邦马峰。强强联合的结果是，希夏邦马峰登山科考取得了卓著成绩，多年来被奉为野外工作的榜样。

希夏邦马峰，一片冰的天下，主冰川达索普冰川长 13.5 千米。在施雅风的带领下，崔之久、郑本兴、谢自楚等冰川学家向冰川高处进发，一路上绘制冰川图，细察冰结构、冰温度以及冰川形成条件等等。最终，他们到达 6200 米海拔高度。对冰川研究而言,海拔6200米不算非常高,但在当时的条件下却实属不易。所有的一切都为后来的冰川学人攀登冰川更高处打好了坚实基础,提供了参照蓝本。

冰川的美丽与神奇是自然界鬼斧神工般的创造,然而,这样的美丽像是带刺的玫瑰,可以说是危机四伏。已经研究冰川多年的施雅风站在晶莹剔透的冰洞前,不由得大发感慨:"冰川事业真是一项豪迈的事业,是勇敢者的事业啊!"这句话道出了多少冰川科学家的心声,已成为一句至理名言,激励了一代又一代冰川学人。几十年后,施雅风的学生姚檀栋带领团队来到希夏邦马峰,突破了新的高度,这或许是施雅风另一件值得骄傲的事情。这是后话。

当时,刘东生正醉心于跟石头打交道。由于中印公路正在施工,封存了亿万年的石头被开辟出来,裸露在外面,刘东生如获至宝。他拿着地质锤,仔细寻觅着,观察着,总想发现新端倪。

直到有一天,收工回营地的途中,北京地质学院教师张康富在海拔5900米处的冰川一侧捡到了一颗名不见经传的植物化石,一个新命题随之诞生。

张康富将石头交给了刘东生,刘东生拿起化石,对着光仔细地看了又看。啊,是一片阔叶!如此寸草不生的地方怎么会有阔叶?刘东生情绪激动起来了,他预感到,这颗小小的化石大有文章。后来,这样的化石不断露出地表而被采集到。

回到北京，这批叶化石和孢粉化石一起被送到中科院植物所，古植物学家徐仁做了鉴定。结果出来，徐仁惊讶了。他激动地告诉刘东生：化石里的叶是高山栎的叶，年龄仅有两三百万年！

高山栎？按照正常情况，高山栎生活在海拔 3000 米左右的区域，而发现的化石是在海拔近 6000 米的地方。也就是说，青藏高原的隆升应是晚近时代发生的事，近两三百万年时间里，青藏高原上升了两三千米。刘东生和他的队友们迫不及待地将发现整理加工成论文，论文一经发表，立即在国际地学界引起了轰动，随之产生的是一个新命题——高原隆升。

一枚叶化石激起千层浪，意义极为深远。半个世纪之后的今天，高原隆升问题依旧是青藏研究的热点问题之一。

希夏邦马峰的考察保质保量完成，这为研究青藏高原打开了一扇大门。外面的人渐渐看到了里面绚丽多姿的景致和若隐若现的奥秘。这是一股神奇的魔力，吸引着越来越多的人去探索，去挖掘，去深入其中。

不久之后，刘东生找到施雅风，一个更大的项目酝酿成形——他们要攀登珠峰。

三、向珠峰进发

真正将登山科考推向高潮的大行动，非珠峰科考莫属。

1958 年 8 月 30 日，中科院副院长竺可桢收到一封信函。

68 岁的老先生抬了抬眼镜框，对着窗外射进来的明光仔细瞧了瞧。信封上醒目地写着"中华人民共和国体育运动委员会"。"国家体委……"竺老心中犯疑，国家体委跟中科院有什么联系？经验老到的竺可桢也猜不出个所以然，他不急不缓地打开信函，见里面附了一页纸，纸上只写了两句不长不短的话：

中央批准我委邀请苏联探险队于 1958 年至 1960 年共同攀登珠穆朗玛峰计划。希望中国科学院在西藏的考察计划与登山活动结合起来，并具体参与组织领导！

原来如此！"这可是件大事！"竺可桢思忖着，旋即，将信函交给了秘书长裴丽生。

不久，中科院责令中国科学院自然资源综合考察委员会（简称"综考会"）组织成立中国珠穆朗玛峰登山科学考察队。其任务是对珠穆朗玛峰地区进行对国民经济具有现实意义的科学调查、研究，填补科学上的空白，为进一步研究西藏地区提供科学资料。

综考会，1956 年由中科院副院长竺可桢领导组建成立，是直属中国科学院的委员会，归属中科院直接领导。其任务是"协助院长、院务会议领导综合调查工作"。在《中国科学院自然资源综合考察委员会会志》上有如下记载：

1960 年以前，中国科学院各个考察队均属院部直接领导和管理，有的考察队，如黑龙江队，因是国际合作项目，则归国务院直接领导。这期间，综考会只起组织协调作用。1960 年实行队、会合并后，综考会对考察队实行直接领导。

又有：

近半个世纪以来，综考会先后组织了 850 多个单位、上百个专业、约 2 万人次参加了遍布全国 31 个省区的 40 多个大中型综合科学考察队、10 多个专题科考组、近 10 个科学试验示范站点的考察研究工作。

　　我们在这里着重介绍综考会，实在是因为在青藏科考的漫漫长途中，其所涉及的学科之多，人员之广，非综考会这样的综合协调机构不能组织。事实上，绝大多数青藏科考的大行动都是由综考会出面组织的。在动荡的年代，综考会虽然经过了几次变迁，但总体而言，综考会在青藏科考中所起的作用是至关重要的。

　　中尼边界，东经86°55′、北纬27°59′坐标点上，世界最高峰珠穆朗玛峰静静伫立。它好似一座金灿灿的塔，耸立在喜马拉雅群峰之巅，陡峭险峻的峰体上白茫茫一片，那洁白的颜色仿佛掩藏了整整一座山的奥秘。远远望去，高耸的珠峰恰似一个白皑皑的冰美人，拥有着神秘的吸引力，攀登者想攀到顶峰一睹风采，科学家想深入内部一睹真容。

　　在综考会的组织下，46名科学工作者轰轰烈烈地开进珠峰，此行，他们与登山队一起，背负着一个关乎国家声誉的大使命。

　　1960年的5月25日凌晨4点20分，珠穆朗玛峰的峰顶，三个年轻的中国人用尽力气挥舞着五星红旗。

　　"终于登上珠峰啦！"他们实在太激动了，气喘吁吁地喊叫起来。

　　三个年轻人的名字分别叫王富洲、屈银华和贡布。这是人类首次从北坡登顶珠峰，他们被载入了史册，亿万中国人为之激动、自豪。

按照国际登山惯例，登顶者必须有充足的登顶证据才能得到公认。这个证据至少包括：第一，登顶者必须在顶峰留下纪念品，供后人认可；第二，登顶者必须在顶峰拍摄 360 度的环境照片和登顶队员在顶峰的照片。由于种种原因，三个小伙子没能拍摄留下相关照片资料。

此时，空气稀薄的珠穆朗玛峰峰顶万籁俱寂，只有呼啸而来的风以及脚下盘绕在山周围的云。人，站在峰顶是那么渺小，又是那么单薄，好像一不小心就要被吹向九霄云外。刚刚经历了千难万险，三位攀登者好似在死神面前走了一遭，登上峰顶已是挑战了生命的极限，身体已经疲惫不堪，而下山的路程也是艰险万分。

山上空气稀薄，只能作短暂停留，匆匆瞻仰了一番混沌的天地后，三人决定下山。满腔的激动和热情将他们疲累的身躯武装起来，使他们感觉像腾云驾雾一般。他们要赶紧把登顶的好消息告诉全体国人，也告诉全世界！

顺利返回之后，三个小伙子被国人的欢欣鼓舞包围了。可是不久，国际上却响起了不一样的声音。有的国家说在山顶没有找到中国登山队留下的证据，因此国际登山界不应该承认此次登顶活动。在此后的科考活动中，无数的中国科学家为证实这次登顶而努力求索，也为了国人的荣誉而奋战。高登义就是其中一位，这是后话。

总而言之，1960 年的登顶虽然留下了争议，作为国人，却切切实实自豪了一把，因为我们相信，我们的登山健儿们确实登上了顶峰。这是中国登山队的伟大胜利，也是中科院珠峰科考队的伟大胜利。

或许是为了证明我国登山健儿的实力，国家体委决定 1967 年再次攀登珠穆朗玛峰，跟第一次攀登时一样，要求中科院也组织相应的科学考察。正好此时国家科委也给中科院下达了青藏高原科学考察的任务，作为第三个五年计划期间的"赶超"任务之一，综考会非常重视。

刘东生和施雅风在 1966 年的珠峰科考中再度联手，只是，这一次，他们俩互换了角色。中国科学院西藏科学考察队（简称"西藏科学考察队"）由刘东生担任队长，冷冰、施雅风、胡旭初为副队长。这支庞大的队伍包罗了来自全国各地各个专业和部门的 100 多名科技工作者。在接下来的几个月里，这 100 多名科技工作者要分工协作，围绕 5 个专题对珠峰展开考察。

他们在兰州会合，之后坐火车到河西走廊西边的安西。又转汽车到敦煌，翻过祁连山，到平均海拔约 2800 米的格尔木休整了两天，再开往珠穆朗玛峰。

1967 年 3 月的青藏高原，草木还未抽芽，寒冷又荒凉。

刘东生、施雅风等资历深厚的先生，经过了诸如希夏邦马峰等高寒山区的多次历练，早已对高山气候、高山环境有了一定的适应能力。这次整装待发，老一辈科学家们指望从珠峰挖出一些新"宝贝"来。

除了老先生，队伍里还有一批年轻的新面孔，这些新面孔很多是第一次到青藏高原。年纪轻轻、身强力壮的小年轻一开始感觉气力还够用,当大队伍行进到昆仑山南侧,来到海拔4700米的沱沱河畔住下时,高山反应如期而至。再年轻的体魄也经不住高山反应的折腾,一个个胃里翻江倒海,脑袋里七荤八素。气喘的、呕吐的,大有人在,营地俨然成了"难民营"。

这时,一个瘦削的年轻人走进了帐篷,他脸色苍白,好像大病了一场。可他强忍住痛苦,一副镇定自若的模样,走向每一位身体不适的队友,弯下身子凑到人家跟前去问:要不要吃点东西或是喝点水?队友直摇头,眯缝着眼睛,只想睡觉。明明肚子被掏空了,就是吃不下任何东西;明明很累很累,就是睡不着觉。那种感觉,年轻的小伙子感同身受,他自己正受着同样的折磨,可他一点办法也没有。这是他第一次进青藏高原,高山反应就像是天要下雨,拦都拦不住,只能自己扛过去。他手忙脚乱地清理着呕吐物,又力所能及地帮队友们解决生活需求,就这么忙忙碌碌一晚上。直到第二天早晨,他实在是受不住了,跑到帐篷外面,稀里哗啦将胃里的水都吐得干干净净。好在这样适应了两三天以后,大家的状况普遍好转,等到翻越唐古拉山之后,大伙儿就基本没什么高山反应了。

这个年轻小伙子叫郑度。1965年底,他接到院里的通知——参加珠峰科考。珠峰科考队分为5个组:地质与古生物、自然地理、冰川与气象、高山生理、大地测量。29岁的郑度被选入第二专题组,以助理实习员的身份,和助理研究员张荣祖一起考察自然地理，研究珠峰垂直自然带。第二专题组有 17 位成员，来自中科院地理所、动物所、植物所、微生物所、水生生物所、土壤所，还有北京大学等单位，郑度被分配兼管后勤。3 月底，郑度跟着大队伍，离开了北京。他与青藏从此结缘。

谁也不会想到，后来，这个名不见经传的小伙子会成为青藏科考的关键人物之一，会成为中国自然地理学的主要学科带头人之一，会成为国家重点基础研究项目"青藏高原形成演化及其环境资源效应"的首席科学家。

更令我们想不到的是，几十年后的今天，我们竟还能当面采访这样一位堪称伟大的科学家，从他的回忆中，"走进"青藏高原，走近青藏科考。

2018 年 10 月 16 日，我们来到中国科学院地理科学与资源研究所，见到了我国自然地理学科的主要带头人之一——郑度院士。

中国科学院地理科学与资源研究所（简称"地理资源所"），于 1999 年 9 月经中科院批准，由中国科学院地理研究所（前身是 1940 年成立的中国地理研究所）和综考会（1956 年成立）整合而成。由其组成可见，中科院地理资源所与青藏科考有着莫大的关系。一方面，青藏科考所涉及的专业人才有不少来自地理资源所；另一方面，其组成部分之一的综考会，正是本文前面所提到的对青藏科考有着莫大影响的组织机构。

郑度的办公室在地理资源所。在这样一位老科学家面前，我们竟一时乱了方寸，不知怎么称呼他为好，便学了中科院其他人的叫法，喊他郑先生——之后，我们遇到老科学家都尊称对方为"先生"。他显然已经习惯了这样的称呼，冲我们笑得很灿烂。

满头白发的郑先生 1936 年出生，接受采访时已经 82 岁了。那天，他穿着一身棕黄色的衣服，配着格子衬衫，纯净朴实中既有知识分子的涵养，又有一种脚贴大地的泥土气息。郑先生问我们是哪里人，我们道是湖南的。郑先生眼前一亮，思绪回到了 20 世纪 60 年代。原来，20 世纪 60 年代他在西北干旱地区做水面蒸发实验期间曾去过韶山，那时候的韶山对他而言就是一块得天独厚的实验地。当时他住在湖南老乡（他们一般管当地老百姓叫"老乡"，我们写作中也这么称呼）的家里，故而"湖南"二字勾起了他对过往岁月的追忆。回忆的闸门一旦打开，便如涓涓细流缓缓荡开了一条美丽弧线。那是郑度的青葱岁月，也是中国青藏科考的黄金岁月。

1936 年，郑度出生在广州揭阳市揭西县五经富镇，那是一个群山环绕、河道纵横的地方，也是客家人聚集的地方。客家人是从北方中原地区南下迁徙形成的，融合了古代中原民系和古越诸族的特质。迁徙和融合成就了客家人坚韧勇敢、适应能力强的品性。尽管所处环境多位于偏僻的山区，勤劳的客家人总能创造出自己的辉煌。郑度就是客家人。中小学、医院、礼拜堂等遍布在当时五经富镇的街头巷尾。在郑度出生的年代，五经富镇是整个客家教会的中心。正是这样的文化深深影响了小时候的郑度，也潜移默化地影响了他一生。

郑度的父亲是大埔人，1918年，当时才十三四岁的郑父跟着一个牧师去了爱尔兰。在爱尔兰，郑父自学了中学的知识。回到祖国之后，深受国外文化和教会文化影响的郑父开始在福建教英语。1925年前后，郑父又辗转到上海念大学，他的大学之路并不一帆风顺。他先是在圣约翰大学念了两年书，1927年又转到沪江大学继续读了两年书，最后取得了教育专业的学士学位。为进一步深造，1929年，郑父到燕京大学念了跟教会文化息息相关的神学院。1931年毕业的时候，郑父已经成为不可多得的高才生，全国各地的学校抢着要他这个人才，其中不乏城里的好学校。可是郑父都拒绝了，此时，他暗暗做了一个决定，他要到农村去，要为改变农村的现状尽自己一份力量。他来到了五经富镇。虽然深受西式教育的影响，可回到农村后的郑父却从来没有穿过西装，他长年累月穿着一袭长袍，完全是一个地地道道的中国教书先生。

郑度的外祖父和母亲都是文化人。郑度常听到外公给孩子们讲知书达理、友爱互助的道理。小舅舅涨工资了，外公会跟小舅舅说："你的工资要寄些去给哥哥姐姐的孩子，助他们读书。"在郑度的家中，父母亦是这样教导子女的。郑度有五个兄弟姐妹，他排行第二。郑家的家教比较严，平常不让玩扑克牌之类，弟弟有时带同学回家，小娃娃们讲了脏话，郑父教育极为严厉。

郑父是个严厉的人，同时也是个活跃的人。1979 年，74 岁的郑父还应邀到郑度所在的中科院地理研究所上英语课，时间不长，仅教了一年。但郑父的活跃给郑度的同事们留下了深刻的印象，郑父不仅英语教得好，还会指挥唱歌和讲故事。上过郑父课的同仁们不少跟郑度开玩笑："郑度，你太不像你的父亲了。"每逢此时，严肃的郑度只得无奈地摇摇脑袋。

在这样的家庭长大，郑度从小受到了良好的教育。他谦恭有礼、谨慎认真。然而命运总跟时代有着莫大的关系。

1937 年，抗日战争全面爆发，全国人民陷入了一场巨大的灾难，郑度生于那样一个时代，深受影响。好在五经富山多，受到战争的影响没那么大，郑度在五经富顺利地读着小学，直到 1945 年抗战胜利。次年，郑度随家搬到了汕头上小学。1948 年，他入读聿怀中学，直到 1954 年毕业，他以中南区排名第一的成绩被中山大学地理系录取。

当时，郑度一家老小生活比较拮据，好在读大学多半是国家扶助，这为郑家减轻了负担。

郑度来到中山大学地理系，与地理结下了一生的缘分。

在大学里，郑度的开支一方面来自国家补贴，一方面来自姨妈、舅舅等亲人的资助，这得益于外公的良好教育。郑度继承了这一友善的文化传统，参加工作之后，他也资助弟弟妹妹读书。

大学的日子并不轻松。作为地理专业的学生，郑度一年级就开始测量校园以及到校园周边做一些基本的实习，二年级做基础调查，三年级、四年级时则跑到更远的梅州实习，考察梅江流域。四年的学习为郑度打下了扎实的基础。

1958年大学毕业，郑度被分配到了中科院。作为客家人的他有着很强的适应能力，从南方到北方，郑度开始了新的征途。郑度的父母亲写得一手漂亮字，在那些"北漂"的日子里，他就是咀嚼着父母亲寄来的写着漂亮文字的书信以慰乡思。不过，客家人是不怕远方，不怕变迁的，郑度的父母从来都支持他们兄弟姐妹几个大胆追寻自己的梦想。

初来乍到，郑度受到了当时担任中科院地理研究所所长兼自然地理室主任的黄秉维的关注。黄秉维，广东人，中山大学地理系毕业。老乡兼校友的关系很快拉近了郑度跟前辈黄秉维的关系。见着郑度，黄秉维语重心长地对他说了一席话，大意是要他不要局限于自然地理，要与其他学科多联系，往综合研究方向发展。这样一番话对郑度后来的发展方向和人生选择起到了至关重要的作用。

紧接着，中科院综考会成立了治沙队。郑度跟着治沙队被派往准噶尔盆地的古尔班通古特沙漠。考察队伍只有六七位业务人员，他们却雇了30匹骆驼，其中15匹是用来驮水的。初入西北干旱地区，20岁出头的郑度感到身体诸多不适，先是流鼻血严重，再就是缺水难耐。但这些，他都一一克服了。再之后，郑度又被分配到甘肃民勤治沙站工作。

那时候工资不高,研究室实习员每月 46 元,转正之后 56 元。我们之后采访的科学家们,不唯郑度先生,但凡是郑先生这一批人,都是拿着 56 元一个月的工资进行科学考察的。对西北干旱区的考察和科研工作,郑度做了六七年。当时,竺可桢提出了"为农业服务"的口号。这期间,郑度就春小麦的蒸腾在民勤站做观测试验研究。而这一切都为他正式参加青藏科考打下了良好的基础。

时间来到 20 世纪 60 年代,郑度首次接触青藏高原,开始了他青藏科考的漫漫征途。

这次青藏科考行动,郑度领到的任务是观测气象。在去之前,他请所里的江爱良先生指导设计了适宜于野外使用的百叶箱。百叶箱的作用是防止太阳对仪器的直接辐射和地面对仪器的反射辐射,保护仪器免受强风、雨、雪等的影响,并使仪器感应部分有适当的通风,能真实感应外界空气温度和湿度的变化。出发之前,郑度还到长春气象仪器厂联系订购了 6 套温度计和湿度计,再把这些仪器交到综考会的后勤人员手中,由他们想办法空运到拉萨。之后,郑度到拉萨接了仪器,再跟车带到相应观测点。

不久之后,郑度跟随第二专题组地理组到达樟木,先是住在樟木兵站。樟木靠近尼泊尔,地势高差大,垂直自然分布带变化也很明显。郑度和地理组的成员们一起,从低到高,从海拔 1660 米到 4850 米分别布置了 6 个观测点。为了保持仪器的正常运转，科考队找了当地兵站及道班的同志协商，请他们帮忙换纸，而科考人员则大约一个礼拜去观测一次。垂直自然带变化的考察工作，除了动物学，几乎各个学科都要参与其中。樟木比较潮湿，科考队员们要做记录，要观测土壤剖面，还要采集植物标本、压标本，非常忙碌。好在大家齐心协力，经常在一起交流考察结果，考察顺利进行着。樟木考察告一段落之后，几个年轻人朝着海拔5000米的珠峰大本营奔去，到达目的地时已经是一个月之后了。

负责珠峰地区动物资源利用问题的年轻小伙冯祚建跟郑度一样，也在第二专题组。他的高山反应比较强烈。民间有句话：人到五道梁，不叫爹就叫娘。冯祚建深有体会。风呼啸而来，吹得他脑袋直晕乎，像要开裂一般。似乎睡着了，又似乎没睡着。醒着都像在做梦，晕晕乎乎难受得很。那几天的煎熬像是过了一道"鬼门关"。顺利通关之后，再进入青藏腹地，人又仿佛好了许多。

跟郑度一样，冯祚建也是个老青藏，而且他也是广东人。在之后的青藏科考中，动物考察研究的重任几乎落在他一个人的肩膀上。

我们是在中科院动物研究所见到冯祚建先生的，此时，他早已退休。

冯先生的头顶周边围着一圈白发，头发有些稀疏。他穿着一件老式西装，走路带风，看得出来，老先生身体还蛮健朗。初次见面，他说话竟有些老顽童的味道，颇为幽默。本来跟先生约了 10 点到中科院动物研究所标本楼采访，我们提议能不能早点，电话那头，先生满口答应："也行吧，我琢磨着打个的士过去铁定能赶上。"一听冯先生说话，就知道他是广东人，没想到他其实 19 岁就离开了家乡，几十年过去，还是乡音难改，广东口音一听就明。见着冯先生，莫名生出些亲切感，他可一点都没有大科学家的架子。

动物所的标本楼有一股消毒水的味道。冯先生已经退休好多年了，还留了一间办公室，偶尔过来做些事，倒也是不错的。先生不急不慢地把门打开，拿了个开水瓶准备出去打水，我们忙不迭地拦住他，他假作严肃地说："那可不行，远道而来，水还是要喝的嘛！"这样的冯先生有几分俏皮，几分慈祥。

1937 年 6 月，冯祚建出生在广东阳江，一座靠海的城市。他的童年生活十分贫穷。家里四个兄弟姐妹，他是老大。他的父母没什么文化，在他的家乡，当时绝大多数农民都如此，绝大多数孩子的心思没在学习上，可是冯祚建不一样，他想读书，他要读书。没人辅导功课，他就自己钻研；没有电，他就点着火水灯（煤油灯）复习功课。别的孩子玩耍的时候，他总是在埋头读书学习。当时，他也没多大理想，仅仅是酷爱读书而已。冯祚建的母亲儿时做过读书的梦，但他的外祖母认为女子无才便是德，不让女儿去读书。多年之后，冯祚建的母亲还藏了一肚子的埋怨。看到冯祚建成绩不错考上好的学校时，母亲二话不说，毅然支持儿子读书。

　　热爱读书的冯祚建成绩优秀，顺利地上了初中，又考上了高中。生物老师讲到的生物进化和自然现象给他留下了深刻印象，他模模糊糊地知道了一些道理：原来考古可以根据动物遗留的牙齿判断是什么样的动物，萤火虫的光大有文章，蜜蜂成群、蚂蚁搬家等现象都有个中深意……冯祚建渐渐对生物产生了兴趣，大有一探究竟的热情。1955年，冯祚建高中毕业，他以优异的成绩考上了中山大学。填志愿时，他毫不犹豫地选择了生物系，并如愿以偿地被录取了。冯祚建成了村里头一个考上大学的人，母亲的脸上露出了满意的笑容，仿佛自己的读书梦成真了一般。可是，没钱读书怎么办？

　　"那可真是要感谢党，感谢国家。"冯祚建的眼中放着亮光，事实上，这样的感慨是那个年代诸多家境贫寒的大学生共同的心声。县里面给他开了"家庭贫困"证明，冯祚建拿着证明得到了国家的补助。那时候，1毛钱可以买3个鸡蛋，一个煮好的白薯只要2分钱，理个发2毛钱，一天的伙食费4毛钱足够了。国家给的补助是一个月12块钱，这样一来，一个学期家里只需给他寄个十几块钱生活费足矣。在党和国家的关照下，冯祚建安然度过了大学生活，成绩优异。1959年毕业的时候，中科院给中山大学生物系的一个仅有的名额最终落到了冯祚建的头上。1959年秋，冯祚建只身来到位于北京中关村的中科院动物所，时年22岁。

　　9月的北方已经有些寒意，在广东没有穿过棉袄的冯祚建没想到北方的冬天如此寒冷，全身裹着棉袄，像一个棉花球。一直以吃大米为主的他，到了北方也不适应。那时候的菜式没有现在丰富，最常见的就是以红皮萝卜、土豆、大葱、西红柿就着窝窝头和面食吃。这样的日子，冯祚建头六七年都不太适应。他不知道的是，跟后来的青藏高原科学考察相比，这样的生活已经是再优渥不过的了。

1960—1961 年，冯祚建参加了中国科学院南水北调综合科学考察队，该项目由综考会组织，考察项目集中在横断山区。从广东沿海到北京，再从北京到横断山区这样的深山老林，冯祚建一时难以适应。大片大片的原始森林覆盖着横断山区的大多数土地，冯祚建的第一反应就是：这里没有夏天。海拔 5000米以上的地方看到的景象真真切切是"六月飘雪"，一会儿刮风，一会儿下雪，一会儿出太阳，阴晴云雨变幻莫测的天气就像要着性子的少女，又美丽又难以捉摸。

20 世纪 60 年代初，中国正处于困难时期，在野外的科考队员们也受到了影响。没有油水，没有奶粉，连罐头都没有，就靠馒头当饭吃。一出野外就是半年时间。关于那段时间的饥饿状态，冯祚建清楚地记得一件事情：半年后，他下山到四川西昌市进行业务总结，实在饿得难受，他和同行的伙伴想着，好不容易到了市里面，总可以改善一下伙食了。于是，他们拿着全国通用粮票，以及一封介绍信，到点心店去买了两斤饼干。那饼干闻起来真香呵，冯祚建很久没有闻到那么香的饼干了，虽然吃起来挺硬，但对那时的冯祚建而言可真是难得的美味了。吃着饼干，他心里美滋滋的。

瞧着冯祚建他们好像几辈子没吃过饼干的样子，点心店的售货员一时生起了疑虑：冯祚建他们不会是冒充考察队员的吧？为了打消心中的疑虑，他循着介绍信上的单位名称，查到了考察队的电话号码，一通电话打给了考察队队长，说是有两个考察队员拿着介绍信、粮票和钱买走了两斤饼干，要求队长核对人员。队长听了名字，笑呵呵地说确有其人。

为了这事，冯祚建还被批评了：介绍信是拿去工作的，不是买点心的，下不为例！

"现在就是给我吃我都不会吃，那饼干很硬的。"现在回想起来，冯祚建直摇脑袋。总之，这两斤硬邦邦的饼干给他留下了深刻印象。或许不是饼干给了他深刻印象，而是那段艰苦的科考生活令他终生难忘。

有了此等经历，等到再参加青藏科考，日子倒容易了一些。当他来到珠峰山脚，巍峨的高山、严重的高山反应都没有让他后退半分，无论如何，他都准备在此大展身手。

珠峰横亘在年老的、年轻的科考队员面前，危机四伏，又充满了诱惑力。

刘东生和施雅风等人急匆匆往冰川去了，而年轻人如郑度、冯祚建等是没有机会去冰川的，他们留在大本营周围采样和考察。

当大队伍浩浩荡荡开进了珠峰地区，当第二年的登顶目标已经确立，当一切都如火如荼进行着的时候，"文化大革命"的影响也开始波及科考队，打破了宁静的局面。

科考队伍中大多是血气方刚的年轻知识分子，"咱们也回去闹革命去！"不少年轻气盛的知识分子躁动起来了。

全国上下已经乱成了一锅粥，人心惶惶的年代，科考自是被中断了。

参加科考的一部分科学家被下放到湖北潜江的"五七干校"。下放的队伍里有郑度这样的年轻人，也不乏黄秉维等老一辈科学家。黄秉维后来被推荐当了图书馆管理员，对于一个知识分子而言，晚上还可以看书，便是莫大的优待了。

直到 1972 年，情况才得以好转。

四、护卫登极者

我国登山健儿攀登上一座座险峰，背后辛勤付出的科学家们功不可没，他们是默默的护卫者。

当刘东生带着一份"赶超世界科学水平"的文件来到珠穆朗玛峰大本营时，全体科考人员像迎来了一场盛事。

"赶超世界科学水平，是我们的目标！请大家都好好学习这份文件。"说完，刘东生未作停留，匆匆忙忙赶往 6300 米海拔的站点。他要去见奋斗在更高海拔处的队友。

高登义回到营地的时候，没有见到仰慕已久的刘东生，却读到了中国科学院关于中国科学研究"赶超世界科学水平"的文件。望着帐篷外面冰天雪地的珠峰，他若有所思。

提起笔，高登义唰唰唰在纸上写了起来，思绪像决堤的滔滔江水，一发不可收。这封信，他是写给院党委的。在信中，他倾诉了自己的一片丹心："要把国家登山队天气预报任务作为珠峰天气学考察研究任务的重要组成部分，在登山天气预报中，虚心向气象组的预报员学习，带着深厚的阶级感情，做好珠峰登山天气预报……"

高登义写的信，感情真挚，豪情万丈，刘东生看了，拍手称绝，当即批示：这份报告写得很好，转全队阅。不久之后，刘东生又把高登义的信推荐到《中国科学报》发表。

年纪轻轻的高登义就这样在队里出了名，成了风云人物。刘东生如此赏识高登义，不免有人猜疑：两人是否早就认识？他们是否有不为人知的另一重关系？

高登义听到这样的流言后差点笑出了声，当时，他连刘东生的面都没见过，更别说跟他有什么"特殊"关系了。由此，他更加感佩刘先生对后辈不论亲疏、只唯事理的高洁风骨，下定决心要在自己的工作岗位上奋发向上，做出一番成绩。他没有辜负刘东生的信任，后来他成为国家登山探险的"终极守护者"。

我们见到大气物理学家高登义是在他的家里，位于一个美丽的低层小区里。高先生 1939 年农历十一月出生，微胖，满头黑发，说话中气十足，看不出有 78 岁高龄。我们说到看不出他的年龄时，先生笑了，说是自己身体确实硬朗。他是个科学探险家，是第一个完成青藏、南极、北极"三极"考察的中国科学家。如此艰难的"三极"都可以成功走过，岁月又能奈他何？

高登义出生于四川省大邑县安仁乡。因冬天出生，他得了一个小名"冬冬"。后来，父亲为他取了字"旭东"，"冬冬"又慢慢变成了"东东"。

在他的家乡，有个说法，"娃儿四岁半启蒙读书最佳"，因此高登义四岁半就念起了私塾。他上学的私塾在家里，由父亲和二叔联合请的先生到家中授课。父母非常尊师敬长。家里每五天吃一顿肉，可教书先生的伙食不一样，每日三菜一汤，顿顿都有肉。父母是偏爱高登义的，每日由他陪先生居住和生活，因此每日都有肉吃，高登义高兴极了。

算术是必修课，传统文学也是必修课。在教书先生的带领下，他每天高声朗读和背诵《三字经》、四书五经之类的经典古文，每五日用文言文写一篇作文，主题大多是关于立志、报国、感恩、孝敬之类。小小年纪的高登义心里最敬佩的是岳飞、关羽、赵云这样的英雄人物。但何谓"仁义"，什么又是"唯有读书高"，小小年纪的他并不十分明白。他只知道认真读书，好好学习。

他又是如何与青藏科考结缘的？

1963 年，高登义从中国科技大学毕业，随即进入了中科院地球物理研究所。地球物理研究所第二研究室有一间"天气实习室"，所有新来的科研人员都得进这扇门，实习三年之久。三年期满，我国的主要天气系统演变、大气环流演变规律基本都装进他们脑海了，这些知识对日后准确进行天气预报相当重要。

高登义的三年实习生活也在第二研究室度过，此时，研究室的研究人员包括大名鼎鼎的陶诗言、顾震潮、叶笃正等，在他们的指导下，高登义受益匪浅。

"要做好天气预报，首先你的脑海中要储备欧亚天气系统在不同季节演变的模型，它们随时都可以为你提供预报的思路和方法。"一日，老师陶诗言找到高登义，意味深长地对他说。

年轻的高登义摸了摸脑袋，似懂非懂。

"如果我们能够把这些影响东亚天气气候的天气系统演变规律牢牢铭刻在脑海里，那么，进行我国的天气预报就有非常好的基础了。"陶诗言继续说。

当时，高登义并没有完全理解老师这些话的深层次含义，可他记住了这些话。"大气系统"，陶诗言反复提到，一定得钻深钻透。这样想着，高登义一门心思扎进了大气系统的研究中。

高登义第一次实打实地与青藏高原打交道是在 1966 年，这一年，高登义和郑度、冯祚建等小年轻一样，随着刘东生、施雅风领导的珠峰科考队来到了青藏高原。与他们同时到达的还有中国登山队。高登义想不到的是，自己从此跟国家登山队结下了密不可分的缘分。

前面已经讲过珠峰科考的大背景——国际上对我国登山队于 1960 年登顶珠峰抱怀疑态度，国家体委向上级申请 1967 年再次攀登珠穆朗玛峰。中科院一方面抓紧时间在珠峰周围进行科学考察，一方面主动请缨，派了一批科学家配合登山队行动。预报天气与登山行动息息相关，大气组的高登义接到了新的任务。

登山的头一年，即 1966 年，登山队准备去试登。5 月以前，高寒的珠峰异常寒冷，根本没法考察。考察时间只得集中在 1966 年夏季，所有的考察得在登山队登山之前全部完成。鉴于此，中科院决定，科考队过了春节就进藏，在第二年 5 月间登山队登顶之前尽一切可能多做考察。待登山队宣布胜利归来时，科考队也一起胜利归来。

1965 年 12 月的一天晚上，高登义接到了研究室党支部副书记许有丰交给他的一项绝密任务——1966 年随队进珠峰做科学考察。

"这是一项绝密任务，在此期间，不得与外界、与家人有任何联系！"许有丰再三强调保密工作的重要性。既然是绝密任务，那意义定然是重大的。接到任务的高登义又兴奋又感激。他知道，这是组织对自己的信任，他必须小心谨慎执行好这项任务。

在去珠峰做科学考察之前，高登义专门请教了叶笃正和陶诗言。这两个曾经指导过他的恩师叮嘱他带两个"法宝"在身上。叶笃正给出的"法宝"是《西藏高原气象学》，陶诗言则要他带上春季欧亚天气形势图。高登义听取了两位恩师的意见，将两件"法宝"装进了箱子。怀着满腔为国争光、报效祖国的情感，高登义随科考队跟着登山队挺进青藏高原，走到了珠穆朗玛峰的大本营。

那之后，高登义俨然凭空消失了。他没有跟家人和亲友透露任何消息，甚至停止了写信。家人着急，到处打听他的消息。

一日，他的四弟在四川大邑县城遇见一辆写有"中国科学院"的卡车，着急的他竟不顾一切跑过去抓住司机问："师傅，你知道高登义去哪里了吗？"司机一脸愕然，无奈又好笑，中科院如此之大，他一个小小的司机，岂会知道一名研究人员的去向？

而此时，家人不知道的是，远在珠峰脚下的高登义正在为珠峰的大气研究竭尽全力。

1966 年 2 月底，高登义随队到达珠峰大本营附近的绒布寺。

黑幽幽的寺庙中，小僧人手举小灯走在住持前面，高登义和四个同行的伙伴紧随其后。不久，他们来到一间很大的殿宇，高高的屋顶，四周画满了壁画，四下静寂无声，高登义不禁打了个寒噤。大殿中没有灯，住持特别强调不能点火，也不能触摸壁画。

住持单手放在胸前，说了几句话便径自离去。

住持走了，留下一团漆黑，有一种神秘感。这是住进绒布寺的第一天，高登义印象深刻。他们拿着自己的鸭绒睡袋，望了望周围肃穆的景象，关掉了手电筒，逼着自己闭上眼睛，却怎么也睡不着。大约是高山反应在作祟。

事实上，高山反应，他们坐汽车从格尔木到纳赤台的那个晚上已经深深感受到了。纳赤台，海拔 3500 多米，据说文成公主曾在此歇息过一晚。而高登义对纳赤台的印象，却与传说无关。那晚，他们 20 多个人挤在一个小房间里，小年轻们多半是第一次到青藏，晚上高山反应悄然而至。高登义睡不着觉，可是，四下却没人说话，只听到翻来覆去的翻身声。高登义也不敢说话，直到 12 点过了，不知道是谁跳出来说了句"睡不着"，大伙都如释重负，坐了起来，个个都说自己也睡不着。原来，一屋子的人都没睡着。

队长谢自楚是个幽默的人，既然都睡不着，索性就讲些逗乐的故事给大伙听，满屋子焦躁的气氛这才活跃起来。

后来才知道，在青藏高原上，在珠穆朗玛峰，这样的日子简直就是家常便饭。再后来，高登义接到了一个非常重大的任务，令他无暇顾及自身的不适。

一日，高登义和冰川气象组的沈志宝一道去登山队气象组拜访，正巧他们在讨论天气预报，组长彭光汉热情地邀请沈、高二人也一起参加。

看到气象组挂在帐篷壁上的几幅欧亚天气形势图时，高登义眼前一亮。他想起了陶先生和叶先生，想起了昔日自己在天气实习室的日子，顿时倍感亲切。他一边认真地听他们讨论，一边仔细察看了近 3 天 500 百帕天气形势图的演变，立即有了自己的思路。

轮到他发言时，他参照以前实习时的思路方法，回顾了 3 天来 500 百帕天气形势演变特点，指出了南支西风带上的低压槽和高压脊的变化，提出未来 3 天可能的天气形势演变，并建议重点抓住南支西风带上低压槽和高压脊的变化。

高登义的发言让全场的人眼前一亮，特别是引起了组长彭光汉浓厚的兴趣。讨论完毕后，彭光汉单独留下了高登义。原来，他想邀请高登义参加气象组的天气预报工作。

虽说中国登山队和中科院科学考察队是兄弟单位，可双方毕竟都有各自的领导，高登义一时做不了决定。彭光汉看出了高登义的顾虑，当天就向登山队领导许竞和王富洲汇报了情况。

第二天，科学考察队的队长冷冰找到高登义征求意见。高登义自是非常乐意。双方都没意见，最后一道程序便是向地球物理所的领导请示了。一个电报，请求意见发到了陶诗言手中。他很快就发来了指示："同意高登义同志参加登山队天气预报。"

自此，登山队气象组副组长高登义走马上任了。这对高登义而言，是影响他一生的转折点。

多年后，高登义仍然对当初的引荐人彭光汉心怀感激之情，亲切地称他为自己科学考察道路上遇到的一位"贵人"。

根据彭光汉的安排，高登义主要负责高空风预报，即海拔7000 米到 9000 米高度上的风向风速预报。1966 年春，高登义做了 3 次珠峰地区海拔 7000 米到 9000 米高度的高空风预报。1 到 2 天的风速变化趋势基本可信，但风速等定量预报不准也曾带来惨痛教训。

1966 年 4 月 21 日到 22 日，高登义观测到，北支西风急流迅速南下，948 位势什米等高线从北纬 35°南下到北纬 25°。另外，他还监测到有一个 25 米／秒以上的大风中心自西北向东南移动。据此，高登义在 4 月 22 日的登山气象组天气会商中预报：4月23日风速要加大。可风速会加大多少，持续多长时间，高登义并没有把握。最终，他的预报没有得到组内预报员的支持，也未能列入气象组的预报结论中。这间接酿成了一场祸事。

正巧那一天，中国登山队副队长张俊岩率领第二分队从7600米营地向8100米营地运送登山物资，遇大风袭击。可此前，他们没有得到气象组的任何预报信息。率队撤离的时候，张俊岩他们又通过了海拔7400—7600米的大风口（又称"狭管效应"地区），4名队员的登山包被大风吹下山谷，16名队员冻伤。

得知消息之后，彭光汉和高登义急忙赶去看望伤员。医生直摇头，告诉他们，有些伤员冻得实在太严重，非得截去手指或脚趾才能治疗。一种悲怆之情涌上高登义的心头。他想，如果他的预报能够更准一点，就可以阻止这场祸事的发生。高登义陷入了深深的自责。他希望大家批评他，可受伤的队友只是沉默不语。

当高登义和彭光汉准备离开时，一位受伤的老队员突然说话了："我只担心明年的登顶任务能不能完成！"

短短一句话，既道出了对自己身体的担忧，也包含了对他们气象预报水平的担忧。

登山天气预报关系到每一位登山队员的生命安全，血的教训已经摆在眼前，高登义深知自己责任重大。他暗暗下定决心，一定要想尽办法，使尽浑身解数提高登山天气预报的准确度。

只要拥有一颗勇于探索的心和一双善于发现的慧眼，有利的工作条件终归会是产生新发现的摇篮。在此后的日子里，高登义在实践中学习探索，预报也越来越精准了。

在恩师陶诗言的指导下，高登义撰写了一系列具有重大意义的文章，如《攀登珠穆朗玛峰的气象条件》《珠穆朗玛峰的云》《青藏高原对大气环流和天气系统影响的初步探讨》等。这些文章对后来的登山事业起到了重要的作用。

在青藏高原山地气象考察研究过程中，高登义不仅发现了一些山地天气气候的变化规律，为登山做出了越来越准确的气象预报，而且他还推算出了 1960 年，中国登山队第一次登顶时其实有非常好的气候条件，从天气来看，登顶完全合乎情理。

外国人质疑中国人是否登顶，这早就让高登义义愤填膺。如今，能分析出有利证据，他迫不及待地告诉了恩师陶诗言，只是这个大胆的想法经不经得起推敲呢？年轻的高登义心里在打鼓。陶诗言看后，非常高兴，鼓励他以国家民族的利益为最高利益："写吧，为国家登山队正言，也为国家争光！我支持你写！"

高登义写了，在《珠穆朗玛峰科学考察报告》中，他如此分析：

Neddagadi 指出："1960 年 5 月 26—30 日的大风雪是由 Baig Gyon Simgh 领导的印度第一次珠峰探险失败的原因。5 月 26 日登山队最后突击珠峰顶峰时……击败他们的是大雪，并不是风。"……5月26日晨至29日晨，珠峰及其北峰（章子峰）全为云蔽，山上有降雪。根据经验，这种天气条件，无论从雪崩的危险或是能见度的恶劣来看，都是无法突击顶峰的。据我国登顶队员叙述：5月25日晨从顶峰下到第二台阶（海拔8600米）时，山上已开始下雪，积雪深度约有10厘米；从26日起，山上云雾弥漫，十步以外，不见路途，但降雪并不算大。

……

综上所述，5月26日是个关键日。在这一天之前，风小、降水少（北坡无降水），宜于攀登顶峰；这一天之后，珠峰大雪来临，浓云遮蔽珠峰，攀登顶峰就会失败。我国登山队根据大本营5月23日送来的天气预告："南支西风槽将于26日起影响珠峰地区降水"，抓紧战机，发扬一不怕苦、二不怕死的革命精神，连夜突击顶峰，终于赶在季风爆发前30小时征服了珠峰顶，创造了从北坡首次登顶的纪录。印度登山队于5月26日从8625米最后突击顶峰被大雪击败，从天气实况来看是必然的结果。

文章推断分析有理有据，狠狠回击了国外质疑中国登山队首次登顶的声音，可谓大快人心。也正是凭着满腔爱国热情，高登义在珠峰大本营的气象预报工作做得越来越精确到位。

1968年9月5日，高登义的大儿子出生了，他给儿子取了单名一个"峰"字，把自己对珠峰的感情寄寓在儿子的身上。

此时的高登义已经从珠峰回到了中科院大气物理研究所，正在楼顶新加盖的两间小房子里整理从气象局接收到的气象资料。由于这是一项绝密任务，资料一律不准外带，所以他所有的工作都只能在这个小房子中进行。在这里，他度过了一个又一个春夏秋冬。楼顶的密闭空间，夏天热得不行，冬天冷得令人发抖。高登义全然顾不上，只低着头工作和写作。他的第一本书就是在这里写出来的。

20 世纪 60 年代，高登义主要研究登山天气预报，还很少涉及大气物理考察。到了 1975 年，当他再到珠峰，情况就大不一样了。

1975 年春，中科院组织近 20 人再赴珠峰登山科考，高登义被任命为大气物理组组长，带领南京气象学院的 3 位工农兵学员李玉柱、冯雪华、张江援做相关考察。此时，他不仅要做好登山天气预报，还肩负着大气科学考察的重任。之后，高登义被中科院科考队珠峰登山科考分队队长郎一环任命为科考队学术秘书。

压力可想而知。但很快，他将压力转化为了工作的动力！不久，他找到了突破口。

1975 年 3 月与 4 月，在两次无线电探空仪取得的气压、温度、湿度随高度变化的原始记录中，高登义发现，观察员对原始记录做了修改，这可是科学大忌。

"这是什么情况？现实明明不是这样的。"他把记录结果拿到观察员面前，质问道。

"根据观测规范要求，在高空气象观测中，凡出现气球在上升过程中突然上升速度明显减小甚至下降的情况，应该把这段原始记录纸上下折叠起来，不写入报表，以保持气压随高度降低的正常状况，同时也可供上级部门审查参考。"观察员说得理直气壮。

"一直都是这样做的？"高登义有些惊讶。

观察员点了点头。

高登义仿佛发现了新大陆。他所学的知识告诉他，在非山地环境地区，一般不会出现强烈的下沉气流，我国气象观测规范可以适用。可是在青藏高原，特别是在世界最高峰地区，情况完全不一样，强烈的下沉气流在所难免。而此前，大家所看到的都是"观测规范"操作得来的数据。高登义决定，为了科学研究的准确性，他要完全按照观测结果，读取高空气象资料。

为了证实珠峰地区的上升或下沉气流，他向时任登山队政委王富洲建议，进行无线电探空气球与测风气球对比观测。因为测风气球是假定气球匀速上升，而无线电探空气球的上升速度是由实测的气压和温度决定的，不是匀速上升，这两者之间在同时间的高度差异，可以表明大气的运动是上升还是下沉。王富洲欣然同意高登义的提议。

1975 年 5 月 4 日到 5 日、5 月 25 日到 27 日，在珠峰北坡大本营，高登义带着他的学生们进行了 16 次对比观测。果然不出所料，他们发现了新的现象。在珠峰北坡山谷中，的确存在上升和下沉气流。上升气流出现在离地 400—1300 米，即海拔5400—6300 米，平均上升速度为每秒 1—2 米；下沉气流则出现在离地 2300—3300 米，即海拔 7300—8300 米，平均下沉速度为每秒 2—3 米。

这样的新发现让高登义非常欣喜，他估计得没错，珠峰北坡的气流确实别有洞天。只是，这 16 次对比观测的结果只能确定有上升气流和下沉气流，还远远不能够反映珠峰北坡上升、下沉气流的规律和全貌。

例如，在 1975 年 5 月 23 日 16 时的高空气象观测原始记录中，测得一次非常强烈的下沉气流，下沉速度约为 10 米/秒。这样的空气下沉运动，直升机若正巧经过，定然不能幸免于难。

关于山地的背风波动现象，过去国外已经有人做过观测研究。而在珠峰地区，背风波动现象如何？是否存在中小尺度系统？这些问题从此萦绕在高登义的脑海中，他总想解开其中的奥秘。

他清楚地记得，在 1966 年 5 月，中国登山队先后在珠峰北坡海拔 7000—8000 米的高度活动。报话机中先是传来了登山队的反映："大本营，现在风很大，至少超过八级，无法行动。"过了三四个小时，登山队员又发来消息："现在风突然减小，只有三四级，可以行动。"在短短的 14 个小时内，先后传来了4 次全然不同的高山风速报告。当时，高登义与其同行们就觉得很好奇。再回过头来想想，他猛然觉得，其中大有奥秘。几个小时内风速变化如此之大，是否意味着珠峰北坡存在中小尺度系统？

高登义翻阅了过去有关文献，终于找到了观测研究中小尺度系统的方法有两种：一是加密空间尺度的观测网，二是单点观测。在珠峰特殊地形条件下，后者可行性大。他向登山队领导提出，每天观测 6—8 次高空气象资料，其目的之一，就是观测研究珠峰北坡的中小尺度系统。

功夫不负有心人，高登义带着大气组的队友通过多次观察发现，在海拔 7500—9500 米高度内，常有高压和低压系统中心，而且，这些低压和高压之间仅间隔 2—10 小时，几乎都分布在海拔 8000—9000 米高度内，高压中心高度平均为海拔 8629 米，低压中心平均高度为海拔 8420 米。这就意味着，珠峰北坡确实存在中小尺度系统，登山队遇到的"风速时大时小"正是中小尺度系统引起的。

既然珠峰北坡存在上升和下沉气流，存在中小尺度系统，那么就极有可能也存在背风波动！高登义那颗探索之心已经跃跃欲试。只是，要研究一个科学现象，其过程纷繁复杂，绝非一日之功。直到 1980 年，他才迎来了一个机会。

这一年的 4—5 月，高登义获得了中科院大气物理研究所的经费支持，组织科学考察队到珠峰北坡观测研究背风波动。这一次，他准备展开手脚，一定要追根究底研究出个所以然来。

要测量珠峰山地背风波动，比较切实可行的方法是，在珠峰北坡大本营释放等压平飘气球，气球下悬挂无线电探空仪。高登义带领他的学生们选择了在珠峰北坡大本营的绒布河谷每次施放 3 个不同高度的等压平飘无线电探空气球，每天施放 5 次。在绒布河谷的西侧山坡（上游方向）海拔高度 5700 米处，在接收 3 个不同高度无线电探空仪发射信号的同时，用 3 架测风经纬仪测量 3 个不同高度的等压平飘气球随时间变化的数据，以同时获得 3 个不同高度的气压、温度、湿度、风向和风速资料，借此获取背风波动资料。

观测结果表明，在一定的大气环流条件下，在珠峰北坡有很强的背风波动，波动振幅可以达到 2000 米左右。在气流下降区（即波峰到波谷区）有大风，风速最大达 32 米／秒；在气流上升区有小风，最小风速仅 8 米／秒。

如若有任何物体遇到这样的背风波动，后果不堪设想。

为了尽可能预防此类事件在珠峰附近发生，高登义制作了珠峰北坡背风波动与中小尺度系统之间的关系示意图。从他的示意图来看：当西风气流经过珠峰上空时，在适当的大气状况下，会产生强烈的背风波动，在波谷中存在中小尺度高压，伴有不宜攀登珠峰的大风；在波峰中存在中小尺度低压，伴有适宜攀登珠峰的小风。

研究珠峰大气多年，高登义还提出了攀登珠峰"早出发，早宿营，以凌晨 4 时至下午 4 时为宜"的建议，被中国登山队采纳。

随着珠峰科学考察的深入，高登义的头衔也越来越多，他一度被称为"珠峰天气预报的诸葛亮""西藏气象的眼睛"……

大气研究不是个孤立的事情，它与其他学科关系紧密。高登义说："山地对于大气运动的影响，不仅仅影响天气和气候的变化，而且它还影响山地周围的自然环境变化。"在青藏高原，大气环流对山地的影响，普遍认为最北到达北纬22.5度，雅鲁藏布江的水汽通道却改写了这个数字。在雅鲁藏布江一带，大气环流对山地的影响可以延伸到更北。不仅如此，水汽通道还影响了当地社会经济的发展，提供了农业和牧业所需的发展环境。为此，高登义和队友撰写了《雅鲁藏布江水汽通道初探》。

"其实这是整个科学考察队的发现，体现了学科与学科之间的交叉，只有交叉学科才能发现新的问题。"高登义说。事实上，与高先生一起考察过的其他学科的老先生很多，后面我们会慢慢讲到，在此便不多提。

此后，高登义从青藏高原走向南极、北极。

采访完高登义先生，临走时，他拿出一本崭新的样书给我们看，那是他自己的作品，对我们来讲是非常宝贵的资料，看了之后，我们有些不舍得还给先生，便开口问可否借阅。先生先是面露难色，原来，他只收到两本样书，一本准备送给为他作序的先生，那么自己就只剩下一本，其他新购置的书还要一段时间才能到。知道这个情况之后，我们有些后悔提出借阅的事，我们就说不用借了，到时候去网上买。先生倒是没有介怀，说他的书不久也到了，这本书我们先拿去。推辞不下，我们欣然接受了先生的美意。

高先生不仅怀着满腔热情做科考，也怀着满腔的热情过生活。他爱拍照，也能写文章，可算是科学家中的艺术家了。我们想着先生除了去过青藏高原，还去过南极、北极那些绝妙之境，我们可能一辈子也没机会去，又见桌上摆着相机，想着他定然留下了一些绝美的照片，便开口索要观赏。先生倒是大方得很，他打开电脑，一张张翻给我们看。先前听他说到珠峰大本营周围看到的花和植物，我们特别感兴趣。先生满屏幕找，终于找到了他拍摄的珠峰花朵，那确实是我们从未见到过的品种，有一朵大大的贴着地的红花，有几朵向四周伸展的小花，花边上还有积雪。我们不禁感叹，是拥有怎样强大的生命力才能在如此条件下生存下来？先生还拍摄了很多照片，有动物，有植物，都是绝美的景致。

如此热爱生活的科学家，难怪他会成为科学探险界的一个传奇人物。

在登山科考中，高登义的故事只是其中之一，还有很多很多精彩的故事、杰出的人物，我们便是想一一道来，也自觉没有能力尽数展现。希望读者能从这个别人物、个别故事中体味那个时代的科学考察，特别是登山科考中，科学家们的爱国情怀和无畏精神。致敬为科学而探索、而开拓的那一代人。

事实上，在 20 世纪 70 年代以前，诸如刘慎谔、徐近之、李璞、刘东生、施雅风等一批先行者，郑度、冯祚建、高登义等年轻一辈都曾涉足青藏高原，只是更多是零散的，小范围的，或随着登山队而进行的科学考察，"青藏科考"还未正式成型，也未形成一定的系统和规模。但是，先行者的探索于后来的青藏科考，意义是非常重大的。他们为后来者凿开了窗，又打开了门，送去了希望，也开辟了方向。只待后来者，开拓新世界。

第二章　进军世界屋脊

Chapter Two

　　"千呼万唤始出来，犹抱琵琶半遮面。"仅凭少数人的力量无法打开足够明亮的窗户，照清楚神秘土地的脸，中国人深知这一点。看清楚世界屋脊的样子，应该是，不，必须是，由中国人自己去完成！于是，浩浩荡荡的科学考察队伍成立了。这是一支手牵手的队伍，这是一支精诚合作的队伍，这是一支坚不可摧的队伍，这是一支进军空白地的队伍，这是一支开拓新世界的队伍！

一、空前的规划

　　光线从窗口透进来，流体力学家、理论物理学家周培源望着窗外的光，陷入了沉思。突然，他表情凝重的脸舒展开来。他奋笔疾书，在纸上飞速地写着字。写完，他深深舒了一口气，如释重负。

前不久（1972 年），周恩来总理会见科学家杨振宁时，对杨振宁提出的提倡基础理论学习与研究的意见竖起了大拇指，说："杨振宁讲话实在。"转身，他向在一旁陪同会见的老科学家周培源严肃地说："你回去把北大理科办好，把基础理论水平提高，这是我交给你的任务。"

总理的任务令周培源深受鼓舞！接了任务，周培源马不停蹄地回到中科院，立即着手准备。那些盘桓在他心头的思考，变成了洋洋洒洒加强基础理论研究的方案，以信件的形式呈送给了周恩来总理。这一次，他决定为停摆了好几年的基础科研事业搏一把，可情况会朝什么方向发展，他还没有把握。

不久之后，他收到了来自周恩来总理的明确指示：基础研究非常重要，一定要抓好。

周培源喜极而泣。在那样一个人人自危的年代，周总理的明确表态需要多大的决心，又有多么重大的意义！周培源心知肚明，所有的科研工作者都心知肚明。总理心系科研的决心令周培源非常感动，也给他打了一剂强心针。"中国的基础科研有救了！"他掷地有声地对自己说。

周总理将周培源的信批示给科学界相关同志，并且嘱咐："好好议一下，要认真实施，不要像浮云一样，过去了就忘了。"

周培源带回了周总理的指导意见，在科学界一经传播，知识分子们都觉得扬眉吐气。沉默许久的科学界迎来了春天般的希望，个个干劲十足。受时代使命感召，青藏科考乘势启动。

故事发生在1972年，这年秋，兰州迎来了一件盛事。

1972年10月24—29日，"珠穆朗玛峰地区科学考察学术报告会"在兰州召开。这是一次难得的学术活动，刘东生、施雅风等老先生刚从"牛棚"出来，能参加这样的会议，他们极为开心。郑度等年轻一代也经历了"文化大革命"的冲击，盼来了这样的科学盛会，心中欢喜。

农学家过兴先主持会议。会议的前半段在交流珠峰考察成果，后半段则变成了一场讨论会。大家普遍反映青藏高原科学考察规划并未好好执行，接下来应该将青藏科考落到实处。眼下，应制定一个青藏高原考察的长期、系统、全面、连续的计划。大家你一言我一语，纷纷提出要研究这个，研究那个，都对青藏科考满怀热情。

年轻的孙鸿烈在本子上快速地记录着大家的意见。会议最终达成了共识，老青藏们认为青藏科考要有长远的、可以落地的规划。根据兰州会议的讨论结果，孙鸿烈起草了关于尽快制定《中国科学院青藏高原1973—1980年综合科学考察规划》的报告。报告中，孙鸿烈传达的思想很明确，这次科考旨在对青藏进行一次全面的调研。这个报告就是后来的《中国科学院青藏高原1973—1980年综合科学考察规划》（简称"八年规划"）的雏形。报告一经提交，科学院领导即表示同意。从1973年开始，青藏科考打开了新局面，"八年规划"付诸实践。

关于孙鸿烈，在这里需要作一重点介绍。在青藏科考中，他算得上是灵魂人物，起着举足轻重的作用。一切还得从他那个科学家家庭说起，得从他的父亲——"中国石油之父"孙健初说起。

在甘肃玉门油田，至今还竖立着地质学家孙健初的雕像和纪念碑。半个多世纪以前，孙健初正是在这里钻探出了石油，发现和开发了我国第一个大型油田——玉门油田。孙健初被誉为中国石油事业的奠基者和创始人。当时，他的儿子孙鸿烈才几岁，孙健初不会想到的是，自己的儿子在几十年后，会终生致力于另一项科学探索事业。

1932年，孙鸿烈出生在北平，大人们喊他"平生"。看似不错的出身却没给他带来安稳的童年，在孙鸿烈的印象中，他的童年多次经历兵荒马乱和流离失所的生活。父亲常年在外，孙鸿烈对这位严父的印象是模糊的。大部分时间，他跟母亲待在一起。

1937年，抗日战争全面爆发，国家迫切需要石油。此前，孙健初与美国地质学家韦勒、萨顿共同署名提交了《甘青两省石油地质调查报告》。报告中指出，玉门一带有希望找到储量可观的油田。地质调查所所长翁文灏两次召见孙健初，鼓励并支持他去玉门一带做进一步探查。

孙健初到玉门后首先确定了储油构造的范围，并选定钻探的井位。

1939 年 5 月 6 日，根据孙健初所定的井位，老君庙油田钻探工作正式开始。玉门油田第一口油井开钻，当钻到 23 米时，黑乎乎的油流沿着砂层缓缓渗出。第一钻就出了油，孙健初他们喜出望外，对之后的开采更有信心了。

1941 年 4 月 21 日凌晨 3 时，钻机钻到 400 多米时，突然发生强烈井喷。瞬间，原油夹着砂石以雷霆万钧之势喷向 40 多米的高空。这充分证明了玉门油田储量丰富，完全具有工业开采的价值，中国石油工业由此起步。在当时举国抗日的形势下，玉门油田的发现和开发贡献巨大。

当父亲孙健初全身心地投入油田开发时，迫于日寇的步步紧逼，孙鸿烈跟着母亲开始了艰辛的逃难生活。他们先是从南京迁到长沙，最后到了重庆北碚。在那里，日寇的飞机轰炸时有发生，有时人们来不及躲到防空洞，只好藏在桌子底下。那时，孙健初在遥远的大西北，联络困难，夫妻、父子有三四年时间彼此毫无音讯，不知对方生死。

后来，孙健初将孙鸿烈母子从重庆接到了甘肃酒泉，租住在附近老百姓的民房里，条件十分艰苦。

在孙鸿烈的印象中，父亲常常叼着烟斗坐着，就着煤油灯昏黄的光旁若无人地看着书。每每黑烟熏得厉害了，小小的孙鸿烈便取下灯罩，对着晃动的火苗，拿着抹布轻轻地将灯罩擦干净，这几乎是他每天必做的事情。父亲是个严肃且严厉的人，对于父亲，小小的孙鸿烈敬畏多于亲近。可是，只要父亲母亲高兴，他也随着欢喜。家人的团聚是任何时代任何人内心深处最温暖的渴望。到了甘肃酒泉，孙家的生活也算稍稍安定下来。

孙鸿烈在酒泉生活了 6 年，从小学三年级到初中二年级。直到"中国石油总公司"成立，下设"甘青石油分公司"，孙健初主持分公司的地质勘探，勘探处设在兰州，于是孙家又举家搬到兰州。在兰州，孙鸿烈从初三读到了高三。

直到 1950 年，孙健初调至北京燃料工业部石油总局任职，全家才又搬回北京。几经周转，再回北京已是与故乡阔别十几年，物是人非。

回到北京的孙鸿烈面临着考大学的转折点。一日，正巧父亲的两个朋友——北京农业大学土壤系教授李连捷和刘海蓬到家里来做客，听说孙鸿烈正在为考大学挑选专业，马上说："平生，你别去其他学校了，就到我们学校来吧。"

过去，土壤学属于地质学范畴，经常跟在父亲身边，孙鸿烈也略有所知。以前在甘肃时，每年暑假他都跟着父亲随勘探队到野外考察。后面是大雪山，前面是大草原，大自然的奇妙吸引了他，他想以后定要走进这片神秘的天地，与大自然打交道。

攻读土壤学正好如了孙鸿烈的意。孙鸿烈从北京农业大学土壤学专业毕业后，又考入中国科学院沈阳林业、土壤研究所攻读研究生。从此，孙鸿烈走上了专攻土壤地理的科研道路。这条道路给孙鸿烈带来了与青藏结缘的契机。

年纪轻轻的孙鸿烈已经显现出自己的才能。1960 年，他从沈阳林业、土壤研究所调至中科院综考会工作。初来乍到，孙鸿烈被指派为西藏综合考察队的学术秘书，协助队长冷冰抓业务工作。

出发之前，孙鸿烈搜集了大量关于西藏的资料。不看不知道，一看吓一跳。在他搜集的资料中，绝大多数文献都是外国人写的，除了 20 世纪 30 年代徐近之、刘慎谔等人到西藏做过短期科学考察外，中国学者留下的资料微乎其微。

中国人写的第一批比较系统的科学考察报告是在 1951—1952 年，由中科院地质所的李璞，北京农业大学的李连捷、贾慎修，以及农科院的庄巧生，随解放军进藏考察所得。

看完仅有的一些文献，孙鸿烈的心情十分沉重。西藏是中国的领土，中国科学家对它的考察却寥寥无几。他下定决心，一定要为西藏科考而努力，拿出中国科学家自己的学术成果。

1961 年的西藏科考是孙鸿烈的小试牛刀。这次考察主要集中在西藏的中南部地区，包括日喀则、江孜等地。

听说孙鸿烈他们是中央派来的人，藏区从政府到群众都十分热情。考察队进藏那天，班禅大师亲自接见并宴请全体科考队员。科考队全部的给养，包括帐篷、汽油、大米、油盐、干菜等全部由军区供应。当时西藏供应很困难，没有对外的商店，只有内部商店。孙鸿烈等科考队员受到了格外优待，每人一张卡片，凭此购物。若需要大量的物资，可以到军区库房购买，取货记账，统一结算。

科考队需要民工、马匹，百姓们踊跃提供；许多科考队员不会骑马，百姓们就一个个托上去，再一个个扶下来；有时大家要走险路、蹚水，过河时水流湍急，藏区百姓便一个个用手牵着科考队员们过河，唯恐他们受伤。一次，孙鸿烈和几个科考队员感冒发烧，乘车返回日喀则，车子在途中抛锚，此时，他们已经是筋疲力尽，又饿又乏。正当他们为此犯难时，队友找到了不远处的一户农家。老乡听说是党中央派来的，又是给大家腾床铺，又是准备吃的，连忙打出酥油来，还拿出了家里仅有的一点白糖招呼他们吃。孙鸿烈一行感动得热泪盈眶。

考察总的来说是顺利的，只是考察开始时在指导思路上冷冰与孙鸿烈二人产生了分歧。孙鸿烈认为西藏的科学资料近于空白，当以研究清楚它的气候、土壤、植被、地形等自然条件的特点和分布规律为主；而队长冷冰则认为考察应侧重应用，应以宜农荒地调查为主。不过冷冰因健康问题，考察开始不久便回京了，矛盾也就此解决。

然而，西藏科学考察刚进行一年，到1962年，因自然灾害严重，西藏自治区政府建议中科院推迟考察。于是这次西藏科学考察只得草草收尾。

孙鸿烈第一次认识青藏高原，便印象不一般。一个高原，竟然包罗了全球众多的自然地带，从南到北，从海拔几百米的热带、亚热带到藏北四五千米的寒带；从东到西，从森林地带到草原地带、荒漠地带。这在世界上都绝无仅有。如此奇特的地方，中科院念念不忘，孙鸿烈也念念不忘。20 世纪 70 年代，青藏科考迎来了前所未有的大机遇。孙鸿烈忙上忙下，乐此不疲。

1961 年孙鸿烈第一次从西藏考察回来，便接到了时任科学院副院长兼综考会主任竺可桢的通知，要他和综考会水利室袁子恭一起去一趟他办公室汇报考察情况。竺可桢对青藏科考非常重视，拿着本子边问边作记录。他们把怎样进藏、做了哪些方面的调查研究、取得了什么成果等情况，详详细细向竺可桢汇报了两个多小时。事后，孙鸿烈得知，原来竺可桢对 1960—1961 年期间综考会组织的西藏考察做过重要指示。他指出，应有一批高水平的科学家去青藏工作，他认为当时考察队的科研水平还不足以在西藏地区很快抓到关键问题。他一再强调，青藏科学考察与新疆、内蒙古等地的考察大不相同，青藏有许多理论问题有待研究。正如竺可桢所担心的一样，20 世纪 60 年代初的考察成效并不理想。因此 70 年代再次考察青藏，孙鸿烈汲取了经验教训，在规划中就将基础性研究工作放在了重要位置。

1972 年，青藏科考又被中科院提上日程。孙鸿烈喜出望外。当制定"八年规划"的重大任务落在他头上时，他毫不犹豫地抓起手中的笔，洋洋洒洒写出了心中的大乾坤。

2018 年 10 月 25 日上午 9 点，我们约访了孙鸿烈先生。我们早就期待着采访孙先生——早先采访其他老先生时无一例外都会提到孙先生。当听说孙先生十点半要乘车去河北，我们琢磨着不能让先生太累，满腹的问题竟不知该从何问起。没料到还不到 9 点，孙先生就来了。没有我们想象中那么有距离感，却也让人心生敬畏。见着我们，孙先生很亲切地冲我们绽开了慈祥的微笑。他详细介绍了 20 世纪 70 年代青藏科考的情况和新规划的要点，以及考察的收获、经验。

1972 年孙鸿烈主笔的规划草案，我们在温景春先生提供的资料中看到了泛黄的原件。文件中明确提出了八大项研究项目以及考察要求：

要求在一九七三至一九八〇年期间，对整个高原地区进行有重点的、比较深入的考察，积累基本科学资料，系统地总结并探讨若干基础理论问题，结合高原经济和国防建设的需要，对自然资源的开发利用和自然灾害的防治提出科学依据。

见孙鸿烈先生的同时，我们也见到了温景春先生。两位老青藏见面的场景，我们记忆犹新。孙先生虽然着急出发，却还是驻留了半晌，跟老朋友聊得不亦乐乎。战友啊，几十年的战友。如今虽然都已是耄耋之年，那些青葱的岁月却恍然如昨。那纵是什么都不会淡化的情感已经融在了并肩作战的每一分每一秒里。

别了温先生，孙先生急切地下楼。我们有些心疼老先生，这么大年纪还要奔波在科学的路上，不辞辛劳，不知疲倦。大概，这就是青藏科考的精神内核所在吧。

　　对温景春先生，我们本来老早就要采访的，因为他回了一趟老家，便耽搁了些时日。第一次见面本也准备采访，温先生又说他家中还有一些资料要给我们，于是约了再另寻时间采访。正式采访那天，早早地，温先生提着黑袋子跟女儿一块儿来了。他的女儿看得出来很心疼父亲，一路护送而来。她跟我们说她父亲耳朵听不清，说是某次被炮声给震聋了。温先生戴着一顶黑色鸭舌帽，穿着一身黑色的衣裳，清瘦的脸颊，说话总是带着腼腆的笑。他身上有一种很难得的纯净，好像一个年轻的书生，可他分明已经 80 多岁了。这样一种明净感也不知是怎么留存下来的，让人心生亲近。温先生说话特别清晰，思维仍旧敏锐。他从黑袋子里拿出一些书和文献给我们，有些是 20 世纪七八十年代的报告，很有年代感，也很有价值。看得出温先生很珍视，我们答应看完便寄还给他，先生便放心了。大概，先生对那段跟青藏科考息息相关的岁月有着深厚的感情，这份情感，他用一辈子珍视着。

　　"那时候要找青藏队的人的话，不管白天还是晚上，我总能找得到他们。那时，我就负责办公室工作。"说起当年的情景，温景春半开玩笑地说。

　　青藏队，这是一支怎样的队伍？在老青藏的嘴里，几乎人人说起它都好像在说一个老朋友，又像是说一位德高望重的老者，人人脸上绽放着骄傲与自豪。

　　1973 年，青藏队成立了！

青藏队，全称中国科学院青藏高原综合科学考察队。1973年成立之初，由冷冰担任队长，孙鸿烈、王震寰为副队长。1974年，冷冰因身体不适，辞去队长职务，队长由何希吾担任。后来，又因工作需要，任命郑度、周宝阁、刘玉凯为副队长，温景春任业务秘书。一开始，青藏队归中科院地理研究所领导，到了1975年，交由中科院自然资源综合科学考察组领导。我们查阅了综考会的会志，上面清楚明白地写着，这次大规模的考察行动，其中心任务是"阐述高原地质发展的历史及上升原因，分析高原隆起后对自然环境和人类活动的影响，研究自然条件与资源特点及其利用改造的方向和途径"。此次青藏科考，规模之庞大亦是空前的，青藏队涉及中国科学院、中央有关部委、地方单位共92个单位，包括地球物理、地理、地质、生物、农业等50多个学科专业，实地考察和室内研究的总参与人数近500人。

从1973年到1980年，短短几年时间，青藏队取得了举世瞩目的成绩。1978年，青藏队被中科院评为先进集体，并授予"科考尖兵，勇攀高峰"的锦旗。1979年青藏队获国务院嘉奖。在后来的日子里，很多参加了这一阶段青藏科学考察研究的科研工作者被人们亲切地称为"老青藏"。20世纪70年代的青藏高原科学考察在青藏科考的历史上，在与之相关的科学家心目中留下了深深的、光辉的印记。考虑到20世纪70年代只是完成了对西藏高原大部分地区的考察，青藏高原还有偌大的地区仍是科考空白地，80年代以及90年代初期，中科院又相继组织了对横断山、喀喇昆仑山—昆仑山、可可西里等地区的科考，青藏科考进一步深入。1973—1992 年的青藏高原科学考察因其连贯性、重要性，也被称为"第一次青藏科考"。

以 1973 年为线，此前的考察被称为青藏科考的第一阶段；从青藏队成立到 1992 年"攀登计划"实施，被称为青藏科考的第二阶段。第二阶段的考察相比第一阶段的临时性和随机性，多了规范化和专业化。其规模之大、涉及之广、意义之大，前所未有。因此，第二阶段的考察被称为"第一次青藏高原综合科学考察"。

业务副队长孙鸿烈负责遴选队员，一开始，他一筹莫展。要是综考会还在，那这就是个再简单不过的事情。

然而，曾经聚集了众多"牛人"的综考会在"文化大革命"期间遭受重创，1970 年被中科院撤销，全体人员被下放到"五七干校"。直到 1974 年底，中科院才又决定恢复综合考察机构，定名为"中国科学院自然资源综合考察组"，负责组织综合考察工作。当时，何希吾力争过将"综考组"的名字恢复为"综考会"，然而直到 1978 年，国务院才批准恢复综考会，青藏高原科学考察迎来了第二个春天，这是后话。可眼下，没有综考会，人员如何遴选？孙鸿烈突然眼前一亮。组织不在了，可人还在呀！果不其然，消息一出，那些在运动中赋闲多年的专家们争相报名。"文化大革命"期间停滞的科学考察终于要重新步入正轨，大家积极性都很高。优中选优，最终选出了 70 多人，涉及 22 个专业，打响了新阶段青藏科考的第一枪。

在藏区考察，民族关系很重要。刚到藏区，副队长王震寰就给大家上了一堂"政治课"。他嘱咐队员们：平常跟藏族同胞相处，要关心他们，帮助他们，尊重他们，平时可以带点糖和烟，随时准备送人。藏族同胞们上垛子的时候，大伙儿伸把手，别光在一旁看着他们做。科考队员们连连点头。自始至终，青藏队都是这么做的，他们也一直跟藏族同胞关系很好。有一位藏民深情地对王震寰说："你们是真正的共产党的好干部。我给英国人当过向导，也给其他人当过向导，从来没有见过你们这么好的干部。旧社会，我们当农奴，没有饭吃；共产党来了，我们就有饭吃了。"王震寰听着藏民的话，又感动又欣慰。与当地人如此和谐友好的关系是科考顺利进行的关键原因之一。

跟着青藏队出发，我们会看到，那片深厚的土地孕育了一个个扣人心弦又感人至深的科考故事。

二、动植物王国藏东南

青藏科考第一站锁定了有"动植物王国"之称的藏东南波密、察隅、墨脱、林芝等地。

察隅，素有"西藏的江南"之称，地势低，可以种水稻，分布着亚热带常绿阔叶林。从东到西，横断山脉和喜马拉雅山脉在此交会；南面与缅甸和印度相邻，孟加拉湾暖湿气流顺势而上，浸润了这方土地；北面，高耸的伯舒拉岭阻隔了刺骨的寒流。这样的察隅稻香飘飞，青山葱翠，是植物王国，是动物乐土。

1973 年 5 月 24 日，青藏队在成都集中，由川藏线入藏，开车经昌都到波密，再到察隅。察隅成了这一年青藏队的大本营，活动范围多集中于此。

浩浩荡荡的青藏队挺进察隅，当地人迎来了一场盛事。县里宰了一头猪招待远方来的客人，热闹好似过大年。远在拉萨的自治区领导和军区首长也格外关心这次科考盛事，自治区政府乔秘书长亲自忙上忙下，点兵点将，为科考队提供尽可能的后备支援；来自军方的汽油、食物、人力支援为青藏队提供了难能可贵的保障。

科学家们身披军用雨衣，睡着军用帐篷，吃着军用罐头和压缩饼干，穿着军用长筒布袜，再骑上一匹军马，恍惚间竟有了当兵上阵的感觉。

事实上，青藏科考一点都不比上战场冲锋陷阵轻松。后来，科学家们渐渐切身体会到了那种艰难。

郑度负责自然地理组的工作，同时分管后勤。他们一行十几人，计划从察隅翻越阿扎冰川到然乌，再到波密。住，就住在边防站；考察，基本靠走，边走边看边采集标本。

采访郑先生的时候，他先是在纸上给我们画了一个简易的路线图，我们看得一头雾水。郑先生站了起来，走向了椅子背后墙上那幅偌大的详尽的中国地图。地图上的小地名密密麻麻。郑先生拿起桌上的眼镜，认真凑近青藏高原，指着上面的地名，用手画着弧线，告诉我们哪一次是从哪条线入藏，从哪里跨越冰川……他讲得认真详细，我们这种门外汉对着地图一瞧，也一目了然了。

翻越阿扎冰川到然乌的考察，科考队借助了当地人民的力量。科考队请了三四十位民工，民工们背着行李、帐篷、考察设备等，考察队员则背着相机、标本夹等。郑度因为分管后勤，现金便由他来管，好几个月的科考吃住费用，实在是不少。郑度将现金装在枕头里，晚上枕着睡，白天将枕头紧包在行李中由民工背着。民工们路熟，背着东西在前面矫健地跨着步子。科考队员们走在后面，沿途考察，生怕漏掉了珍贵的科研材料。

第二年，大队伍向藏南方向转移，目标是用 4 年时间把西藏 120 万平方千米的土地先摸个清楚。藏南靠近拉萨，交通条件较好。1974、1975 年两年时间，青藏队集中在藏南雅鲁藏布江流域一带考察，包括林芝、拉萨、山南和日喀则地区。

藏南地理小分队从珠峰东边翻山到陈塘村去，当时，这些地方多半还保留着原始的生存方式——刀耕火种。路上到处都是蚂蟥。天气变化无常，常常令人措手不及。有一次，地理小分队雇了几匹马到冈底斯山考察，赶上雷电交加下冰雹，马被吓得停下来蹲着不走，没办法，小分队只得就地把帐篷支起来。

考察队一路的吃食大抵是压缩饼干、罐头等，这些食品多为当地部队提供。军队对科考的支持，也是科考顺利进行的一个关键因素。即便如此，天天压缩饼干和罐头，大多数人都吃腻了，吃不上新鲜的蔬菜是最大的问题。有时候为了改善伙食，就买只羊。但羊也不能经常买——每天的补助只有 9 角 7 分钱，经不起折腾。

就这样，青藏队在艰难中行走，在行走中考察，在考察中忘我，在忘我中自得其乐。

藏东南的特殊生态环境塑造了一个植物王国。郑度负责地理组，在藏东南，地理组大饱眼福，收获满满。著名植物学家吴征镒手拄拐杖穿行在藏东南的丛林里，他的周围总不乏问这问那的学生。学生们找来一个个植物标本，摸着后脑勺问先生：这是什么植物？吴征镒随口就能说出它的名称、拉丁学名、形态、习性等。在吴征镒的脑海里储存了上万种植物，活生生一台植物活电脑。吴征镒60岁生日是在藏东南度过的，在寿宴上，他向在场的晚辈们说了一席话："在西藏过60岁生日，这可难得。全世界的植物学家，眼睛都盯着这里。这是世界最古老的地方，也是世界最年轻的地方。"

在雅鲁藏布江大峡谷，植物带垂直分布，从海拔3000多米的多雄拉山口到600多米峡谷腹心的墨脱，垂直三四千米的距离，包括了寒带、温带、亚热带、热带的植物，浓缩了北半球湿润地区的绝大部分植被带。

植物学家李文华、武素功、韩裕丰、陈伟烈、张新时……走进藏东南，他们想探出个究竟。大队伍来到扎木镇以西22千米处的波密岗乡林区时，李文华、韩裕丰等人望着高耸云端的冷杉瞠目结舌。一行人背了常规的测树工具——测高器和轮尺，却因树高和胸径都超过了测量工具的最大刻度而无法测量，只能另找办法。而林业部门统一编制的云杉、冷杉树种林积表，也因树太高太大而无法应用。

西南季风沿雅鲁藏布江峡谷水汽通道给这里带来丰沛的降水和温和的气候，波密岗乡林区地处水汽通道的黄金地段，每年的 4 月底至 10 月初为雨季，年降水量达 1000 毫米以上，年平均相对湿度达 70%—80%。云杉、冷杉林茁壮生长。林芝云杉是波密岗乡自然保护区最常见的树种，四季常青，寿命长久，树干挺拔，是西藏地区的特有树种。

据植物学家和林业部门的共同考察得出，波密岗乡一带的云杉林大约每公顷蓄积量达 1500—2000 立方米，局部达 3000 立方米。这样的数据是我国第一大林区——东北林区单位面积蓄积量的 4—5 倍，远远高于国内同类森林单位面积的蓄积量。此处云杉分布的海拔之高，创世界之最。

考察的第三年，一众人马进军吉隆地区，在这里，林业考察组发现了多个稀有树种——长叶云杉、长叶松和花叶松。本来，李文华一行是想寻找雪松的。那日，大队伍快到达冲色朗久沟时，李文华远远望见了一片幽绿的森林中点缀着几株圆锥形树冠，酷似雪松。

"快看，快看，那可能是雪松！"李文华指着远处，惊讶地喊出声。

韩裕丰也看到了那些喜人的叶子，其他人也看到了，大伙儿马不停蹄地朝着圆锥形树冠找去。到了跟前却发现，展现在眼前的树种跟雪松竟截然不同。叶片呈菱状、条形，长 3—4 厘米；球果呈圆锥形，长 12—18 厘米，未成熟的果子是绿色，树上也有成熟的褐色果子。

如此叶长果大的树木，他们之前从没见过，似杉又形态迥异，大家回到营地，仔细商量之下，决定将它命名为"西藏长叶云杉"。

这一次吉隆之行收获满满。长叶云杉在我国仅见于吉隆地区，分布在海拔 2000—3000 米处，上下分别与冷杉林和常绿阔叶林相接，是云杉属在西藏分布海拔最低的一个树种。后来，科考组又在吉隆境内的冲色—江村—热索桥海拔 1500—2500 米一带发现了长叶松。这两个特有物种的发现给林业组带来了春天般的温暖和强大的自信。

人们在不断认识、改造、利用自然的过程中，也在将这些野生植物改造成可供人类利用的作物。植物遗传学家邵启全对野生近缘种有着浓厚的兴趣。同时，他早就料到这是一条长路，注定艰险不断。

1974 年 6 月的一个早晨，邵启全随考察队从昌都出发，乘坐一辆北京 212 型吉普车向西藏腹地行进。天下起了大雨，当车队行至澜沧江边时，路已经很滑了。司机小杜紧紧握着方向盘，可车子一点都不听使唤，直向大江方向滑下去。眼看着就要冲进湍急的澜沧江，邵启全等人吓得大叫起来，以为就要葬身大江，却又无能为力，一时慌乱失神。小杜还在猛打方向盘，他想让车停下来。就在大家以为回天乏术之时，车子终于停了，捡回了一条命的众人惊魂未定。小杜下车检查，发现在车子的左前轮前面卡了一堆脸盆大小的土。众人深深舒了一口气，原来是这堆土救了大家的命。

劫后余生的感觉就像雨后初晴，格外舒爽。

望着眼前的茫茫大地，邵启全陷入了沉思。农业组组长倪祖彬拍了一下邵启全的肩膀："老邵，我们去附近的农田瞧瞧？"说着，倪祖彬冲邵启全扬起一个诚挚的笑脸。

邵启全满口答应着，他早就想去采集野生大麦标本，藏族农民乌金自动请缨当向导。3 人朝着农田走去，欣喜地看到了一片长势极好的野生大麦。倪祖彬和邵启全蹲下来，边聚精会神地观察大麦，边小心翼翼地拨弄着麦穗。

向导乌金在一旁瞧着，两个科学家对野生大麦浓厚的兴趣让她若有所思，突然，她冷不丁地说了一句："你们对野生小麦没有兴趣吗？"

"什么？野生小麦？"邵启全一愣，停下手中的活儿，狐疑地看着乌金，他简直不敢相信自己的耳朵，又重复问了一遍。

"是的，野生小麦！这种小麦和你们正在采集的野生大麦一样，在成熟时穗轴也是断裂的。"乌金肯定地说。

邵启全和倪祖彬匆匆忙忙采集完野生大麦的标本，迫不及待地跟着乌金去看野生小麦。当真正看到乌金所说的野生小麦时，两人都面面相觑，没想到能看到自己从未见过的物种，邵启全不敢相信自己的眼睛。当即，他采集了一些标本，准备回去细细研究。

这种野生小麦分布在澜沧江流域、雅鲁藏布江流域和隆子河流域。后来，经过种植试验，证明了其遗传稳定性。而且，它与普通小麦杂交的结实率达 70%—80%，这说明了它与普通小麦存在密切的亲缘关系。由于它没有野生群落，最终被定名为"西藏半野生小麦"。而这样的发现，对于遗传学研究意义十分重大。

如植物的繁盛一样，藏东南的动物也是极其活跃的，哪怕是在看似生命禁区的冰川也不例外。

冰川组由李吉均负责，同行的王富葆跟李吉均是同班同学，均毕业于声名显赫的南京大学地理系。而李炳元负责考察地貌和第四纪地质。在藏东南的雨季里，他们冒着好几天的雨向阿扎冰川行进，在冰川中部安下营地。

阿扎冰川，全称阿扎贡拉冰川，位于藏东南。低温严寒、气候恶劣的冰川腹地，除了裸露在冰面上的深色岩体外，映入眼帘的是一片白茫茫的冰雪世界。形状各异的冰蘑菇高高低低在冰上隆起。河谷里，冰川仿若一条银色巨龙蜿蜒而下。冰川冰面上，深深浅浅的小穴，就像一个个被马蹄踩踏出来的凹陷，穴口与冰面齐平，直径10—20厘米，深约20厘米。小洞里面有水，水面离口子约10厘米，在太阳光的直射下，水的温度约为1℃。那模样跟水杯极像，人们把它叫作冰杯。这样的冰川，怎么看都像是生命的禁区。

阿扎冰川常常大雨如注，是暖性冰川，表面温度仅为0℃。科学家们测量到，接近冰瀑处，日运动达1.38米，冰川流速大，极为活跃。这样的暖性冰川其实暗藏生机。

李吉均在冰川上随手抓起一条细小的生物——"冰蚯蚓，原来这里也有冰蚯蚓！"他大声惊呼。队友们纷纷凑过来围观。

此前，大伙只听说过阿尔卑斯的冰川上有冰蚯蚓，没想到中国也有，这可真是令人惊奇的发现。后来，这种生活在中国冰川上的冰蚯蚓获得了一个闪着荣光的名字——"中华线蚓"。

昆虫学家黄复生每发现一个新物种都会欣喜若狂。在阿扎冰川的冰杯里，他看到了蹦蹦跳跳的小生物。定睛一看，是一种弹尾目昆虫——等节跳虫。在雪白一片的冰川上，浑身上下深黑色的小跳虫显得极为醒目，即使它们很小很小，只有 1.5 毫米长。

没想到这样的冰天雪地里还有如此顽强的小生命！黄复生忍不住用手碰了一下冰杯里的水，小跳虫们被惊动了，蹦蹦跳跳四处逃逸，活跃得很。黄复生又惊又喜，连忙跑到附近的冰杯里统计和观察，发现大部分冰杯里都有这类昆虫，少则几只，多则几十只。

黄复生望着这些跳跃的小生物，托着下巴思考起来：夜间冰水冻结了，跳虫竟然也不会死吗？这是一种怎样顽强的生命力，它们又是怎样生存的呢？

后来，他将跳虫带回去研究，经鉴定，这种跳虫为新种，被命名为"中国瘤等跳虫"。原来，这种跳虫可以取食漂浮的花粉，吸收太阳光的热量，从而发育成长，迅速扩大种群。在阿扎冰川上，中国瘤等跳虫是密度最大、分布最广、种群数量最多的一种动物。

在白天的太阳光下，中国瘤等跳虫努力生长。在严寒的夜晚，它们被冻结在冰层中，顽强地活着，以生命的名义期待并迎接黎明的第一缕曙光。

在藏东南，如中国瘤等跳虫一样顽强的新物种、小生命不在少数。

1973 年 7 月中旬，黄复生从察隅洞穷出发，来到窘东的山谷，沿着山谷进入一片常绿阔叶林。那是一片壮观的原始林地，走着走着，黄复生被一块巨大的岩石挡住了去路。在岩石的外面，包裹着一层厚厚的苔藓，岩石旁边斜靠着一节半朽的风折木，木头上也裹了一层青苔。黄复生习惯性地抽出刀，在风折木上砍了几刀，撬开树皮。突然间，他看到，一群奇怪的昆虫，白的，黑的，大的，小的，四散而逃，十分迅速，很快就没有了踪影。

黄复生明明看清楚了，这些小精灵小而短粗，活动的样子前所未见，研究了半辈子昆虫的黄复生在大脑深处快速搜索，怎么也想不起来这是什么昆虫。一定是捡到了宝贝！直觉告诉他，这些虫子不一般。黄复生决定探个究竟。可眼下，他的左手扶着刚刚撬开的风折木不能松手，风折木一旦反弹回去，势必会将虫子压碎。他也不敢继续砍树，万一这些小精灵又来一次四处大逃逸呢？一时间，他急得无计可施。

突然，他灵机一动，放下手中的猎刀，从腰带上取下酒精玻璃瓶，用嘴巴咬开瓶塞，将酒精沿着撬开的树干浇灌进去。之后，他拿着镊子和毛笔，沿着虫子逃跑的方向仔细寻找，终于，在不远处，他找到了几只浸在酒精中的小虫。黄复生取下小虫，迫不及待地在放大镜下观察。只见虫子有 9 节触角，胸部无翅，腿节发达，尾须仅 1 节并丛生长短不一的刚毛。

"莫非，是缺翅目？！"一个连自己都难以置信的声音在黄复生内心响起。他又拿起放大镜，反反复复，看了又看。千真万确，就是缺翅虫！这可真是想都不敢想的意外发现。缺翅目属于典型的热带昆虫，分布在赤道附近，而眼下，黄复生在地处北纬 29° 的西藏察隅这样的高纬度地区能见到缺翅虫，真是一大怪事。这种虫子种类非常少，在我国，此前还没有过任何关于缺翅虫的报道，就连标本都没看见过。如果真是缺翅虫，那么，就能为我国的昆虫种类填补一个目的空白。黄复生激动万分，久久不能平静。

回到北京，黄复生第一件事就是鉴定缺翅虫。他请来了业界著名专家陈世骧和蔡邦华，又奉上采集到的 4 只成虫和一些若虫标本。两位前辈都觉太意外，反反复复，看得特别仔细。他们搬出了多年收藏的关于缺翅目的各种文献，最终，确定无疑，这就属缺翅目。黄复生的这一发现填补了我国昆虫一个目的空白，该虫最终被命名为"中华缺翅虫"。

冯祚建也是做动物研究的，与黄复生采集小昆虫不一样的是，他的目标为大动物。冯祚建在聂拉木和吉隆做动物考察的时候正好是五六月份。火柴杆大小的蚂蟥探头探脑，它们会感知人体的温度。在田野里，在树枝下，冯祚建放老鼠夹子的时候，蚂蟥就探头探脑地来了，迅速地"飞"了过来，冯祚建有了经验，摆身一躲，蚂蟥扑了个空。"恶心！"冯祚建望着黏糊糊的蚂蟥，浑身一阵酥麻。读书的时候倒是听说过蚂蟥，少时在田里劳作时也被水蚂蟥咬过，只是这东西到底是很少碰到的。冯祚建没想到的是，到了藏东南，这玩意儿到处都是，冷不防就被咬了，一旦被咬便是鲜血直流。不过他没法避免，因为每到一个地方他都得到处放老鼠夹子，通过采集老鼠标本，分析当地的动物特征。好在，胖乎乎的冯祚建身体硬朗。

李明森身体弱一些。在翻越阿扎山口时，好脾气的李明森患了重感冒，严重到足以诱发肺水肿、脑水肿等并发症。孙鸿烈和郑度苦口婆心地将他劝退，并派人把他送回营地。李明森没有办法，只得怏怏而回，一道瘦削的身影消失在了山林中，未到阿扎冰川也成了他一生的遗憾。

土壤是环境变化的一面镜子，见证了所有的变迁，又睿智地保留了证据。李明森做土壤地理研究，喜欢探索，在后来的日子里，他对西藏的土壤有了更深入的了解。青藏地势起伏大，垂直海拔跨度也大，几乎囊括了从海南到华南再到东北的土壤类型。

我们见到李明森先生的时候，他仍对青藏科考记忆犹深。年轻时的李明森极爱拍照，也极爱探索，从他的照片中，我们看到了往昔那些珍贵的片段。而时间，又积累了诸多的故事。

10月的北京，天渐渐冷起来了，一大清早寒气逼人。走进智德北巷胡同之前，我们先在门口的小店里喝了一碗豆花，吃了一根油条，身子便觉暖和起来了。之后，沿着胡同往里走了一百步不到，就到李明森先生家门口了。大门顶的瓦上长了几株黄绒绒的草，很有些历史沧桑感，李先生就住在这个大杂院里头。李先生家的保姆出来接我们，说是李先生现在耳朵已经听不清，行走也不方便了，而大杂院里住了 30 多户人家，怕我们找不着门，所以来接我们。我们进到房间时李先生已经坐在椅子上了，他朝我们微微一笑，慈祥和蔼。他穿着格子衬衫，外搭毛衣，戴着手表。我们发现不少老先生都喜欢这样搭配，清爽又儒雅。虽然先生已经 80 岁了，先生的五官依旧俊朗精致。我们跟李先生说话时，虽然他的耳朵上戴了助听器，可他仍然听不太清楚。保姆说，李先生听不明白的话，可以写字给他看。我们拿出本子，开始了对李先生的采访。所幸先生除了耳朵不太听得见之外，其他方面状态都还不错，眼神很好，思维也清晰，一个一个故事从他口里讲出来都比较流利。

李先生的相册很多，挤了满满一柜子，井然有序。他说自己爱拍照，母亲也爱拍照。我们提议说想再看看先生小时候和青年时期的照片，先生非常大方地成全了我们。他站起来，可能是因为坐得久了些，有些颤颤巍巍，我们急忙扶着他的手臂，又有些后悔说出了这个请求，让先生费一番力气再去拿相册。先生慢慢地走到柜子前，半弯着腰去取相册。他取了一本很大的相册，坐下之后，一页页翻给我们看，又一张张解释。那可真是一个大宝藏，我们如获至宝。在相册中，我们看到了一些非常具有年代感的照片，那些照片里面有他的母亲，他的父亲，他的童年、少年、青年、中年，还有他的姐姐、姨妈、表兄弟姐妹们。李先生的母亲算得上是个大美人，五官精致，风姿绰约，气质优雅，仿佛是从画里走出来的。他的父亲则儒雅中透着几分聪慧。而李先生，果然如我们所想的，年轻时候帅气俊朗。透过照片，我们能感受到他年轻时候的自信与朝气。

李明森的出生颇具传奇色彩。

1938 年，李明森出生在苏州。那一年，土匪洗劫村子，老百姓四处躲灾逃命。李明森在母亲的肚子里，仿佛感受到了外面世界纷乱的气氛，着急出来看看这个热闹纷呈的世界。土匪正在村里烧杀抢掠，纵火烧房。李明森的母亲疼得直叫唤，孩子就要钻出来了，眼下却连命都难保住。邻居看到李家的房子一片红光，想来孕妇和孩子都已经没命了。等到一切安静下来，村民们回到村里，有人听到婴儿的啼哭声，一看，大人和小孩都安然无恙。兵荒马乱中，李明森出生了。伯父知道后，非常欣喜，说这孩子运气好，将来要做大官。

李明森没做大官，但确实有了大出息。十几年后，他考上了北京大学，又成了中科院的一名科研人员。

虽然李先生说和听都有些费力，他却还是努力地向我们打听着诸位老青藏的情况。故而，我们更愿意用"老青藏"来称呼他。忆起当年在青藏发生的故事，他有说不完的话。如果说藏东南对先生而言是小试牛刀，那么几年后的羌塘高原无人区则让他扎扎实实认识了青藏。临走，李先生送了两本他写的书给我们，分别是《挺进羌塘高原》和《天河地峡亲历记》，这里面记录了他以及"他们"在青藏科考中发生的故事，为我们写作本书提供了珍贵的资料。

时间地点回到20世纪70年代的藏东南。同是老青藏的何希吾被任命为水利组组长。他领了两个任务：其一，考察察隅河；其二，去墨脱。考察完察隅河之后，何希吾带着一支小分队去了墨脱。此行，他们主要是考察雅鲁藏布江大拐弯，那里隐藏着太多引人入胜的资源和秘密。

三、揭秘大拐弯

墨脱，藏族人民心目中的"莲花宝地"，是西藏海拔较低的地区，也是西藏环境最好、雨量最充沛、生态保存最完好的地方之一。常言道：不要在去过墨脱的人面前谈论路。可见墨脱的道路极其险峻。雅鲁藏布江大峡谷主体段主要集中在墨脱境内，故而，墨脱也是科学研究和科学探险的必达之地。

20 世纪 60 年代，中科院已经在青藏做过水利考察，但具体的数据多半是从图上计算得出，雅鲁藏布江下游还没有人真正去过。如何从图上计算出水能数据呢？大致是先从地图上获得河段落差数据，从水文站获得水文资料，河段蕴藏的水能正好是流量和落差的乘数，即 9.81QH。利用这个公式，不管去没去当地考察，都能算出河流的水能大小。可是，并不是水能大就适合开发。水能开发条件十分复杂，必须得实地调查，包括基岩、植被等。雅鲁藏布江是一个潜在的水能基地，水能资源蕴藏丰富。

可是，开发条件如何？何希吾带领的水利组，此行就是要解决第一次考察留下的未解之题。这次，他们得脚踩大地实打实地走，做深入考察。

20 世纪六七十年代的青藏高原，大部分地区没有路，河上没有桥。人们戏称"到处都是路，到处又都不是路"。路过平平的河滩，车子直接从水里蹚过去。见着平坦的地面，那便是难得的车道了，该去的地方一个都不能落下。深山老林里，走在前头的人背着两尺多长的砍刀，边走边开路。

随队的车辆是解放牌大卡车，科考队从横断山区和川藏线入藏，几乎每天都要翻山、过江。车子沿着盘山路走，一边是峭壁，一边是悬崖，临着万丈深渊，惊险万分。车行在路上，又怕熄火，更怕翻车。有时还有飞来横祸，滚石从几百米的山坡落下来。真是提着命在路上行走。好不容易到达宿营地，队员们不管多晚，第一件事情就是卸车。

考察完察隅河，何希吾带着临时抽调组成的大峡谷水利资源综合科考小分队（简称"水利小分队"）向墨脱开拔。郑锡澜、章铭陶、关志华、杨逸畴、鲍世恒等考察队员，连同负责后勤的马正发，上海科教电影制片厂的赵尚元，以及当地翻译 1 人，一行 9 人于 1973 年 9 月底开始向大峡谷行进。由于一路免不了经过中印边界地区，为了保护大家的安全，西藏军区边防营派了一个班的战士保护水利小分队队员。

水利小分队设计的路线是：翻越多雄拉山，直插墨脱；再从墨脱沿江往下游走，考察至希让；从希让沿江往上游走，到帕隆。这样一个周期走下来，雅鲁藏布江大拐弯就算考察完了，预计时间得持续到 1974 年元旦。

按照事先设计的路线，水利小分队出发了。跋山涉水的路程是艰难的，队员们先从西藏东部的米林出发快速行进，他们要赶在大雪封山之前，翻过多雄拉山口到达墨脱。多雄拉山山路崎岖，何希吾他们足足花了三天时间，在山上住了两个晚上，才翻过山去。他们从多雄拉山的另一边下山，直插雅鲁藏布江的下游地带——墨脱。吃喝用的物资则从拉萨用车子运到林芝，再从林芝找马帮驮着往墨脱走。到了墨脱，马帮走不动了，就靠雇来的民工背。

墨脱境内的居民以门巴族和珞巴族为主，由于道路险峻，生活供应相当困难。一部分人靠打猎为生，一部分人则靠种点水果、玉米、水稻为生。其他的日用品、食品，如粮食、盐、茶之类的东西，全靠林芝地区的人组织马帮在 6 月到 9 月之间给当地人驮去。

如此一来，吃食就是个大问题。科考队员们每天的补助是 1—1.3 元，刚够吃饭。雇民工背行李，一天一人得 1 元钱左右。民工们都爱抽烟，开始的时候，抽烟的同志给大家分烟，一人一根，一次一包烟就没了。日子久了，谁都供应不上。于是，大家规定，由一个人负责给民工分烟，烟钱算到伙食费里面，由大家分摊。

那么，大家吃什么呢？

科考队员们每天自己做饭。考察忙，往往考察当天的早晨做两顿饭的量，早晨吃一顿，用饭盒装着带一顿，中午烧点开水就着饭吃。有时吃部队的压缩饼干，压缩饼干很硬，一次最多吃几片，吃多了肚子会发胀。

在边防站吃住，几乎每顿都是米饭辣椒，辣椒米饭。辣椒是当地产的，辣得不行。星期天休息，在有条件的地方，有时科考队员们会跑到老乡家里去买鸡，不管公母、不论大小，都是一块钱一只，买个七八只炖成一锅，就算是美美地改善伙食了。

有一次在大峡谷里，恰逢星期天，为了给大伙儿改善伙食，何希吾带着大伙儿到老乡家里买猪。买猪需要大秤，没有大秤，怎么办？大家想到一个办法，把玉米用小秤一个个称好，倒在一边的筐里，然后用一根木棍，一边挂着装好玉米的大筐，一边挂着猪，等到两边平衡了，猪的重量就有了。请老乡杀了猪，大伙儿先把猪头、排骨吃完，好肉舍不得吃。第二天走时，还有四条腿没吃，那都是上好的肉，大伙儿特意留下来的。几个大老爷们学着老乡的样子，有模有样地做起了熏肉。他们琢磨着，熏肉可以久留，一路上就能偶尔改善伙食了。这四条猪腿由民工背着走，做饭的时候在灶台上熏一熏。没想到的是，墨脱实在是太热了，熏了几天之后，肉臭了。望着舍不得吃省下来的好肉就这么臭了只能丢掉，队员们个个叹息不已。

墨脱海拔低，潮湿又炎热，气候颇为奇特，往往山顶上白雪皑皑，山下却姹紫嫣红。在山顶上翻山时冷得要穿皮大衣，到了山下得穿凉快的背心。这样一冷一热的气候形成了一些特别的景致，也孕育了特别的生物。

生长在这里的旱蚂蟥给所有科考队员留下了噩梦般的记忆。这类蚂蟥的身体细细长长的，比筷子还小一些，在树上，在地上，在田间，在野外，到处都可以看到它们的身影。它们竖着上半身，摇来摇去，探头探脑，一旦闻到生物的气息，立马"飞"过来，钻到脚上，脖子里，肚皮上……一旦下口咬了人，会瞬间分泌出一种麻醉剂，让人感觉不到痛。吸满一肚子血，它自己就会掉下来，扬长而去。被蚂蟥咬了的伤口不会马上结痂，鲜血直流。人们往往要看到那成片成片的血迹，才发现自己被蚂蟥咬了。

考察队几乎无人幸免。虽然大家早有防备，穿得跟战士一样，打绑带，穿胶鞋，袜子用白布缝得密不透风，专门用来防蚂蟥。可蚂蟥实在太多了，即便全副武装，也总是防不胜防。

让何希吾他们恼火的还不止蚂蟥。有一种草蜱子，样子像臭虫，脖子很细，头能钻到肉里去。人如果用力拔它，容易把它的脖子拔断，使它的脑袋留在人的身体里，久了就会造成发炎。这东西看到了千万不能直接拍死。该怎么对付呢？西藏军区后勤部的军人们掌握了方法，一五一十告诉了科考队员们。对付这东西得抓着它的身子一撮一放，松弛有度，几次之后，它自己就会把头伸出来。

何希吾很少被蚂蟥叮，也很少被草蜱子咬，却被毒蚊咬惨了，留下了终生难忘的记忆。那是他刚到墨脱那天，天气非常炎热。

在营地，边防将士们为了迎接科考队员，给大家放电影。何希吾穿着小背心就去了。看了一阵电影，他去上厕所。刚一蹲下，成群的蚊子便蜂拥而至，那蚊子又黑又大又毒，就算是出身农村的何希吾也没见过那么恐怖的场面。只一会儿的工夫，何希吾的臀部就被咬了无数个口子，一个个红疙瘩又大又痛又痒，肿成了一片。实在痒得受不了，何希吾便使劲地抓，抓得毒水直流，一盒万金油很快就用完了，却根本不顶用。这种奇痒无比的难受感活活跟了他半年，时不时发作，半年后墨脱考察结束回到北京，何希吾才到北大医院治好了这个毛病。这样的经历给何希吾留下了深刻印象，就是现在想起来，他依旧觉得毛骨悚然。

考察还得继续。墨脱道路的险峻，水利小分队是亲身经历了的。有那么一个河段，给所有人留下了深刻印象。岩石从山腰伸到水里，在岩石的中间，有一条约莫一脚宽的缝。几十米长的距离，科考队员们必须沿着这条缝从这头攀到那头。上面是壁立千仞的光滑的岩石，下面是一条湍急的江。有人胆子大，穿着鞋子就走过去了。生死就在一念之间，而此时，必须保持镇定和冷静。何希吾壮着胆子，脱了鞋，沿着石壁开始走，每一步都如履薄冰。那一段不长不短的距离，好像经历了一个世纪。

终于，他们过去了。可是，他们接下来的水利考察还有很长很长的路要走。这样的"险"几乎无处不在。

作为水利考察专家，何希吾他们遇到的大问题自然与水脱不了干系。有两种桥是比较难走的，一为钢索桥，一为藤网桥。钢索桥据说最早也是用藤做的，后来改成了钢丝。一条钢丝做的缆绳横跨在河流上方，人挂在钢丝上往下望去，湍急的河水哗哗奔流着，直吓得人手脚发抖。要过这样的桥，科考队员们往往要手脚并用。过桥时用一根绳子挂在缆绳上，绳子另一端捆在腰上，人的头朝前，手往前，脚往后蹬，脸朝上，绝不敢往下看。爬到中间时，缆绳随着人的重力往下垂，仿佛是一根绳子上吊着一个秤砣。下边是呼啸而过的洪水猛兽，随时张着血盆大口，准备将人吞了去。有些胆小的人被吓得嘴唇发紫，手脚发麻。可越是这种时候越容不得紧张，前不着村，后不着店，就那么孤零零地吊在缆绳上，壮着胆子也得爬过去。

藤网桥比钢索桥看似安全一些，这种桥全都是用藤编成的，长长的活像笼子，底下铺着木板，没有任何其他的支点。人一旦走到了笼子中，所有的希望就都寄托在枝枝蔓蔓的藤上，只能祈祷它结实一点再结实一点。可藤终归是藤，突然走上去一个人，它便安静不下来了，左右、上下，不听使唤地摇晃起来，上面的人仿佛随时要被抛出去一样，心也跟着跳来晃去不得安宁。

遇着没桥的河段，独木舟是过河的必要交通工具。在林芝，雅鲁藏布江的下游峡谷进口段，水流比较平稳，这时，独木舟就起作用了。独木舟是用特大树干掏空制成的，有十几米长，除了能坐上全部的人，马也能上去。就算是平常脾性乖张的马儿，到了独木舟上也收起了性子，四脚蹬紧，一动不动，大概马儿也知道，一个不小心，就会害得全舟人丧了性命。

就是在如此惊险的环境中，科学家们克服了身体、心理上的种种困难，有条不紊地进行着考察。1973 年的墨脱考察是我国科学界头一次对雅鲁藏布江大拐弯段进行实地考察，具有开创性的意义。比如，郑度委托何希吾一行人带去观测气象的百叶箱、温湿度计和雨量筒等，安装在墨脱，请当地小学老师拉巴茨仁进行观测，并按时将结果寄到中科院地理所，得到了当地 1973—1974 年降水量超过 2000 毫米的记录。此前，没人得到过确切的数据。类似的考察成果还有很多。

最终，何希吾带领的水利组得出了结论：雅鲁藏布江水能资源非常丰富，但是开发难度也比较大。1980 年，我国与印度进行边界谈判。以何希吾为首的水利组考虑到中印边界涉及水力资源开发利用问题，专门给外交部写了一个报告，报告建议要重视雅鲁藏布江水利开发的问题。这一报告引起了外交部的高度重视，他们专门找到何希吾、章铭陶等人了解情况。报告中所涉及的内容给国家提供了基础数据，具有重要意义。

1973 年 12 月底，水利组沿雅鲁藏布江往上游走，从帕隆离开了雅鲁藏布江。此时，距离进藏已经过去了 8 个月。青藏队队长冷冰身体出现状况，请辞队长职务，何希吾临危受命，担任青藏队队长一职。1974 年，青藏队再次组织包括动物、植物、土壤等专业在内的地理组科学工作者前往墨脱考察。有了水利组第一年的探索，大部队再进墨脱就显得容易了一些。

为了解青藏科考，我们一行于 2018 年 10 月 15 日来到了中科院地理资源所。郑度、何希吾、温景春三位老先生是院里请来与我们见面的第一批专家，可见他们是青藏科考的重要人物，毫无疑问也是老青藏。

当年在墨脱考察中任水利组组长，后来又任青藏队队长的何希吾先生，跟我们见面时已经81岁了。他满头的白发有些稀疏，穿着格子毛背心，朴实中尽显温文尔雅，平和得就像邻家老爷爷。虽然他是德高望重的科学家，我们却丝毫没有距离感。

再一次见到何先生是几天后在他的家中。何先生热情招呼我们进门，亲切爽朗的笑容给我们留下了深刻印象。桌上摆了各式水果，何先生泡了红茶放在我们面前，说是喝了对身体好，又挑了一个黄灿灿的橘子剥好了拿给我们吃，我们受宠若惊。我们对于 1973 年雅鲁藏布江大峡谷这次史无前例的科学考察工作的了解，多半来自何先生对当年的回忆。

何希吾出生在福建福清一个农民家庭，父母辈、祖辈几代人躬耕田野。不识字的父母却对知识文化有所追求，尤其是他的母亲，就认准了一个死理：娃儿一定要读书，再穷也要读书，最起码得识字。

何希吾幼年生活的村子有不少私塾学校，临近的村子几乎也都建有私塾，读书风气甚浓。5 岁开始，何希吾上起了私塾，到 12 岁，他共念了 8 个学校。私塾学校多重传统文化教育，《三字经》《千字文》《大学》《论语》之类的经典古文，何希吾记住了不少——他天生一副好记性。六七十年过去了，何希吾到现在还能背上几句小学时候背过的古文。

小学毕业，何希吾为了减轻家里的负担，回家做起了农活，砍柴、放牛、养鸭子，什么都干过。直到有一天，他路过自己毕业的毅英小学，站在校门前望了望，有位同学的母亲瞧见了何希吾，吃惊地望着他："你怎么没去考试呢？"考试？何希吾一头雾水。问清楚了之后才知道，原来学校正在组织升学考试，却没人通知他。怎么办呢？考试就要开始了，也来不及到家里拿笔墨纸砚。还好同学母亲好心，让何希吾到她家中拿了一套笔墨纸砚，又嘱咐他赶紧赶到福清县一中的考场去。

就这样，在毫无准备的情况下，何希吾稀里糊涂地去考了试，之后，他便不抱任何希望地回到家中继续砍柴、放牛、养鸭子。没想到，红榜贴出来之后，他的名字赫然在目。300 多名学生中，他排名 38 位，考取了福清县一中。

上学需要钱，家里却穷得叮当响。母亲咬着牙说：读！初中一年级，何希吾刻了一枚印章，这是一枚怎样的印章呢？领助学金用的，家庭贫困的学生可以领到 3 元钱一个月的助学金，这可真是令人再开心不过的好消息了。

先生走到里屋拿出一个精致的箱子，里面藏着几个精致的盒子。他拿出了其中两样给我们看，一个盒子里放着一支古老的簪子，先生说那是他的祖母留下来的簪子，非常精致，又代表着一种家族的传承，他特别珍视。他又拿出一个很小的盒子，从里面取出一枚很小的印章。他告诉我们，这个小印章是他读书时领助学金的专用印章，从初中、高中到大学，11 年，他都是拿着这个印章领助学金的。

"如果家里有什么宝贝，这就是最好的宝贝了。"他对我们说。他十分感谢党、感谢国家，让他有机会读书改变命运。那种深刻的感情，他铭记了一辈子。先生是个有心人，所有他珍视的东西都用箱子、盒子装着，包裹了一层又一层。这些老物器件对旁人来讲可能不值一文，但对先生而言可不就是最珍贵的回忆和情感寄托吗？

从福清县一中毕业，何希吾面临几个选择：回家务农、去参加工作，或继续考大学。家里实在是太穷了，父亲对何希吾说："你回来种地或者参加工作吧，帮家里减轻生活负担。"母亲则强硬地说："不行！只要考得上大学，就要继续念书，借钱也得念。没考上再回家种田或参加工作。"

就这样，何希吾毫无压力地参加了高考。他想着，没考上大不了回家种地，能减轻家里的负担也是极好的事情。所以，考试一结束，他就飞也似的奔回家抗旱去了。每天在地里起早贪黑地干活，年轻的小伙子身上有着用不完的力气。直到有一天，他的班主任送来了一封录取通知书。母亲接到通知书，兴奋地飞奔到地里，远远地喊着："冬菊（何希吾乳名），快回来！快回来！"

何希吾被天津大学水利系录取了。当时填报志愿的时候，班主任动员何希吾考工科，说是可以当工程师。在年轻的何希吾心里，工程师可是很有吸引力的。因此，何希吾报考了工科，天津大学水利系河川枢纽及水电站专业就是志愿之一。能够考上大学，何希吾很开心。他没有想到，这将是影响他一生的转折点。

那时候家里穷，连做套新衣服的钱都没有。母亲东拼西凑，节衣缩食给儿子弹了一床棉絮。背着这床新棉絮以及用了 6 年的领助学金的小印章，何希吾离开了家乡，走向了遥远的天津。

到了大学的何希吾深知读书不易，愈发努力了。1958 年，何希吾入了党，还当上了团支部书记。

1959 年，正值"大跃进"时期，十分需要水利建设人才，天津大学水利系组织了一个"天津大学岳城水库工程连"去修建岳城水库。何希吾听到了消息，找到系里的负责人踊跃报了名。一开始，党组织不同意他去，可是何希吾"死皮赖脸"，一片热忱，再三请求。最后，系里再三考虑，批准了他的请求，并且安排他当了工程连的副指导员。这一年对何希吾来说可谓意义重大。

建水库非常艰苦，吃得差，又没法好好休息。可是，施工现场热火朝天的场面给了何希吾深刻的印象。他说，说也奇怪，那时候总能有饱满的精神投入工作中，有时候两天两夜不睡觉都不觉得累。10 亿立方米的水库总库容，多么浩大的工程。水库建设工地所有人都热火朝天地劳作着，那又是多么雄伟而振奋人心的场面。过年的时候，何希吾给留校的同学写了一封信，用材料纸洋洋洒洒地写了 11 页。后来，同学们将原件还给了何希吾，何希吾完完整整地保存着。他搬出一个古老精致的箱子，从里面把这封信拿出来给我们看。几十年过去了，信纸已经泛着泥土色的黄，可字还依旧清晰，字里行间充满着对国家建设的信心和热情，类似"让我们共同携起手来与一穷二白展开英勇斗争""现在就让我们共同为继续赶走穷困，创造美好未来而多流一滴汗吧"这样的句子在信中比比皆是。我们知道，这是那个时代一位爱国青年最直白的内心写照。

一年之后，何希吾返回学校。修建岳城水库耗费的时间让他推迟了一年毕业。之后分配到中科院工作时，这一年的实习期难以定论。何希吾 1963 年毕业，按国家规定，毕业实习第一年一个月的工资是 46 元，一年实习期过，工资涨 10 元，即 56 元。事实上，何希吾在大学已经度过了一年实习期，他本该一毕业就拿 56 元的工资，但他还是按实习生的工资算，即每月 46 元。按国家有关政策，后来何希吾可以去领这少发的 10 元钱，可他并没有去，他认为，为国家多做一些事情是理所应当的。何希吾算了一笔账，五年大学期间家里没给一分钱，都是靠学校的助学金生活。国家一个月给 12.5 元伙食费，3 元零花钱。像何希吾这样家里经济条件特别困难的学生，上学时国家还会发一套棉衣棉裤棉鞋，以及一床褥子。国家如此厚待他，他怎能再去计较这区区 10 块钱？

拿着那枚距今将近 70 年，当时用了 11 年的印章，何希吾告诉我，他感激党，感激国家。是党和国家供他读的书，也是党和国家让他有机会改变命运。

大学毕业填志愿，何希吾选择了服从分配。他的想法是，国家要他到哪里去就到哪里去。综考会慧眼识珠，派人将何希吾要了去。从此，他成了中科院的一分子。

"我这一生有幸参加了两条大江的两个大峡谷段考察，一个是金沙江的虎跳峡，一个是雅鲁藏布江的大拐弯。"80 多岁的何希吾总结自己的一生时概括得很简明。事实上，考察工作本身，却像层层叠叠的山峦，须得耗尽一辈子的修为才能走个分明。

在考察大拐弯之前，令何希吾引以为傲的是对金沙江虎跳峡的考察。

1963 年到 1964 年间，何希吾参加了西南地区综合科学考察队水利组的工作。1965 年，他奉命负责长江上游金沙江河段的水力资源考察工作。金沙江上的虎跳峡是我国最深的峡谷之一，滩多水急，以"险"闻名天下。1965 年，大学毕业第二年的年轻小伙子何希吾来到这里。看着安安静静的水面，其实下面不知有多么凶猛的漩涡和暗流，搞水利考察往往少不了跟这些明里暗里的危险打交道。

经过 4 个多月的考察，考察组考察了金沙江河段所有可开发的水力枢纽坝址，撰写了金沙江水利资源综合开发利用报告，为金沙江水电资源基地开发提供了参考。

何希吾的爱人也在综考会做研究工作,没有孩子的时候,两人说走就走,经常跑野外。1966年女儿出生,1971年儿子出生,相继出生的孩子打破了这个科研家庭的宁静,一时间,带孩子成了最棘手的问题。怎么办?断然不可以影响工作。何希吾想到的办法是回老家把母亲接来,先在北京带一段时间。等到女儿一岁多,夫妻俩又常常要出野外,没时间管顾家里,何希吾只得让母亲把女儿带回老家。那时候交通不方便,经济又拮据,孩子放回老家,就意味着很长时间见不到面。为人父母,哪有不思念子女的。可那满满的思念只能装在心里,没有电话,没有视频通信,看不到人,几乎音讯全无。何希吾的母亲呢,怕孙女不认识父母了,经常拿着儿子儿媳的照片在孙女面前晃悠,告诉她:这是父亲,这是母亲。何希吾夫妻俩再见到女儿时,已经是1970年了,此时女儿已经快满4岁。虽然经常见到父母的照片,可是,当小小的女儿第一眼望见现实中的父母时,一时还是惊慌失措地躲在奶奶的身后。何希吾夫妻俩一时间百感交集。可是没办法,不久,他们又要重新启程,重新离开自己那日日夜夜思念的骨肉。

那些年,何希吾的一双儿女不仅放在老家,由他母亲带大,而且在老家上小学。好在,一双儿女继承了夫妻俩的良好基因,成绩都特别好,从没让他们操心。何希吾老人说到儿女时,满意的笑容堆满了皱纹密布的脸。如今,他的儿女都有了出息。

他的儿子在哈佛大学口腔医学研究院从事口腔医学基础研究工作，为人类的健康贡献力量。

何希吾最近一次到西藏是在 2016 年，这次，他是去旅游的。当年，作为青藏科考队的成员，亲身经历了其中的艰辛苦楚，何希吾强烈呼吁国家加快青藏铁路的建设。这次，他坐火车从北京出发，用将近两天的时间到达拉萨。又从拉萨乘汽车到成都，从成都飞回北京，周周转转 20 天。何希吾先生亲眼见证了青藏高原这些年的变化，脸上绽开了舒心的笑容。这条铁路的修建对西藏地区经济社会发展，对巩固边防的重大意义，何希吾清清楚楚。

先生的家中摆着各种各样的青铜古玩和羊角、牛角。明眼人一看就知道这些器件跟青藏有着千丝万缕的关系。果不其然，这些宝贝都是先生从青藏带回来的。先生拾起一个较大的器皿，说那是西藏少数民族煮饭用的紫铜钵子，他从一个熟人手中淘到的，并未花多少钱。其实那是一个清代的物件，按现在的市价要值万把块钱。先生也从不在乎这东西值多少钱，他坦言："我的那点闲钱大多用来收藏这些物件了。"

一些陈旧的物件在旁人那里可能不值一文，在先生这里倒是被当成宝贝，也算是遇到了好的归宿了。我们为这些器物感到高兴，大概，这些器物承载了先生朝气蓬勃的青春以及深厚的青藏情。当一些物件能作为一种承载时，它本身就已经变得弥足珍贵了。

我们要走了，先生拿了饼干和几颗巧克力塞到我们手中，推辞不下，我们便接下了。我们要出门了，先生也随着我们出了家门。他不仅送我们出了家门，还送到了楼下。我们愧不敢当，多次想要先生回去，外边风大，老人家是不宜吹风的，况且我们何德何能呢？可是先生不，他没回去，而是把我们送出了小区门又送到路边上，还陪着我们等车，直到目送我们上了车又走远了才打道回府。回头望着先生的背影，我们一阵阵感动，一种亲切感油然而生。这就是真正的大家风范，真正的返璞归真。我们的国家，我们的社会，需要这样的科学家。

在青藏科考中，几乎每一位科学工作者背后都有感人至深的故事，何希吾的故事只是具有代表性的一例。跟何先生一样，他们都在用行动证明，为了国家，为了民族，为了大义，他们勇于牺牲，甘于奉献。这是对国家最深沉的热爱，对科学事业最忠贞的坚守。这种精神永不过时，我辈应该将之发扬光大。

时间回到 1976 年，考虑到青藏高原面积太大，科考队决定按地区组织分队，每个副队长管一个分队，何希吾作为队长，坐镇北京，负责整个队的协调工作。青藏高原的苍茫大地上，揭秘行动还在继续。三趾马化石的发掘是这期间非常有代表性意义的科学成果之一。

四、三趾马的美丽时代

谁能想象，在 1000 多万年前，青藏高原吉隆盆地是这样的
场景：

成群的三趾马在碧绿清澈的溪湖旁草地上奔驰嬉闹，三五
成群的西藏大唇犀在慢悠悠地饮水或走动，贪吃的狗群在湖岸
和灌木丛中觅食……

四五十年之前，刘东生坐飞机经过青藏高原吉隆盆地，他
习惯性地往下望去，多年的科考经验告诉他，吉隆盆地隐藏着
大秘密。

"我建议大家去吉隆盆地看看，特别是……三趾马动物群化
石。"在给科考组提建议的时候，刘东生直入主题。

古脊椎动物与古人类研究所的陈万勇坐在底下，听得入了

神，刘东生前辈的话，他深深记在了心里。

1975 年 6 月初，由中科院古脊椎动物与古人类研究所的几位科学工作者组成的古脊椎动物科考组从拉萨出发，陈万勇名列其中。他们上了一辆汽车，沿着雅鲁藏布江中游、年楚河谷到达日喀则。休息了一天，又乘车爬过崎岖的山地，闯过沙丘，翻过海拔 5000 多米的马拉山，经过两天的奔波，终于到达目的地吉隆县城。在当地领导和群众的簇拥下，科考组住进了县政府大院。

此时，青藏队的大部队集中在藏南地区，古脊椎动物科考组此行，将目标直接锁定了三趾马动物群化石。

所谓三趾马，是一种远古时期的马，是指在地质时期新生代早第三纪出现并不断地演化发展，而最后又灭绝的马类。现代马只有一趾，而三趾马，顾名思义，有三趾，故称三趾马。三趾马生活在中新世晚期到早更新世，大致在 1000 万年至 100 万年前最为繁盛，它们习惯在沼泽草地环境中生活。从已发现的三趾马化石来看，其分布在海拔 300—1000 米地区。例如，我国之前发现三趾马化石的地点，河南安阳、南京方山的海拔为 300 米左右，陕西蓝田的海拔约为 500 米。

那么，问题来了，青藏高原海拔四五千米以上，怎么会有这类适合低海拔环境的远古动物的化石？

在科考组出发之前，他们请了多次进藏科考的著名环境地质学家刘东生先生给大家上了一堂课。刘东生说了自己的经验：

要研究和解决青藏高原隆起的相关问题，关键是要找到有意义、有价值的化石。

此时，中科院地质研究所第一任所长侯德封老先生也对科考组寄予厚望，他提醒过科考组：不要走老路，要把经济和地质结合起来，你们应该是新中国第一批经济地质学家。

在老前辈的建议下，科考组直接进军吉隆盆地。

吉隆盆地位于希夏邦马峰（海拔 8012 米）北侧、马拉山之南。盆地海拔 4000 多米，由河湖堆积物组成。盆地北窄南宽，中间吉隆河由北而南贯穿其中，流经尼泊尔，注入恒河。盆地南侧的希夏邦马峰一带，均为海拔 6000—7000 米的雪岭冰峰。

初来乍到，科考组成员包括陈万勇都为高山反应所扰，或轻微或严重地出现了胸闷头晕、乏力、吃不下饭、睡不好觉等状况，这为寻找三趾马化石带来了很大困难。科考组在盆地中艰难地寻找了 3 天，一无所获。大家也知道，在高寒缺氧的环境中不能久待，想要速战速决找到三趾马化石。然而，现实却不如人意，要迅速找到三趾马化石并不容易。陈万勇他们陷入了焦急苦闷的愁绪中，如何拨开云雾？大家一时找不到线索。

这时，吉隆县委书记和县长正巧来看望科考组。了解情况后，生于斯长于斯的县领导灵机一动：外来的科学家们自然是人生地不熟，可是土生土长的游牧者却对这片土地了如指掌，何不求助于他们呢？一旦找到了线索，接下来的操作就容易了。县领导回去立刻筹备召开了一次轮牧老人座谈会，果不其然，座谈会收到了意想不到的效果。在会上，扎西等老牧民提供了很好的线索。

1975 年 6 月 9 日，科考组来到了距吉隆县城 30 千米的臣马乡。

科考组同藏族老乡一起攀爬在约 40 度坡度的黑沟陡坡上。陈万勇和计宏祥走在最前边，听到相关的信息，他们已经迫不及待地想一探究竟。陈万勇一眼就望见了一块三趾马头骨化石半卧在海拔 4300 米的山梁上，大家不约而同地惊呼："三趾马化石，真的是三趾马化石！"

众里寻他千百度，没想到这里还真的存在三趾马化石。大伙万分激动，谁都知道，三趾马化石的发现具有划时代的意义。想想过去那些时日的焦急寻找，总算没有白费力气。

发掘化石是项艰苦的工作，吉隆盆地的气候变化多端，时而晴空万里，时而狂风四起，时而乌云密布，时而雪花飘飞。陈万勇他们就算是穿上加厚的羽绒衣，依旧难抵钻心的严寒。每天，科考队员们要蹚过吉隆河，冰冷的河水仿佛变成了锋利的针扎进骨头里。然后，他们还得爬上 300 多米陡峻的山坡才能到达化石发掘地。在海拔 4000 多米高寒缺氧的吉隆盆地，每向上攀爬 1 米都是累人的，300 多米的爬坡意味着要消耗大量的能量，大家每一步都走得气喘吁吁。就是在这样恶劣的环境中，他们每天要连续工作长达 6 小时。古脊椎动物科考组组长黄万波，因年龄大，心脏不太好，几次晕倒在发掘的山坡上。这样下去何年何月才能完成挖掘工作？陈万勇和科考组的其他同志商议之下决定求助于当地的藏族同胞。6月10日，他们请当地政府帮忙，终于找到了十余位藏族同胞帮忙，这大大减轻了挖掘的工作量。

除了三趾马化石外，还有犀牛、小古长颈鹿、葛氏羚羊、鬣狗、麈鹿、吉隆短耳兔等十余种哺乳动物的化石相继被挖掘出来，特别是三趾马化石的数量极为丰富。不断被发掘的化石就是陈万勇他们的强心剂，虽然条件艰苦，大家却干劲十足。每一次新的发现都让大伙儿心花怒放，忘了艰辛。

如此重大的发现引起了各界的重视。当地县委县政府非常重视，书记和县长亲自到现场，并承诺为科考队员们解决生活上的困难。青藏队的其他队员得知消息也纷纷前来，他们也想一睹三趾马化石的真容。

毫无疑问，三趾马化石的发现不仅填补了西藏地区古脊椎动物化石的空白，而且引起了国内外科学界的关注。刘东生这样的科学家为什么会重视三趾马动物群化石？因为三趾马动物群与青藏高原隆起密切相关。三趾马动物群生活在海拔不高的平原和低缓的丘陵地带，这点是毋庸置疑的。非洲稀疏林带和草原上的斑马、长颈鹿群活动的海拔高度是在1000米左右，我国西双版纳和不丹在热带和亚热带的常绿阔叶林中发现的现代犀牛和象群，其活动范围也是在海拔400—1000米的低丘陵地带。所有这些类似族群的生活现状都可以证明，西藏三趾马动物群活跃的时代，吉隆盆地的海拔高度也只有 700—1000 米。

接下来的工作就是将化石的内在意义揭示出来！

主要负责人之一陈万勇一时不知该从何着手，理不清头绪。老前辈刘东生一语点醒梦中人：什么时候生存环境最好，动物就来了。动物一般都生活在湖边上，因此重点在于把湖泊演化情况研究出来。

陈万勇根据发掘三趾马动物群化石所获得的相关资料和数据，通过广泛的调查研究推测，制作了一幅关于吉隆盆地三趾马生活时期的景观图：远处是少数海拔 2500—3000 米的高山区，青山上云雾缭绕。山中广布冷杉、云杉、铁杉和雪松等针叶树种。高山之下，分布着广阔的中山区，海拔高度约 1500—2500 米。针阔混交林带葱葱郁郁，几只小鹿和麋麑在树下探头探脑。海拔 1000—1500 米的低山丘陵地带，生长着常绿阔叶林，成群的古长颈鹿抬着头吃着树上的嫩叶。成群的三趾马则在溪湖旁的草地上奔驰嬉闹。吉隆湖畔，三五成群的西藏大唇犀或饮水或慢悠悠地走动，贪吃的狗群在湖岸和灌木丛中觅食。当时海拔高度约 700 米的吉隆湖十分平静，艳阳高照之下，清澈的水面闪着银子般的亮光。湖中生活着印度鸥螺型恒河螺、布氏土星介等水生动物……

三趾马动物群生活的吉隆盆地，自然景观秀美壮丽，令人心向往之。或许当时的三趾马不会想到，1000 万年之后，自己生活的天然乐园会变成一个寒冷而干燥的大陆性高原。这是什么原因造成的呢？三趾马动物群化石的发现正好提供了线索。

陈万勇他们推测，远在 1000 万年前，也就是中新世晚期以前，吉隆盆地三趾马动物群生活时期，喜马拉雅山高度还只有海拔 2000—2500 米，少数山峰可达 3000 米左右，这样高度的山体阻挡不了印度洋的暖湿季风。无论是北坡的吉隆盆地，还是南坡的樟木，以及小吉隆河谷的热索桥，在暖湿季风的滋润下，都生长着各种常绿木兰、铁杉、柚木和棕榈等，属亚热带气候。当时吉隆盆地东、西、北三面环山，印度洋吹来的湿热气流进入盆地之中，使盆地终年温暖湿润，年平均气温同四川盆地相似。

世事变化，沧海桑田。现在的吉隆盆地三趾马动物群化石产地海拔已经为 4100—4300 米，华北地区发现三趾马动物群化石地点的海拔高度为 500—1000 米，两者对比，证明了自中新世晚期以来，吉隆盆地上升幅度为 3000 米左右。根据我国登山队和科考队采自希夏邦马峰北坡海拔 5700—5900 米处的高山栎化石，也得出喜马拉雅山中新世晚期以来至少上升 3000 米的结论。

陈万勇他们还推测自中新世晚期以来，青藏高原不断抬升，特别是喜马拉雅山的抬升，阻挡了印度洋暖湿季风的进入，使青藏高原的气候和自然环境产生了巨大变化，致使喜马拉雅山南北坡出现迥然不同的气候和动植物群落。南坡我国境内的樟木、小吉隆河谷热索桥一带，与中新世晚期相似，仍然处于亚热带气候环境之中。而喜马拉雅山北坡的吉隆盆地却今时不同往日，气候环境与过去有着天壤之别。

以往温暖湿润、动物成群、植物繁茂的吉隆盆地，变成了严寒又干燥、昼夜温差大、太阳辐射强、风化作用强的高寒带。昔日繁茂的柚木和棕榈林，已被高原稀疏的固沙草、紫花针茅、地衣、毛茛等代替。生龙活虎的三趾马动物群消失了，生活在这里的变成了喜马拉雅旱獭、藏原羚、藏狐、雪豹等寒冷高原所特有的动物群。唯有碧波荡漾的吉隆湖，还保留下了她似曾相识的模样……

这种影响不仅适用于青藏高原，还可以扩展到东亚大陆。可见三趾马动物群化石的非凡意义。

1980 年的国际会议上，陈万勇作了"三趾马动物群化石发掘和研究"的主题演讲，震惊了古脊椎、古人类学界。在这个会议后，他和其他各学科的科学家受到了邓小平同志的接见。

2018 年 10 月 23 日，我们拜访了这位老青藏——陈万勇老先生。

我们来到中国科学院古脊椎动物与古人类研究所时，已经快下午两点半了。正想着到哪儿找陈万勇先生呢，门口的保安冲我们微微一笑。我们问陈先生是否在楼里，保安连连说是，道是陈先生已经跟他交代了。保安热情地把我们引到电梯旁，我们到了三楼指定的办公室，陈万勇先生早到了。先生见了我们，站了起来，和蔼地笑着。他白发苍苍，体格比较健壮，穿了件夹克。先生是地道的东北人，说话也爽朗直率，又有些憨实的感觉。

令我们印象最深的是，他说到之前认识的任何一个老友都是满口说好："那是个好人啊，极好的人！"可见，先生的内心是装着太阳的：只有内心阳光美好之人，看到的一切才都是好的。

陈万勇 1935 年出生在辽宁鞍山一个小康家庭，父亲严厉，母亲慈祥，家里有五个兄弟姐妹，两个弟弟，两个妹妹，他是老大。那时候，书包一放就得去干农活，初中上学来回要走 18 千米，可他身体健壮，乐此不疲，风雨无阻。陈万勇小时候常常梦想走遍全国，对他来说，外面的世界充满吸引力。陈万勇常常做着一个斑斓的梦，梦里有各种各样的动植物，有各种各样奇妙的色彩。高中毕业，他顺利考上了大学。在报考专业的时候，他毫不犹豫地选择了地质专业。从小没离开过鞍山的他，一心想走得更远一些，去看看外面的奇妙世界。他如愿以偿地进了长春地质学院，学的是区域地质，方向是找矿。眼看着要过上全国到处跑的生活，陈万勇兴奋极了。

1959 年大学毕业，陈万勇被分配到中科院综考会，开始了漫长的地质科研之旅。他一生中，参加了多个综合科学考察队，跑遍了青海、甘肃、内蒙古、宁夏，跑遍了青藏高原、横断山区、南方山地、西南地区。一开始，他的工作主要是找矿。在中国科学院青海甘肃综合考察队中，他去了祁连山、柴达木盆地，跑了十几个矿产地。在甘肃，他还参与考察了后来被开发的金川铜矿。

最大的转折点还要数青藏高原的古脊椎动物科学考察。

1973 年，陈万勇被分派到中国科学院古脊椎动物与古人类研究所，他的方向也自然而然转向了古脊椎动物和古人类研究。正是这样的转向，才有了后面三趾马动物化石群的故事。

再后来，1981—1985 年，陈万勇参加了横断山区的青藏高原科考，活跃在四川和云南等地。在川北江达县，他又发现了很多几百万年前的动物的化石。去青藏高原的那些日子，他随着大队伍，5 月入藏，到国庆节前后出藏。那些风雨如磐的日子，到了年老时回想起来，却变成了珍贵的记忆。

末了，我们闲聊。先生说自己现在是个"空巢老人"，儿子孙子在美国，不过他时常教导孩子要学成回国，报效国家。

闲来没事，陈万勇喜欢研究一些科学问题。他现在着迷的是，人类到底是如何进化来的，又将往哪里去。他始终没有得到自己想要的答案，又感慨于自己年事已高，心有余而力不足，于是嘱咐我们今后要多关注这方面的内容。

三趾马动物群化石的发现只是一个精彩的缩影，随着青藏科考的深入，这样具有跨时代意义的发现越来越多，青藏高原科学考察渐入佳境。

五、一层土壤一页历史

在 1973 年组队之初，青藏队便建立了土壤专业组，准备对青藏高原进行土壤考察研究。

青藏高原由于海拔高，相对高差悬殊，气候条件复杂，发育了一系列特殊的土壤类型，成为我国甚至在世界上都极为特殊的一个自然地域。

土地是由地貌、植被、土壤、成土母质、气候、水文等自然环境因素构成的自然综合体，加上土地很多时候还受到人类活动的影响，因此，土地既是天然的自然综合体，同时又是社会的自然综合体。一个地区构成土地的各种因素在一定空间内相互联系，相互制约，综合起来表现一个地区土地的特征。土地的特征又在很大程度上决定着农林牧业的发展方向、发展途径和发展潜力。因而，在对每个地区的研究中，土壤是不可忽略的重要内容，特别是像青藏高原这种特殊的地区，其土壤研究更是有着不可估量的意义。

20 世纪 70 年代的土壤组阵容强大。最初组队的时候，成员有高以信、孙鸿烈、李明森 3 人。在考察工作中，几人分头活动，同时完成了昌都察隅县、波密县及其邻近地区的土壤调查。到了 1974 年，考察范围进一步扩大，刘良梧、郭寅生等土壤专家加入到青藏高原土壤专业组的队伍中来。这一年，他们调查了山南地区及拉萨市的墨脱县、米林县和林芝县等地。1975 年，土壤专业组的人员进一步扩充，完成了拉萨市、日喀则地区和那曲部分地区的调查工作。此外，土壤专业组还协助调查了拉萨等地的耕作土壤肥力状况，并进行了宜林地土壤评价。1976 年的大规模科考中，土壤专业组规模进一步扩大，兵分三路调查土壤情况：陈鸿昭、吴志东深入昌都地区；高以信、孙鸿烈、郭寅生等前往阿里地区；李明森和姚宗虞赴那曲北部地区。4 年下来，取得了丰硕的成果。

事实上，西藏高原的土壤调查研究工作正式开始并非 20 世纪 70 年代，而是更早的 50 年代。西藏高原是青藏高原的主体。1951 年西藏和平解放以后，国家曾组织了三次土壤地理考察：1951 年至 1952 年，原中央文化教育委员会组织的西藏工作队农业组，在昌都、拉萨、日喀则、山南部分地区做了土壤调查；1960 年至 1961 年，中国科学院西藏综合考察队对以西藏中部为重点的地区的土壤进行了调查；1966 年至 1968 年，中国科学院西藏科学考察队对珠穆朗玛峰及其邻近地区和林芝一带的土壤进行了调查。这些调查都属于路线调查性质，取得了扎扎实实的成果，为西藏高原的土壤研究奠定了基础。

1973 年至 1975 年的西藏高原土壤考察是一次更为全面而深入的考察。孙鸿烈、高以信、李明森等人从西藏高原土壤形成因素、过程、特点、分类以及分布规律等方面，对西藏高原进行了一次全面的调查研究，收获喜人。

尽管西藏高原环境几经变迁，各地生物气候环境迥异，岩石风化方式、强度和风化物运积过程都错综复杂，但西藏土壤的成土母质万变不离其宗，土壤专业组将其归纳为几种，即残积物、重力堆积物、冰碛物、坡积物、洪积物、冲积物、湖积物、风积物 8 种。

很显然，西藏高原土壤表现的幼年性跟成土年龄短以及母质风化弱有关，而这又跟地貌、气候、生物等成土因素息息相关。

土壤专业组对西藏高原研究的进一步深入，也让他们对土壤的认识进一步系统化。在《西藏土壤》一书中，我们了解到了他们当时的一些研究成果。

据书中所言，西藏高原在其漫长的形成过程中发生了多次造山运动，形成了众多巨大山系，奠定了其地形发育的基础。在高原地形的发育过程中，又受到与气候相联系的冰川、河流和风等外营力的强烈塑造作用。这些因素最终导致西藏高原这样一个巨大的地貌单元内部形成了相当复杂的地势结构，它们对土壤的形成与分布都有着重要的影响。

　　庞大的西藏高原虽然在地理纬度上与我国东部地区的中亚热带北部和暖温带南部相当，但气候却完全不同。作为"热岛"，西藏高原所产生的热力作用强烈地影响着高原上空的压力场和温度场的变化。在喜马拉雅等高大山脉的阻挡下，只有部分气流顺南北向的河谷深入高原腹地，大部分气流被阻留。故而西藏高原显示的气候特征是中心温凉少雨，东南部温暖多雨。高原地面白昼剧烈增温，夜间又骤然降温，地面气温日变化很大。此外，降水集中、雨季明显也是西藏部分地区的气候特点。正所谓"一山有四季，十里不同天"。这些都影响着西藏土壤的形成与分布。

　　西藏的水文对于土壤的发育也有一定的影响，更重要的是关系到农牧业的生产。青藏高原是亚洲几条著名大河——长江、澜沧江、怒江、雅鲁藏布江、恒河、印度河的发源地，这些河流呈放射状向四周地区流去。西藏的植被大多是较为原始的天然植被，它们直接反映了当地自然生态环境的特征，表征着土壤发育的基本方向。

　　在所有这些因素的影响下，西藏高原形成了独具特色的土壤。土壤专业组研究得出，西藏高原土壤形成过程的主要特点是生物体的积累明显而分解缓慢，这跟高原特殊的生态环境息息相关。西藏高原土壤形成的另一重要特点是"新中有老"，即西藏高原的成土过程具有幼年性特征，同时往往又显露出古土壤的残遗特征。

而在西藏高原的土壤地带性方面，又存在了水平地带性和垂直地带性两种规律。土壤专业组专家研究所得的西藏高原土壤水平地带规律大致为：从东南向西北为亚热带山地森林土壤系列（黄壤、黄棕壤、棕壤、暗棕壤、漂灰土等）—高山毡土系列（棕毡土、黑毡土、草毡土等）—高山草原土系列（莎嘎土）、亚高山草原土（巴嘎土）—高山漠土系列（冷漠土、寒漠土等）。而西藏高原土壤的垂直带谱可归纳为四个类型，分别是：湿润垂直带谱型，主要见于东部和中部喜马拉雅山南翼山地热带和山地亚热带地区；半湿润垂直带谱型，主要见于藏东和藏东北的高原温带、高原亚寒带地区；半干旱垂直带谱型，主要见于中部和西部喜马拉雅山北翼高原温带及羌塘高原亚寒带等高原内部地区；干旱垂直带谱型，主要见于阿里森格藏布、噶尔藏布流域和喀喇昆仑山等高原温带、高原亚寒带和高原寒带地区。

另一种分类方法则是土壤的区域性分布，这种分类方式主要包括按照土壤的中域分布和按照土壤的微域分布两种形式。西藏土壤按照土壤中域分布的结构特征，初步分为三种组合类型——条带状土壤组合、扇形土壤组合、环状土壤组合；按照土壤的微域分布结构特征，则初步分为三种复域类型——斑点状土壤复域、阶梯状土壤复域、棋盘式土壤复域。

上述内容仅反映 20 世纪六七十年代有关西藏高原土壤的部分考察成果，也是青藏高原土壤研究的一个缩影，而偌大的青藏高原又有着与其不一样的特点。

在后来的研究中，以孙鸿烈、李明森等为代表的土壤学专家对整个青藏高原的土壤进行了进一步的研究。在考察之后，他们结合土壤特点将青藏高原的土地系统划分为九个，如：半湿润高原暖温带旱生森林，灌丛褐色土山地土地系统（藏东、川西三江流域南部），半湿润高原温带针叶林或针阔混交林棕壤山地土地系统（三江流域北部、雅鲁藏布江中下游），干旱高原寒带高寒荒漠寒漠土山地土地系统（羌塘高原西北部）等。

一层土壤一页历史。土壤的形成过程与地理分布及其变化对环境变迁、生态保护及土地资源利用有着深刻影响，青藏科考中，对土壤考察研究的意义正在于此。

1973 年至 1975 年的青藏科考的突出成果还有很多，在此不一一列举。随着青藏队的成绩越来越多，中科院越来越重视，参与的人越来越多，涉及的专业越来越广。时间行至 1975 年，青藏科考还只考察了西藏自治区的一部分。1976 年，中科院加大力度，扩大考察规模，一场协同大作战拉开了帷幕。其规模之大，涉及学科之广，在中国科考史上都属罕见。

第三章　关键年

Chapter Three

1972 年，周恩来总理态度坚决地提出要恢复整个科学考察研究工作，这才有了 20 世纪 70 年代青藏高原综合科学考察研究的丰收。1976 年对青藏科考而言无疑是既特别又关键的一年。穿越藏北无人区，进军西藏最西的阿里，听到地球深处的回音，等等，每一个成绩都是美丽的、耀眼的、振奋人心的；每一个创举都有开拓性的、震惊世界的意义。那些金子般的岁月，永远镌刻在每位老青藏的心中，也屹立在青藏科考的恢宏历史上，闪耀着里程碑般的伟大光芒。

一、关键年

自 1973 年起，青藏科考收获不断，这令青藏队十分欣喜。可时间过去了一大半，眼看着大部分地区还没走到，这与一开始填补空白的初衷相距甚远，青藏队开始着急了。

"这样下去不是办法，我们得商量商量这最后一年怎么办。"在领队的几个人开会时，孙鸿烈提出了自己的疑虑。

大家你一言我一语。

"眼下，只有分成各个小队伍，地毯式地将青藏走一遍了。"王震寰这话一语中的，说出了大家的心声。与其将人扎堆在一起，不如分头行动。于是，一个分队考察行动的大方向算是确定了。

1976 年 4 月 17—26 日，青藏队在成都集中交流 1975 年的考察成果，也是在这个大会上，讨论制订了 1976 年考察计划和各小分队行动计划。

会议决定，从 1976 年开始，考察队分成 5 个分队，一队到西藏最东部的昌都地区，一队到拉萨以北的那曲，一队到藏北无人区羌塘高原，一队到"高原的高原"阿里，一队专门做地球物理考察。5 个小分队除地球物理分队外，其他 4 个按照地域划分的小分队都按统一计划行事。大家先是在拉萨集中，统一做出计划，然后各自考察。会上，指定了四个分队的负责人，他们分别是：昌都分队刘玉凯，那曲分队翟贵宏，藏北分队王震寰，阿里分队孙鸿烈。会议还规定了统一返回拉萨的日期，其中阿里分队因返回拉萨交通困难，直接从新疆返京。

这样一来，青藏队的工作从西藏的东部到西部全面铺开，像梳头发一般，将西藏的山山水水梳理了一遍。

所有事情都需要人来做，当时全队也没多少人，分成 5 个分队后，人员配备陷入紧缺局面。

中科院是"总司令部"，在关键时刻，调动了所有可调动的资源，全力支持青藏科考。在中科院的统一组织下，参与单位新增加了中国科学院南京地理研究所、长春地理研究所、青海盐湖研究所、甘肃农业大学等，参与人员也从 1975 年的 250人增加到近 400 人，涉及专业达 50 多个。如此庞大的科考阵容终于揽下了这一史无前例的大任务。13 个课题 46 个专题的科学考察随之展开。

1976 年，青藏科考至关重要的一年。

这么重要的大行动牵动着所有老青藏的心，可并不是所有人都能如愿以偿。

正当温景春铆足了劲准备继续参加 1976 年全面大行动时，中科院一个调令，将他唤回了北京。起初，温景春以为组织上有特殊任务安排，直到回到家，他才知道了一个晴天霹雳般的噩耗——爱人去世了。望着爱人的遗像，温景春只觉一阵眩晕，悲痛欲绝。这些年，自己奔波于青藏，爱人一个人在家带着两个小孩。亏欠，悲痛，温景春内心深处像是经历了一场大地震。眼下，望着一双儿女，大的 12 岁，小的 5 岁，他们已经没有了母亲，不能再失去父亲的爱。他决定，今后，他一个人要既当爹又当妈，带着爱人的心意，将两个孩子抚养成人。

这样，自己所热爱的青藏科考，就必须得暂时放下。可是温景春对青藏队是有着深厚感情的，他不忍就这么离开。于是他从科考前线退居二线，把大部分精力投入到资料编撰和青藏队的后勤工作中。

青藏科考任务重、成果多，资料编纂工作烦琐又复杂，一点都不简单。温景春经常要加班，可是孩子放学后没人看管，怎么办？他就带着一双儿女在办公室加班，女儿稍大些，也懂事了，还能帮父亲整理资料，一家三口常常在办公室待到很晚才回家。那些又当爹又当妈，又怀揣梦想的日子，多年过去，温景春记忆犹新，他的女儿也对那段时光记忆犹新。

温景春不能参加青藏科考，但他的一片丹心随着战友们的脚步踏入了青藏的神秘世界。

郑度本来领到的任务是考察阿里地区的自然条件类型及自然区划。可在出发前做惯例体检时，医生直摇头，斩钉截铁地说："你肝脾肿大，指标太高，不能参加这次科考。"

原来在青藏多年，本以为身体很好的郑度，身体也拉响了警报。"没，没这么严重吧？我注意一些，还是能参加科考的对吧？"郑度可怜巴巴地说着自己都没信心的话，奢求最后一点希望。医生直直地望向郑度，眼神犀利："不可能！"

无可奈何，在成都参加完学术交流会以后，郑度就回到了北京。之后，上海科教电影制片厂《世界屋脊》摄制组和人民画报社等单位想拍摄珠峰的纪录片，他们决定寻求中科院的支持。通过院里，他们找到"赋闲"在北京又曾去过珠峰的郑度，希望他予以协助。郑度对珠峰感情深厚，早想再返珠峰，听了摄制组的意见，早已兴致勃勃。等爱人回家，郑度将重返珠峰的想法告诉了她。爱人听了，脸色骤然阴沉。

郑度的爱人是北大医院的骨科大夫。1966年，他们结婚了。缘分竟然跟科考有些关系。郑度在民勤站工作的时候，书记叫林泉，也是广东人，郑度就和他结识了。回到北京中关村，郑度忙着上班，当时他也没成家，便以办公室为家了，在那里值班，在那里睡觉。有个星期天，一位同事兴致勃勃地找到郑度："林泉找你。"郑度丈二和尚摸不着头脑，不知道林泉念的什么经，去了之后才知道是要给他介绍对象呢。一桩美好的姻缘就这样成了，爱人是"中长跑运动员"，陪着郑度"跑"了一辈子"马拉松"。1969年，郑度的女儿出生。都说女儿是父亲的"小棉袄"，有谁不想天天将"小棉袄"捧在手心里呢？可是郑度不能，1973—1976年，青藏科考的野外工作正如火如荼地进行着，很长一段时间，女儿都是由爱人和岳父岳母在照料。好在孩子从小独立自强，让郑度安心了不少。

身为医生，爱人知道肝脏肿大又去珠峰那样气候条件恶劣的地方意味着什么，她坚决不同意郑度去珠峰。可是，上海科教电影制片厂的同志也告诉郑度，为了这次拍摄，我国外交部特意跟尼泊尔政府作了交涉，说明了我方如若去拍摄珠峰，将从聂拉木方向进入，预计还得越过尼泊尔边境20千米，请求尼泊尔政府的同意与支持。尼泊尔政府欣然同意后，军委领导特别电示："要认真研究，严格掌握，完成任务，保证安全。"

既然外交部都出面了，那就算是国家行动，意义重大。郑度最终没顾爱人的反对，随着摄制组的殷虹等人，准备乘坐飞机从兰州出发，经过格尔木到达贡嘎机场。

天还未亮，大伙儿就起床了。起飞前，大家都很激动，将飞机的窗户擦得干干净净。机场的杨医生匆匆忙忙提来了一串备用的氧气袋，机组的同志接过氧气袋，一股暖流涌上心头。7时7分，飞机飞离地面，飞行高度由4000米、6000米逐渐升到了7000米、8000米，最后平缓地翱翔在云海之上。郑度等科考队员们拿着地图，望着窗外，时不时提示摄影组的同志：注意，这个下面是日喀则，这个下面是拉孜……

突然，云海之上，出现了三四个耸立的高峰，像极了金字塔。珠穆朗玛峰耸立在群峰之中。"珠峰，大家快看，那是珠峰！"不知是谁第一个惊呼起来，大家顿时热血沸腾，争相透过窗户向远处观望，每小时450千米的飞行速度此刻好像减小了许多。摄影师们急切地想把在太阳照耀下，金灿灿的世界第一高峰抓入镜头。

飞机在珠峰上空来回绕飞了三次，摄影师不仅拍下了珠峰的奇异景观，还拍摄了马卡鲁峰和洛子峰，这些都是海拔8000米以上的高峰。在飞机上看珠峰，那是郑度曾经行走在珠峰边做科考时无法体会的感受。那画面，漂亮极了。当真是不识庐山真面目，只缘身在此山中。青藏高原，这片土地，郑度深深地热爱着。

电影制片厂的人拍摄完成之后，便返回了北京。郑度则搭车来到了那曲的班戈，他深深地热爱着这片土地，也深深眷恋着青藏队。在那曲，医生给他检查身体，发现肝脾还是肿大，医生有些生气地说："你怎么肝脾肿大还出来呢？"

郑度摸着后脑勺，嘿嘿地笑着。这一次，他决定"违逆"医生的意思，无论如何要参加青藏科考。下定决心的郑度加入了那曲队的科考大军。

与温景春、郑度相比，能顺利参加考察的人无疑是幸运的。除大的方面分为 5 个小分队之外，1976 年的考察中，青藏队根据具体情况还特设了一些专题考察组。

为了重点考察雅鲁藏布江，青藏队特设干流组，计划用 4 年时间，对雅鲁藏布江进行水量水能测量和流域全程的考察观测。继 1973 年何希吾等人对下游大峡谷的考察之后，青藏队 1974、1975 年又对雅鲁藏布江中游进行了综合考察。1976 年成立的干流组领到的任务是考察雅鲁藏布江上游地区，其中，最重要的工作是确定雅鲁藏布江正源。

此前，关于雅鲁藏布江的正源存在几种说法，比较权威的说法来自斯文·赫定，他认为当以库比藏布为正源。还有一种双源说，即以库比藏布和杰马央宗为源头。甚至有三源说：库比藏布、杰马央宗再加上马條木藏布。民间呼声最高的正源则是杰马央宗。

水资源学家关志华率队从拉孜县出发，前往上游马泉河河谷。要从诸多说法中确定正源，以怎样的标准来确定？科学家们经过多番讨论和研究，定了几个标准。正源得遵循四个条件：河长必须最长；流量必须最大；流域面积必须最广；必须参考当地传统说法。

关志华他们一路考察，一路打听，民间几乎众口一词：杰马央宗是雅鲁藏布江源头。众人一行来到杰马央宗冰川，从最初流入江中水的地方开始考察，综合流量、河长、流域面积等方面的因素，最终得出结论：杰马央宗冰川为雅鲁藏布江正源。然而关于雅鲁藏布江正源的探索却并未就此结束，后来又产生了新的说法，在此我们不深究。科学问题永无止境，这或许是科学探索的意义所在。

1973年随水利组到墨脱考察了大峡谷的章铭陶这次没有随干流组一起行动，他有其他重要任务。1976年，国家决定开发羊八井地热资源，缓解拉萨电力供应紧张问题。而在先前的发掘过程中，章铭陶等地热学家功不可没。章铭陶曾任青藏队常务副队长，对西藏地热的考察研究具有开拓性的贡献。

1973年，完成大峡谷的考察回到西藏时，章铭陶见到了西藏自治区领导郭锡兰。"大峡谷地区有众多高温热泉和沸泉，具有很大开发价值。"章铭陶跟郭锡兰说。

"这真是太好了！"郭锡兰脸上绽开了喜悦的笑容。此前，他一直在为西藏缺燃料的情况而发愁，听了章铭陶的话，他看到了希望。"如果你们能调查清楚雅鲁藏布江流域有多少温泉，哪怕为拉萨找到能够解决洗澡问题的热水，那也是帮了我们西藏大忙了！"

郭锡兰的一番话，让章铭陶看到了西藏地区地热专题研究的重要性和紧迫感。西藏缺煤少油，章铭陶再清楚不过。为地方造福，正是科学研究的题中之义。郭锡兰的话在章铭陶脑中久久回荡，1974 年做计划时，负责地热考察的章铭陶决定将区域地热调查重点放在距离拉萨仅 90 千米的羊八井地热田。羊八井地热田坐落在念青唐古拉山东南侧海拔约 4300 米的盆地里，面积约 7 平方千米。

站在 5000 米开外的青藏公路上眺望，章铭陶望见热水湖上直入云天的蒸汽柱。考察队正准备开车直奔目的地，不料刚下公路，车子就陷在沼泽地里，好不容易拖出来之后，大家再也不敢开车前进了。在藏布曲畔搭好帐篷之后，章铭陶沿着藏布曲向上游走，他看到左岸的河漫滩上到处是热水和蒸汽，斑驳的硫华（现代火山区和高温水热活动区的喷气孔内壁和口垣上的针状或粒状硫黄晶体聚积）和盐华（由泉水或地表毛细水经蒸发沉淀而成的盐类沉积物）结在泉口上。章铭陶朝一个泉口走去，边走边取出温度计准备测泉口的水温。他聚精会神地盯着眼前的泉口，不料，脚好像被人猛地往下一拉，章铭陶吓了一跳，本能地往脚下望去，才发现脚陷进了沼泽里。跟其他的沼泽不一样的是，这里的沼泽是热的。一会儿工夫，泥沼就到达了大腿根，感觉越来越烫。同行的队友用尽力气将章铭陶拖了出来，在高原寒冷的空气中，被热水浸透的腿很快变得冰凉透骨。

好在从第二天开始，羊八井的勘探便较为顺利。经过一年的初步勘探，章铭陶和他的队友们判断出羊八井的地热田有很大开发潜能。他们推断，地下地热流体储集层的温度在 200℃左右，这样的数字是振奋人心的，进一步确定了羊八井地热田作为电能开发资源地的巨大前景。

到了 1975 年，青藏队会同西藏地质局，对羊八井的地热资源又进行了一遍评估和试验。章铭陶再次来到羊八井，参与了热田的浅孔测温和热水湖测量，最终证明了热水湖的存在，这也意味着地下有高温浅层热储的存在。就在这年的 7 月 4 日，在羊八井的第一口探井井深 38.89 米处发现了第一层浅层热储，随即，高温水汽柱冲出井口，我国大陆第一个湿蒸汽地热田由此诞生。

后来，章铭陶又多次造访羊八井。他没有辜负青藏队和西藏政府的重托，后来的羊八井地热田得到了大力开发，在那一片"热土"上，遍布着纵横的管道和整齐的厂房。利用发电排放的热水，政府又建设了一些露天游泳池、浴室和温室。在热汽的保护下，温室里一片青葱翠绿，可一年四季供应新鲜蔬菜。

1976 年，青藏队所有专业工作都分成了 4 摊，地热组人员也分派到 4 个小分队，佟伟和过国颖留在羊八井，章铭陶和廖志杰为了追踪水热活动与地中海地热连接的轨迹，参加了阿里分队，往西藏西部深入探索。

二、西藏最西的阿里

阿里队按专业分成了几个考察组，各组人数不一。在孙鸿烈的带领下，阿里队从拉萨出发，十多天之后，终于到达阿里。

队员们挤在一辆卡车里，车上不仅装了科考队的十几个人，还有吃的东西、睡的帐篷、装标本的器具，等等，占满了车厢。队员只能坐在箱子上面，脑袋顶着车篷，车一颠簸，来回晃动，脑袋就能撞到车顶。

阿里位于西藏的最西端，在这片神秘的土地上曾有一个神秘的高原文明存在，至今为人津津乐道。大约在公元 842 年，吐蕃末代赞普朗达玛被刺杀，他的后代为了王权纷争四起，吐蕃王朝分崩离析。朗达玛的曾孙吉德尼玛衮率领部下一路向西，朝着“如同装满融酥的金盆宝地”阿里地区逃亡。阿里地区原属象雄王朝，松赞干布曾征讨并降服象雄，后在此派驻主管。吉德尼玛衮到达此地后，很快得到了吐蕃各路势力的支持，最终赢得了阿里地区的统治权。

吉德尼玛衮将长子日巴衮、次子扎西衮、幼子德祖衮分三地而治，先后派往玛尔玉（今拉达克）、布让（今普兰）、扎达和桑噶（今克什米尔地区南部），后来，这三个区域形成了三个王系，史称"上部三衮占三围"。北宋乾德四年（966年），扎西衮次子松艾在札布让创立古格王系。明崇祯三年（1630年），拉达克进攻古格王朝，古格不敌覆灭，从此消失在茫茫历史中。

可古格人留存下来的佛教壁画没有完全消失。在札布让王城遗址中的红殿壁画里，众人穿着对开长袍，袍上的织绣图案、人们的仪态举止无不透露出当时的风情。虽历经浩劫，文明遗迹却屹立不倒，让后人永远记住：在阿里地区，曾经存在着一个神秘的古格王朝。

阿里地区平均海拔4500米以上，被称为"世界屋脊的屋脊"。这里分布着许多湖泊，很多地方没有像样的公路，也没有正式的桥，汽车行进起来十分艰难。好在科考得到了西藏自治区和军区的大力支持。

到达阿里前夕，孙鸿烈听说地委的同志要欢迎科考队，提前知会大家先做准备，洗洗脸，拾掇拾掇，尽量弄得干净一些。果不其然，当科考队到达阿里首府狮泉河时，当地敲锣打鼓，好似在举办一场盛事。此次同行的还有一位叫杨松的年轻人，他是阿里计委派来的联络员。杨松大学刚毕业，被分配到阿里计委工作。杨松很乐意跟科考队接近，与各种专业的专家们都聊得来，孙鸿烈、章铭陶等人与杨松结下了深厚的情谊。后来，杨松当上了西藏自治区副主席，每次孙鸿烈他们去西藏科考，总要见见这位老朋友，他给青藏科考提供了很大的支持和帮助。

到达目的地后，队伍原地安营扎寨。营地的海拔都在 5200 米以上，队员们高山反应强烈。每晚大家都会头痛，翻来覆去睡不着觉。好不容易挨到了天亮，却又被寒冷的气候给困住了手脚。

阿里的早晨，小河结了冰。每天早晨，负责做饭的同志得早早地起来，用棍子或石头把冰层砸个窟窿，从里面取些冰水来用。即使是夏天，天气也一点不暖和。那冰水实在是透心凉，科考队员们不敢洗脸，不愿刮胡子，连牙也不敢刷，怕冰凉的水将牙床冻坏。

吃罢早饭，队员们带着各自的任务往更高海拔处攀登。他们得收集各种高度的资料，至少得爬到海拔 6000 多米的地方，这样才能看到大自然随着海拔高度变化而发生的变化。

队长孙鸿烈正在琢磨一个事情。此前，地方政府给考察队提出了一个要求，他们要考察队做一个规划，想在象泉河一条支流热布加林沟的谷地建一个机耕农场。可是，他们连张地形图都没有，得先绘制地形图。这事儿，谁来做？

"老章，你来负责这个事情如何？"绘制地形图是个细致活儿，孙鸿烈经过反复斟酌，将任务交给了稳重的章铭陶。从事地热和水资源研究的章铭陶此行是为了延续 1973—1975 年的工作，追踪强烈水热活动朝地中海地热连接的轨迹。

"这恐怕不行，绘制地形图耗费时间太多，我们地热和水资源考察任务都很重，而且，人手严重不足……"视科学考察为极紧要事情的章铭陶不大想接这个科考之外的任务。

"人手不够，杨松和冯普元，你见过的，让他们协助你。"孙鸿烈看来是下定了决心，科考重要，为当地政府和人民服务也很重要。章铭陶最终妥协，应下了差事。

既然应下了差事，就当全力以赴。可热布加林沟附近荒凉至极，连个测量标志点都没有，高程只能假设。高程假设尚且说得过去，方位总不能假设吧？！方位怎么测量呢？章铭陶想了个土办法：半夜起来找北扱星，找到北极星之后用经纬仪把北极星的方位引到地面，用钢尺量出一段长度，这就是"测量的基线"。第二天一早，几个人就从这条人工制成的基线开始向各个方位测量。

在高原上扛着塔尺跑十分辛苦，章铭陶安排了 3 个人跑尺子，他自己则一边操作经纬仪，一边管着绘图用的大平板。没有计算器，拉计算尺、算数据等事情，章铭陶就交给了学物理的杨松。白天全天不休息，晚上章铭陶和杨松睡在一个帐篷里，打着两个手电筒勾地形图。

紧锣密鼓，不分昼夜地干活，17 天后，章铭陶把 4 幅 1：5000 的大比例尺地形图摆到了孙鸿烈面前。孙鸿烈惊讶地望着章铭陶，连连竖起大拇指。他知道，这个速度，即使在低海拔地区也是个奇迹。

章铭陶他们为何这么卖力？他们无非是想早点完成这个任务，早点投入到地热考察中去。他们估计，同行的伙伴们早已在各自的专业上展开了科学探索。

章铭陶估计得没错，在他们埋头苦干绘制地形图的时候，植物学家武素功和地质学家王连成领了一个特别的任务。队长孙鸿烈为了让科学考察如期如质如量地完成，另外分出一个十多人的小分队，由王、武两人带领，到阿里最西边的什布奇考察。此地距印度的哨所仅 200 米。王连成和武素功一行十余人骑着马风尘仆仆赶到什布奇，一切亲力亲为，住在自己搭的帐篷里，而且严密戒备，白天工作，晚上轮流站两个小时的岗，每个人都带着武器。

在这么高度紧张的氛围中，武素功他们也不敢忘记此行最主要的目的——科学考察。做植物研究的武素功此行最大的收获毫无疑问是西藏白皮松。那日，当他看到一棵长着白皮的树时，惊喜得不知所措，这家伙他从来没见过，肯定是好东西。武素功仔细端详着白皮树，小心翼翼地取下一节标本，反复研究后，确定它就是罕见的白皮松，果不其然是个好东西。同行的人多多少少也都有些独特的发现。匆匆结束了什布奇的考察，小分队开往大部队行进的方向。

刚刚完成绘制地形图任务的章铭陶顾不得高兴，他得抢回绘制地形图占用的时间。章铭陶召集做水资源和地热研究的廖志杰、区裕雄、冯普元开了个小会，决定4人分成两个组分头行动。廖志杰和区裕雄坐车沿噶尔藏布河谷向东，重点考察巴尔沸喷泉和玛旁雍错；章铭陶自己则和冯普元骑马沿象泉河向东，重点考察曲隆热泉。最后4人约定在噶尔藏布河谷的门士会合。

在札达县，章铭陶和冯普元请了一位向导，租了4匹马（最后只来了3匹）。3人轻装简行，只带了干粮、马饲料和一只烧水壶上路。

札达县位于象泉河谷一片干涸了的古湖盆中，上千米厚的湖积物被流水切割成了千沟万壑。一路上，章铭陶看到密集的洞穴群，那是古格王国时代的居民居所。离奇的是，17世纪初，古格王国为邻国所灭，数以万计的民众连同他们创造的文明似乎完全消失了，仅剩下这些洞穴群风雨无阻地记录着那一段历史的存在。章铭陶他们目睹了古格王朝的遗迹，不免感怀不已。

事先没有估计到此行经过的地区会是无人区，章铭陶和冯普元食粮带少了。靠着左边口袋里的压缩饼干和右边口袋里的酸奶渣，章铭陶强撑了3天。第4天，干粮基本吃光，一场阴雨来袭，冷得瑟瑟发抖。第5天天晴了，章铭陶他们已经饿得没有一点力气，强撑到曲隆公社一个放牧点，3人下马。

刚一下马，章铭陶只觉头昏目眩，眼冒金星，瘫倒在地上，站不起来。冯普元和向导年轻些，到底身体好一些。见状，他们急急忙忙跑向牧民的帐篷，端来酸奶和糌粑，这才将章铭陶从昏迷的边缘拉了回来。

休整片刻之后，3 人继续从放牧点往象泉河上游的宽谷走。一片新奇的泉华（溶解有矿物质和矿物盐的地热水和蒸汽在岩石裂隙和地表面上的化学沉淀物）造型出现在眼前，3 人面面相觑，简直不敢相信自己的眼睛：新生的乳白色泉华裙像一堆凝固的炼乳；在泉华裙的底部沉淀着层层叠叠十几级泉华台坎，呈阶梯状分布。

章铭陶三步并作两步，迫不及待地登上高约 7 米的老泉华台坎，只见一条纵贯台地台坎的大裂缝中热水鼓噪不停。在河右岸的河滩上，一片平缓的新生泉华台地高出水面 1 米多。台地中央的泉口，热水向四处漫出。在台地下方的河边，又有一个泉口热水喷涌不息。

"小冯，赶紧测测温度！"章铭陶指着泉口，兴奋地喊道。

冯普元拿出温度计，往水中一伸："55℃！"

"不会吧？这泉水活像沸泉，怎么才 55℃？"章铭陶有一丁点失落。

很快，他又转失落为喜悦。在河谷两岸，他看到高达数十米、上百米的阶梯状地面全是褐黄色的古泉华。可以想象，这片区域水热活动的规模曾经该有多么巨大。

取了标本和数据，章铭陶、冯普元两人打道回府，总算不虚此行。之后，他们赶到门士与另外两人会合。然而，廖志杰他们此次没有完成调查巴尔沸喷泉的任务。直到 24 年后，章铭陶重访阿里，终于完成了念念不忘的考察巴尔沸喷泉的夙愿，证实了巴尔沸喷泉是全国最大的沸喷泉。

从门士向东，阿里小分队来到玛旁雍错旁边的霍东。此地位于阿里东南部，一南一北伫立着两座极为相似的山峰。南边是海拔7694米的喜马拉雅山纳木那尼峰，北边是海拔6656米的冈底斯山冈仁波齐峰，在两大雪峰之间是一个大型内陆盆地。西边的拉昂错和东边的玛旁雍错就像是镶嵌在盆地中的两颗蔚蓝的宝珠，是阿里最美的地方。附近热泉和沸泉众多，章铭陶一行围绕着两个美丽的湖泊欢喜地忙碌起来。

归队的武素功更大的兴趣却在山上。冈底斯山，主峰叫冈仁波齐，藏民认为这是神山。山的南边有两个湖：神湖和鬼湖。每年都有不少人来转山，传说转完山到神湖、鬼湖洗澡可以免去一年的灾难。阿里小分队就是围着这组山和湖做考察。

山上的路多半是很窄的，科考队没少遇到惊险的事情。一次，考察队过一个陡峭狭窄的山脊，一边是悬崖，一边是湍急的河水。队员们走得战战兢兢，驮东西的牦牛却胆子大得很，走路大摇大摆，你挤我，我挤你，好似玩闹竞技一般。突然，一头牦牛被挤到了河里，武素功远远地看见牦牛背上有一个手提包。

"那是咱们队伍的钱哟，这可怎么得了，队里以后怎么过日子哟！"武素功急得直跺脚。他以为牦牛背上的口袋是他的，那里面装的可都是公用的钱。

大伙也跟着被吓了一跳，还好曹文宣眼睛尖："老武，那是我的袋子，完了完了，我的渔网还在里头，鱼也捞不成了，怎么工作呀！"

队伍后头，一个老太太只顾低头走路，年轻人惊慌失措地叫嚷着什么，她并不知道。孙鸿烈早就发现了她，她从山脚就跟着他们了。老太太年纪比较大，又穿得破破烂烂，看起来是个可怜人。孙鸿烈走到老太太身边，问她是做什么的，老人家连比带画地说着什么，孙鸿烈听了半天才听明白。她的一个亲人得了病，她去转山，去祈福。她既没有东西吃，也没有帐篷住，看着一队人马就跟了过来。此后的几天，她都跟着科考队伍。看到队员们在做饭，老太太挤到了跟前，盯着饭锅吞咽着口水。

"给老人家拿点东西吃吧！"孙鸿烈对着身边的武素功说。大伙看她着实可怜，便都从少得可怜的吃食中匀一点给她吃。就这样，考察队在山上考察了 7 天，老太太也跟着队伍转了 7 天。

在低海拔地区爬个几百米的山尚且有些吃力，在阿里如此高寒又缺氧的地方爬山，那些经历深深刻在了每个人的记忆中。每走一步，人都要停下来喘口气，一个个气喘吁吁，吃力极了。

遇着不用爬山的平地，交通又是一个难题。人迹罕至，没有路，科考队员们只能循着依稀可寻的路迹往前走。那是 20 世纪 60 年代测绘大队走出来的路，他们当年轧出的车辙还在。在这荒凉的土地上，沿着前人走过的路，多少放心一些。一旦车印消逝，大伙就紧张起来，等在前面的是什么境况，谁也不知道。

过河的时候，车子只能从河中冲过去。这时，看似温柔的河水往往暗藏杀机。遇到底部是沙床的河，车子就要陷进去。有一次，车子陷在了河中间，大家搬来车上带的木板子，打算让车沿着木板开出来。可是河底都是厚厚的沙床，越用力发动，车越往下沉，等到半个车轮子都陷下去之后，大伙方觉得无计可施了。天已经黑了，孙鸿烈只好带着大家在河滩上待着，等到稍晚一些，河滩都冻住了，这才支起帐篷，勉勉强强睡了一夜，没地方做饭，连晚饭都没吃。等到第二天早晨，河滩冻得僵硬，才得以把车子移出河滩。

当时没炊事员做饭，孙鸿烈规定，每个科考队员轮流做饭，不管是队领导，还是一般科研人员，每人一天。司机是重点保护对象，为了保证他们的休息时间，以防出车祸，没有安排他们做饭。

轮到做饭的人都起得很早，各显神通，南北风味，应有尽有。做饭得用高压锅，否则做不熟。要做点可口的饭菜很不容易，菜都是干菜——脱水白菜、粉条、咸肉、木耳等。包饺子吃算是改善伙食了，到野地里拔几根野葱剁碎，用罐头肉混搅成馅，大伙儿吃得美滋滋的。白天各人有各自的科考任务，为节省时间，大家都是揣点东西到山上当午饭吃。折磨人的是，到了中午，食物大都冻成了冰疙瘩。

最适合当午餐的要数从部队买来的压缩饼干。压缩饼干必须就着水才能咽下。没有水的时候，队员们只能咬下一点点，用唾液混合着吃。一条5厘米长、2厘米宽、半厘米厚的压缩饼干，往往一次还吃不完。

偶尔碰上藏族老乡放牧的帐篷，就算是找到了救星。藏族老乡们总会热情地招待大家喝酥油茶，吃糌粑。科考队员们把压缩饼干给他们的小孩，孩子们第一次吃这东西，竟吃得美滋滋的，不亦乐乎。孙鸿烈喜欢喝酥油茶和吃糌粑，在这荒凉之地，能碰到藏族老乡、吃到这种美味，算是最幸运的了，但这种机会很少。

在阿里的日子，常常经受高山反应的折磨。有的同志头发掉光了，有的同志牙齿全松动了，有的同志得了胃病……

在如此艰难的环境中，每位科学工作者却又都保持着乐观的情绪和昂扬的斗志。而所有的动力中，奇妙的大自然是最美丽的一种。在恶劣的条件下，大家见到了许多前所未见的景观，独特的地形、植物、动物、岩石……每每发现一处，他们就想去追索现象背后的原因，做理论上的推断。如此循环往复，上下求索，科考队员们忘了生活的苦楚，一门心思钻进科学的美妙海洋里。

潘裕生进藏的时候只有三十七八岁，搞青藏地质，说实话，一开始他心里也没底。

一日，地质研究所的前辈常承法找到他。当时，常承法若有所思，表情严肃。他先是聊了一些自己在青藏高原上令人兴奋的发现，继而，终于说出了自己的目的："你还很年轻，我希望，你可以参加青藏科考。"讲完，50多岁的常承法望着潘裕生，希望他能够答应。

以前，潘裕生主要的研究方向不是构造地质，而是工程地质。刚到中科院时，他的任务是去丹江口水电站，配合水电站的建设做地壳稳定性的工作。如果他答应常承法的要求，也就意味着研究方向要发生大变化，他心里没底。况且，青藏高原地势如此高，会不会有高山反应呢？自己能适应吗？可是，望着老前辈郑重托付重任的样子，他又觉得自己不应该退缩。他心里明白，常先生年岁高了，选他去青藏，是希望他能把青藏地质研究这一摊子接下来。

"那么，请您去跟我们组长说一声吧，他若同意，我便去！"潘裕生答道。

这好办，常承法立即找到潘裕生的组长，聊了此事，组长欣然答应。就这样，青藏科考成了潘裕生一辈子的事业，30多年，从一个身强力壮的青年到垂垂暮年，潘裕生将半辈子奉献给了青藏高原，仿佛，他的年轮深深刻在那些裸露在地表的绝妙的岩石上了。

青藏高原的山非常高，但岩石露头好，这让做地质工作的潘裕生喜出望外。相对于东部繁密的森林、草地与耕地，西藏的地质更容易观察。这里的许多现象是潘裕生从未见过的，所有这些都深深抓住了潘裕生的心，让他来了就不想离开。

可能是从小受惯了各种磨砺，潘裕生竟没什么高山反应，在常承法的帮助下，他很快适应了这个工作。地质学家必带地质锤，一路敲敲打打，而且每天都有一大堆石头样本需要从山上背回营地。潘裕生长得结实，背石头的活儿不在话下。

开始时潘裕生参加的考察集中在藏南，主要住在招待所。早晨，吃了馒头和咸菜，拿着地质锤，背上包，潘裕生就出发了。有时他会带点馒头和咸菜吃，山上凉，馒头、水都是冷的。有时候他干脆不带饭，早晨吃饱一些，晚上再回去吃饭。夏天的藏南绿草青青，有牧民到此游牧。实在饿得不行了，潘裕生就到老乡家讨一点酥油茶喝。干到傍晚，又饿又乏，潘裕生背着几十斤重的石头样本往回走，只觉气喘吁吁，相当乏力。回到营地，晚餐还是馒头咸菜。吃不到蔬菜，缺维生素，科考队员们只能自己想办法。高原上有一种蝎子草，叶片上有一些小绒毛，一碰，就像被蝎子蜇了一样，又痛又痒又麻。在樟木口的时候，他们看到尼泊尔人将蝎子草用水烫一烫当菜吃，潘裕生他们也学着采，不敢用手碰就用夹子采，用开水烫后，或炒或拌，当蔬菜吃。而这，已经是野外不错的生活。

事实上，科考队的队员们几乎都经历过这样的苦楚。考察完回到拉萨称体重时，不少同志体重都下降了很多。

一日，考察结束往营地走时，有人提议：“把马赶起来跑吧，能快一点到家！”潘裕生也正有此意，况且他的马特能跑，准能第一个到营地。“驾”的一声，他策马奔腾。眼看着帐篷就在前头了，潘裕生正兴奋，不料，哗啦一声，马摔倒了。潘裕生不知道发生了什么事，只是本能地死死抱住马脖子。不料马一惊，又跳了起来，往前一步，又摔倒了。潘裕生终于抓不住马身，"嗖"的一声从马脑袋上方飞了出去。潘裕生重重地摔在羊圈里，身上的笔、记录本、海拔表、罗盘……所有东西全甩得七零八落。好在地面的干羊粪保护了他，只是脸磕在地上的小石子上，蹭得鼻青脸肿而已。原来，羊圈周边浅草中遍布耗子洞，潘裕生的马就是被这些耗子洞绊了脚。在这样的草地上，高大的马竟较量不过拳头大的耗子。之后，再没人敢骑着这匹烈马穿过这片草地。

就是在这么险象环生的阿里，潘裕生他们艰难地进行着地质考察。搞地质的人一般是走路考察，边走边看，生怕错过了哪块绝妙的石头。车跟在人后面，走一段没有发现好石头，人再上车。在狮泉河考察时，潘裕生就常常遇到车过不了河的时候，这时，他就要下河蹚水到对岸去考察。河里的水是雪水，倒不深，一般是刚漫过大腿，只是水流湍急，又冻得人直打哆嗦。水底的石头上长满了青苔，一不小心就会摔倒。一摔倒，浑身湿透，特别冷。好在阿里气候干燥，只要有太阳，衣服很快便干了。潘裕生在狮泉河滑倒过两次，万幸没有出现很大的危险。

干燥的天气也是西藏的奇特之处。1980年在那曲西北边的东巧考察时，潘裕生记得，天气变化像翻书那么快。一到中午天气就变，到了下午两三点，一朵黑云飘过来，马上就是雨夹冰雹。四下光光如也，没有树，也没有遮挡，潘裕生只得用羽绒服的帽子把头兜住，几分钟，衣服便湿透。这样的急冰雹往往时间短,半个小时左右就过去了,黑云散了,太阳耀眼夺目,风干机一般,衣服很快就被烘干了。这样的雨和这样的太阳,在那曲,潘裕生他们往往一天要遭遇两三次,被折腾多了,便知道了它的性情,也就任它肆意妄为了。

阿里虽然水不多,他们与水打交道的日子却不少。有那么一次,潘裕生印象极为深刻。一日,有老乡前来,说是山里面有铜。负责地质勘探的潘裕生他们一听有铜,都按捺不住内心的好奇。若能勘探出铜矿所在,对于当地不失为一桩好事。

当地政府派了老乡给科考队带路,潘裕生一行几人朝着目标进发。走着走着,老乡生病了,无奈之下,大伙儿只得让老乡伏在马上,赶着马走。半梦半醒的老乡指着前方的一条小道,说就是从这里过去。潘裕生他们望了望小山坡,不算高,翻过山进另外一条沟,就算绕一圈回到原点也是简单的事,他们便沿着路进了山,按着老乡指的方向往前走。没想到,其实这条路根本到不了目的地,也回不到原点,只是越走越远。眼看太阳就落山了,天快黑下来了,费了好大一番周折,终于爬到山顶。此时,夜幕已经降临,月亮亦不见踪影,四下黑漆漆一片,没有手电(没想到会天黑了还回不到营地),没有熟悉路的人。天寒地冻,只见一群野驴在山顶上走动的黑影,又似听到野狼等野兽嚎叫。大伙提高警惕,互相照应着往坡下走,只求快些到平地,快些找到营地。可野外的地面充满了危险,由于白天雪融化的水渗透到松散的泥土中,时不时出现一个泥沼,马陷进去了，几个人纵是使出浑身解数也拉不出来。无奈之下，只得把马先留在泥沼地，待到回了营地再搬救兵。眼下，最重要的是大家如何突出重围，回到营地。脚下到处是泥沼，乌漆麻黑的，不仅马会陷进去，人也可能遇到危险。营地在哪个方向？还有多远？漆黑一团找不到任何标识，谁都无从判断。越想越不敢贸然行动，大伙商议之下决定就近找个草包坐下来，等天亮了再作打算。

5 个年轻人把马鞍拿下来，将生病的老乡安顿好，大伙席地而坐，互相鼓励着不要睡着，否则会冻坏的。四下安静得出奇，仿佛只有他们几个置身于偌大的荒郊野外，又仿佛暗藏了预想不到的危险。这样的夜，纵是累得浑身乏力，也没人睡得着觉。饥寒交迫之下，大伙靠在一起，将仅剩的一个马鞍垫盖在潮湿的脚上，坐着等天亮，仿佛等了一个世纪。在这样的黑夜中，队友是唯一的慰藉，也是唯一的依靠。

终于，天亮了，周边的一切又鲜活了起来。潘裕生望了望远方，啊呀，原来大家伙儿已经到了离营地不远的地方，却毫无感觉，在野外冻了一宿。另一边，营地的队友们和煤矿工人们漫山遍野找了他们一宿，阴差阳错错过了。事后，潘裕生想想还有些后怕，阿里的野外，除了野羊、野牛、野驴，还有狼群，好在都没遇上。

这是年轻的潘裕生在阿里的小试牛刀，而此时，真正挑起地质考察大梁的仍然是常承法。经历了 1974—1976 年三年的考察之后，1977 年开始总结。常承法和潘裕生一起写了一本书《青藏高原地质构造》，这本书的主要考察成果来自常承法。

常承法 20 世纪 60 年代就进藏考察，早在 1973 年就发表过类似的文章，总结 1966 年到 1968 年的考察成果。那时，他就提出了用板块构造理论阐述青藏高原形成的过程。常承法认为，青藏高原是由 5 个小板块在漫长的地质时期，通过多次由北向南逐渐移动拼接而成的，在板块与板块之间形成了 4 个缝合带，再经过后来的抬升，形成了今天的青藏高原。这篇文章在国内外产生了很大影响。板块构造理论起源于海洋，用这个理论来解释大陆的形成却不是很成熟。正是在很多人争论板块构造理论是否适用于大陆、能否解释大陆形成过程时，常承法用它解释了青藏高原的形成。外国人没有想到，中国人能运用板块构造理论解释青藏高原的形成问题，大为震惊。

1980 年国际会议之后，在国际上掀起了"青藏热"，这跟地质学上提出的突破性的理论不无关系。一直到后来，青藏科考的地质学研究都是以常承法的板块构造理论为指导思想，而常承法提出这一板块构造理论，毫无疑问跟 20 世纪 70 年代他带着后辈潘裕生在青藏所做的科考息息相关。1982 年正式出版的《青藏高原地质构造》进一步补充、修改和完善了常承法1973 年的想法。比如，此前第三、第四缝合带位置推论不太准确，潘裕生特意跑到青海、新疆等地，将推论位置准确定了位。

可以说在 20 世纪 80 年代之前，青藏地质方面的科考主要由常承法主导；之后，常承法参加完中法合作科考，便将青藏的一摊子事全权交给了潘裕生。潘裕生接过前辈的接力棒，开启了自己独立考察研究的漫漫征程，并在不久之后提出了更为震惊的发现。

阿里考察后，青藏队对青藏高原这一阶段的考察就结束了，主要工作转入研究总结。植物学家武素功和吴征镒等人收获满满。就植物专业而言，此番青藏科考一共采集了2万多号标本，每一号里面又有3—4份甚至更多，总共大约10万份。基于植物专业的这些标本和植被组（14000余号）、林业组（4500余号）、草场组（2000余号）等采集的以及以前考察中采集的总计7万余号标本。从1977年开始，在吴征镒主编领导下，武素功一方面负责编写蕨类植物部分，一方面担任业务秘书，负责组织动员全国十多个单位一百多位植物分类学家编著《西藏植物志》。到1979年，这套书终于完成，并于1983年出版。全套书共五卷，一共记录了5766种植物，其中有1000多种是过去没有记录的。20世纪70年代的西藏植物考察算是交上了一份圆满的答卷。其他专业与植物专业一样，都收获满满。

考察结束后，孙鸿烈带着自己的小组队员从阿里到达新疆，继而回北京。此时的北京，受唐山大地震影响，到处搭着地震棚，满目萧条。孙鸿烈感觉身体不适，小便不畅，到医院一检查，医生判断是前列腺癌，得赶紧住院。由于地震，北大医院的床位十分紧张，医院的很多病号都被动员回家了。可孙鸿烈的情况危急，得赶紧动手术治疗。

听到这个消息，愁容爬上了全家人的脸。孙鸿烈的爱人一边整理着他住院用的衣物和日常用品，一边低声抽泣。孙鸿烈也是百感交集：一方面，在病魔面前人是那么渺小，纵是再要强，也无法无视病魔，既然医生说要及时动手术那便是非动手术不可；另一方面，青藏科学考察刚收队，还有太多工作、太多资料，等着他去总结、去整理，手术势必会耽误工作。他陷入了深深的忧虑中，左也不是，右也不是，左右为难。

孙鸿烈索性将大堆的资料和照片搬到了病床上。这样，既不耽误治病，也不耽误工作。这样一个病人给年轻的主治医生那大夫留下了深刻印象。

他先是给孙鸿烈认真细致地做了一遍检查。检查之后，热情的那大夫突然舒展了眉头。

"您哪，先不急于做手术，我们先分析活检结果再说。"那大夫跟正在病床上紧锁眉头整理资料、照片的孙鸿烈说。

"难道，还有转机不成？"听了那大夫的话，孙鸿烈终于惊讶地抬起了埋在资料堆里的头。

"您就耐心等结果吧！"那大夫笑了笑，匆匆转身走了。

几天后，那大夫欢欢喜喜地来了。

"您不用手术了，根据我们的再三检查和研究，确定您没有得癌症。"那大夫高兴地说。

这结果令孙鸿烈高兴至极，他紧紧握住了那大夫的手，感激得不知如何用言语表达。他知道，他还有那么多的科学梦想未实现，那么多的科研工作未完成，怎能倒下。

时隔多年后，一次宴会上，孙鸿烈惊喜地发现了那大夫。那大夫也一眼就认出了孙鸿烈，激动地说："我想起来了，您那时整天在病床上看资料、整理照片。"

除了忘不了的癌症虚惊，孙鸿烈更永远不会忘记在阿里的那些日子，所有去过阿里的科考队员们也没有忘记。古格文明的神秘面纱笼罩在阿里的土地上已经几百年，科考队的孜孜求索终究会帮助人类解开这片土地的迷局，用科学的手段揭开这片土地的神秘面纱。

在孙鸿烈、章铭陶、武素功、潘裕生、曹文宣等人鏖战在阿里时，他们的同伴——藏北小分队正往无人区行进，挑战那一方"不毛之地"。

三、无人区的火苗

"科界壮举争年华，虎贲三十出色哇。"穿越藏北无人区之前，地层与古生物学家文世宣写下豪迈诗句。"虎贲"即勇士，"三十"是指藏北小分队的人数，"色哇"是班戈县北部一个区政府所在地的名称，从色哇出发向北，穿越藏北无人区——羌塘高原，可直抵昆仑山喀拉米兰山口。藏北羌塘高原，被当地人描述为"荒凉可怕的不毛之地"，是藏北小分队此行的目的地。

藏北小分队中有不少老青藏，也不乏 20 多岁的小年轻。虽然科研人员只有 16 位，可分队队员总数却有 30 多人，包括管理员、炊事员、医生、电台报务员等。东西太多，科考队雇了100 多头牦牛、50 多匹马，驮着电台、标本、行李、食品、马料、帐篷，等等。如此多的牦牛和马，得有人管理，因此又在当地请了 20 多个藏族民工。如此浩大的队伍终于组队完毕，在队长王震寰和副队长兼向导、翻译江措（藏族）的带领下，自然地理、地貌、地质、岩石、古生物、土壤、哺乳动物、湖泊、植物、草场、地热等十几个专业的科学工作者以及上海科教电影制片厂的摄影师、人民画报社记者一行向藏北行进。

车窗外是一眼望不到尽头的空旷原野，远处雪峰绵延起伏，在太阳照耀下，白得刺眼。大伙坐在车上，望着窗外变幻的景观，若有所思。19世纪末20世纪初，大名鼎鼎的斯文·赫定带着一些随员走过这条路，一路上死了不少随从，带去的马、驴、骆驼也大部分死掉了。此行路途艰险，开始时大家心里或多或少有些忐忑。好在中央和队领导早已做好了应急措施：两架满载物资的救援飞机停在兰州机场待命，一旦科考队在无人区遭遇不测或弹尽粮绝，他们将立即赶来营救。李明森摸了摸腰间的枪，这样的枪藏北小分队每人都配了一支。所有这些给科考队员们壮了胆，眼下，个个都意气风发、信心十足。

"羌塘"，一个美丽的名字，藏语的意思却是"北方的空地"。最低海拔也有4800米的羌塘高原，完全无人的区域有30多万平方千米。考察队扎过30多个营地，地址一点都不好选，要找平坦的地方好说，要找有可饮用水的地方就难了。无人区湖多，看着怎么都不缺水，可事实上，绝大多数湖水都是含盐量很高的卤咸水，不能喝。如何在野外简易快捷地判断水可不可饮用是当时的一个现实问题。后来，大家找到了一汪泉水，还发现附近有野兽争斗留下的白骨。

"野兽能喝，人就能喝。"湖泊水文学家范云崎说话了，他俯下身子舔了一下水，果然没咸味。这法子后来就成了判断水能不能喝的妙方。

这里的海拔多在 5000 米以上，冷得连上厕所都成问题，蹲个大便的时间便能将人冻得受不了。藏族人江措见状，给大家支了个妙招：蹲大便时穿个长袍子，一蹲下来就用袍子盖住，这样总算是勉强解决了问题。

就算是最暖和的 6、7、8 月，藏北也是很冷的。藏羊和牦牛一天到晚嘴巴没停地啃草，可怎么也吃不饱。本来科考队员每人可以骑一匹马，工具、资料和行李雇了牦牛来驮，可吃不饱的牦牛实在没力气。疲累过度的牦牛后腿没劲，屁股往地上一坐，就再也起不来了，最终只能原地等死。众人作了一番商议，讨论的结果是人下马走路，将各自的行李放到马上，减轻牦牛的负担。人牵着马，一边走路，一边考察，考察时就将马拴在钉在地上的长铁钉子上。

这一带沉积岩分布最广，文世宣每天要不停地找化石。平地上见不到生根的岩石，一般在山上或是山沟边才露出来，因此，找化石不是爬山就是钻沟。文世宣要走动找化石，拴马不方便，他干脆将缰绳绑在自己大腿上，这样，人走到哪里马就跟到哪里。一段路走下来，他气喘吁吁累得不行，脉搏从每分钟 60 多次升到了每分钟 80 多次，喘息太快的时候甚至到每分钟 100 多次，相当于在平原上长跑时的心律。累了一天回到营地，便再也走不动了。

　　考察人员这次穿越藏北所走的路线跟当年斯文·赫定所走的差不多。不过斯文·赫定当年只发现了 3 个疑似化石点。时隔多年后，文世宣随着大队伍重走这条路，竟发现了 100 多个化石点，采了 2000 多块化石。这些化石记载着无人区的历史，有化石为证的地层包括了泥盆纪、石炭纪、二叠纪、三叠纪、侏罗纪、第三纪、第四纪等，基本可还原无人区的地质史，填补区域空白。想到这些，文世宣开心地笑了，再苦再累也值了。

　　在这过程中，反复无常的天气没少给文世宣一行捣乱。夏季正值羌塘多雨雪的季节，科考队常常遭遇大风雪。一日，大家正骑着马准备外出科考，突然，天空昏黄一片，鹅毛大雪纷飞。紧接着狂风大作，夹杂着豆粒般大小的冰雹，铺天盖地而来。天空被几道闪电劈开，雷声震耳欲聋。冰雹打在鸭绒衣的软帽子上，滑到地面，有些敲打在额头和脸上，让人钻心地疼。风刮着鹅毛大雪从领口钻到内衣里，刺骨的寒冷浸透了全身。

　　"我们赶紧回去吧！"文世宣冲着邻近的邓万明叫喊。

　　"什么？你说什么？"邓万明凑过耳朵来听。

　　风实在是太大了，他们明明隔得很近，却听不到一点对方的声音，只看到对方焦急地动着嘴皮子。

　　范云崎的马直接调转了头，用屁股对着风面。冰雹砸在马屁股上，弹起一尺多高。人一个个冻得跟冰棍一样。这样的暴风雪足足持续了 4 个多小时。

　　等到下午，风停了，乌云消散，灿烂的阳光照在雪上，白得刺眼。一切又恢复了平静，仿佛从来没有过任何异常。众人这才发现，自己的内衣外衣都湿透了。邓万明脱了高帮鞋，足足倒出一杯水。

本以为这样冻了一遭，第二天要感冒，没想到第二天起来，众人又活蹦乱跳，竟没一个感冒的。大家打趣道，或许无人区连病毒都不适合生存，根本没有会让人感冒的病毒。

这样的大雪是很多见的。6 月 14 日清晨，范云崎最先起床，望了一眼帐篷外面，他大叫出声："好大的雪啊，大家快来救人。"

原来，一夜的大雪把帐篷压垮了好几个，等到大家手忙脚乱跑去救人时，被压在帐篷底下的队员自己爬出来了，好在是虚惊一场。此时天边已经露出了金灿灿的太阳。在藏北无人区，反复无常的天气可以在一天中上演好几次。前一秒还晴空万里，下一秒可能就风雪大作。久而久之，科考队员们已经与风雪成了老朋友，风雪挡不住考察的脚步。

迎着白皑皑的雪，范云崎、李炳元、文世宣、张家盛 4 人骑着马朝昂达尔错走去。昂达尔错由东西两个湖联通组成，总面积达 41 平方千米。湖周围低山、丘陵环抱，湖四周是一个宽广的湖滨平原，沿水绕了一条白色的盐结晶带。东西两湖中间横贯一条巨大的沙坝，活像人工建造的水库大堤。文世宣拿着地质锤和放大镜蹲在大沙坝下观察，发现其质地非常均匀。从年代上，他推断沙坝形成于古大湖时期。靠大湖西边的一侧，有十多条这样大小不一的沙坝，犹如体育场上的看台。范云崎和李炳元做湖泊研究多年，他们沿着沙坝走了一圈，恍然大悟。从地貌特征推断，过去这两个湖是一个整体，第四纪以来，随着气候变干，湖水收支失去平衡，才形成了两个湖。如今，分离后的两大湖体变成了盐湖，每升湖水含盐量达 357 克。

中午时分，4 人又划着橡皮船先在西边的湖考察了一圈，观察各种水文要素。范云崎等人观察到湖水深不过 1 米，水中除了分布着许多小盐岛和暗礁之外，没有看到一丝水草和鱼类，一片死气沉沉。4 人又乘橡皮船悻悻然朝东边的湖划去，本想着会看到和西边的湖一样的场景，没料到却截然不同。

"快看快看，那儿有鸟！"李炳元指着东边的湖中一个小岛，惊讶地叫喊起来。

盐湖怎么会有鸟类生存？范云崎赶紧拿出仪器，测了一下湖水的含盐量，每升湖水仅略高于 2 克，跟西边的湖相比一个天上一个地下。"怎么会这样？"众人面面相觑。

"看，大沙坝下有条小河。"文世宣一语道破了玄机。

众人划着橡皮船顺着河道的方向望去。这是一条从东边的湖流出的约 5 米宽的水道，水道经过大沙坝流入一个更大的湖，带走了水的同时也带走了盐分，形成一个"外泄湖"，东边的湖的水也就活起来了。说话的间隙，众人已经迫不及待地将船驶向了湖中叽叽喳喳的鸟岛。鸟岛不大，却盘旋着棕头鸥，游弋着赤麻鸭、斑头雁等珍稀水禽，一片生机勃勃的景象，众人大悦。在生命禁区可以看到活灵活现的生命，这是多么令人欣喜的事情，大自然真是奇妙。无奈天色已晚，4 人只得悻悻归营。

第二天清晨 4 点多，范云崎起床了，轮到他站在帐篷外面站岗放哨。他睁眼一看，依旧是白茫茫一片，寒气入骨。不久之后，太阳升起来了，碧蓝如洗的天空挂着一轮刚刚升起的红日，与一片白茫茫的雪交相辉映，极其瑰丽，蕴藏着蓬蓬勃勃的生命力。范云崎又想起了前一天在东边的湖上看到的鸟儿，按捺不住内心的激动，还想去看个究竟。

吃罢中饭，范云崎邀了水文生物组的同伴冯祚建和陈宜瑜，以及随队考察的上海科教电影制片厂的杨凤栖、人民画报社记者陈和毅，一行几人骑了 1 小时的马，来到昂达尔错。

鸟岛上的"主人们"再次发现这批"不速之客"，惊慌失措地飞腾、尖叫起来，岛上瞬间沸腾了。大鸟盘旋在人们头顶上，好像在哀求，又好像在警告："你们不要伤害我的孩子！"雏鸟在鸟巢里，脖子伸得长长的，好奇地望着他们，"吱吱"地唱着歌。范云崎将手伸进鸟巢里，幼鸟提溜着小脑袋，左看看右看看，用稚嫩的小嘴巴轻轻地"吻"着他的手。摄影师兴奋极了，赶紧拿出设备，悄悄地靠近这些小精灵，留下了无人区鲜活的生命影像。

冯祚建和陈宜瑜已经忙活开了，他们在岛上从这里窜到那里，统计数据，分析样本。全岛有 100 余处鸟巢，每一个鸟巢中都有几颗鸟蛋和几只幼鸟。这些鸟类以东边的湖中丰富的水生生物为食，衍生出了一个鸟的天堂。为了保护这些珍贵的野生动物资源，大伙不约而同地尽量不去惊动它们，让一切保持原样。令几位科学家开心的是，羌塘高原并不像人们所说的是"干旱的核心""死亡的土地"，这里有着丰富而珍贵的生物资源，大自然真是无奇不有。

这样奇特的湖，范云崎在无人区还发现了不少，但有生物资源的不多，更多的是含有丰富的盐矿资源。根据他在无人区调查的 15 个湖统计，平均每升湖水含盐量达 135.8 克，除了含有大量食盐（岩盐）、无水芒硝外，还有天然碱、石膏、苏打及硼、锂等。无人区的湖，是名副其实的天然盐库。

总之，冯祚建不虚此行。没动身之前，冯祚建陷入了家庭和科考的两难选择中。他完全可以为了家庭选择留守北京，可是他没有。藏北那么大一片区域，如果他不去，很可能那里的动物研究就仍是一片空白，他舍不得。像上瘾一样，他迷上了青藏高原。那么，家庭怎么办？此时，他已经是两个小孩的父亲了，大的 3 岁，小的 1 岁。妻子没法一个人照料两个小孩。冯祚建决定先把小的孩子送到广东的亲戚家去照看。这样，他去青藏也能稍微安心一些。

冯祚建终于还是去了青藏，被分到藏北小分队。无人区气候干旱，淡水水源往往要跑一百多千米才有一处。淡水来自泉水和一些小的淡水湖泊。过去，交通不方便，牧民放牧非常困难，从这个淡水区走到另一个淡水区要花三四天时间，久而久之，这里就变成了无人区。这样的无人区要进去考察，困难可想而知。

为了避免出现找不到水源用水困难的情况，藏北小分队从拉萨出发时借了几个空的大油罐桶。在每次转点的时候，他们都会先看地图，若下一个水源点离得远，就把油罐灌满水。这样的工作是必要的，在没有淡水湖泊也没有泉水的地方，油罐的水往往能起到大作用。不过，这水一般只让用来做饭，不让用来刷牙洗脸。严重缺水时，只得把冰凿开取水，那水透心凉，不到万不得已大家碰都不愿意碰。

六七月份的天气，帐篷里的毛巾还结着冰。晚上睡觉是个艰难的事，身子底下铺一块雨布，再垫个褥子，身子上面盖了羽绒被，还外加一件皮大衣，就这样仍是冷得难以入睡，夜夜处于半醒半睡的状态。帐篷外面，零下十几度的温度直冻得人瑟瑟发抖。

白天考察时，七八级的大风冷飕飕地刮着脸，吹得人嘴巴开裂，鼻子通红。一会儿出太阳，一会儿下冰雹。而且海拔高的地方紫外线辐射强烈，在野外三四个月，科考队员们个个晒得黑不溜秋。

无人区对于进去的人类而言，环境是极其恶劣的。可对于世代生活在此的野生动物来说，却称得上是天然乐园。没有人偷猎，所以珍稀动物很多。冯祚建他们通过考察研究发现，这里有大型的野牦牛、藏野驴、藏羚羊、藏原羚、高原兔……都是青藏高原特有的动物。两三百万年时间，青藏高原海拔从1000 多米抬升到 4000 多米，生存在此的动物随着海拔抬升，早已适应了高寒气候，已经不可能再在海拔 1000 米以下的地方生存。一个偶然的机会，冯祚建他们做了个试验。那是 1988 年，在新疆考察的时候，他们先是在海拔 3200 米的地方买了一只羊，第二天，大家将羊运到了海拔几百米的盆地。正是夏季，新疆热浪滚滚。那只羊一到几百米海拔的盆地便张嘴呼气，白眼直翻，浑身抽搐，不吃不喝，几天时间便瘦得皮包骨了。在自然界，海拔三四千米地区的兽类不会跑到海拔几百米的地方生存，因而，形成了独有的生物物种。这样的环境对于做动物研究的冯祚建而言可真是得了大宝藏。

无人区的动物没见过人，颇为好奇。藏羚羊站在离人 100 米左右的地方，低着头，斜着眼睛看人。有时候，它们也到帐篷外面几十米开外的地方来瞧瞧。对于珍稀动物，冯祚建一直持保护态度。它瞧瞧你，你瞧瞧它，心中莫名欣喜。

冯祚建采集标本的对象是小型动物，诸如兔子、老鼠之类。他每天早出晚归，晚上放鼠夹子。早晨，冯祚建挂着一根箭竹，背上一个能放 100 多个老鼠夹子的大背包，爬到山上去捡标本。标本必须在日出之前捡回来，不然老鼠肚子发酵就不好剥制了。等到将所有标本捡回营地，已经是临近中午了。好的时候一天能逮着 20 多只老鼠和几只兔子，再加上七八只鸟，一天能采 30 来个标本。可是这还没完，更大的工作量还在后面。

制作标本的过程也是极为烦琐的。冯祚建先是把老鼠放在塑料袋里，放一点乙醚把老鼠身上的跳蚤熏一熏。如果按照防疫部门的要求，这样的防范是极不严格的。防疫部门一般要求穿着白褂子，手脚封严，戴上口罩，才能去剥制老鼠。冯祚建是做动物研究的，怎能不懂这样的防卫，但是在这里，他顾不上了。他连防疫针都没得打，哪里还谈得上预防传染病的事！

接着，他把标本剥皮，把肉剥掉，保留骨头，在标本体内填充棉花；再给它整好形，将尾巴的椎骨去掉，用一个缠着棉花的竹签插进去把尾巴支起来；然后把标本安装在纸板或木板上，在太阳底下晒干，晒时要用大头针把四肢固定起来。大一点的标本，他就把皮剥下来，抹上防腐药带回北京加工；小型标本则在野外制作好。一般情况下，平均制作一个标本得花半个小时。冯祚建动作非常娴熟，即便如此，他制作一个标本也得 20 分钟。如果一天有二三十个标本要制作，那他基本就得从下午一两点钟开始做到晚上 10 点多钟才能做完。冯祚建坐在矮矮的小板凳上，不断重复着同样的动作，一坐就是 10 来个小时。

装箱子时，箱子最底部放一层棉花，码一层标本，再放一层棉花，再码一层标本，一箱大约装百余号小标本，一次考察一般都要装四五个箱子的标本。在转点的时候，队友们纷纷帮忙抬箱子，不然仅凭他一人之力是断然搬不动箱子的。这样的大集体温暖、融洽，大家各显神通，互帮互助，冯祚建感到很欣慰。在青藏高原无人区考察时，冯祚建是动物组的小组长，就他一人做兽类研究。冯祚建的研究工作以标本为依据，标本的种类和采集数量越多越好。他要通过对标本的研究，了解整个青藏高原兽类的组成，探讨物种、生态系统和遗传的多样性及其关系等等。

与动物的情形相似，羌塘的植物也十分多样。当时年仅29岁的李渤生承担羌塘高原植被考察研究工作。到达双湖办事处的第三天，李渤生邀了文世宣和杨凤栖一起往双湖办事处以南的热觉茶卡南山走去。来到一座小山包下，3人同时看到了一个1米深的坑，坑边上有一堆碎煤和页岩碎渣。3人翻身下马，盯着这堆碎石头仔细寻找起来。

"植物化石！"李渤生和文世宣几乎是同时看到了岩石上活灵活现的蕨类植物叶片化石，两人惊讶地对视了一眼，异口同声惊呼出来。

有第一块就有第二块，直觉告诉李渤生，这下找到了一个宝藏。3人七手八脚地在岩石堆里翻，一块、两块……几乎每块石头上都有植物化石碎片。3人眼睛都直了。面对一个这么丰富的植物化石宝库，一时竟不知如何是好。

羌塘高原在青藏高原隆升前，曾是一片古海，现在这里到处裸露着古生代和中生代的海相地层。这样的地层化石很多，但全部是海洋生物化石。3人继续挖掘，最后敲开了一块巨大的石片，石片后面渐渐出现了一片50厘米见方的蕨类植物叶片，叶片纹理清晰。李渤生和文世宣小心翼翼地将其周边的岩石剥离，杨凤栖则早已扛起摄像机，前前后后奔忙起来了。不一会儿工夫，一个近半米长的蕨类植物羽状叶片化石完完整整地呈现在 3 人面前。蕨类植物是陆生植物，在这里找到了蕨类植物的化石，仅这一发现就足够令人震惊。

经研究，该地层属于中生代晚二叠系到早三叠系的陆相地层，也就是说，在那个时代，当时处在特提斯古海洋（简称"特提斯洋"）的羌塘北部地区曾上升为陆地，在侏罗纪大规模海侵后又沉入海下。这一批植物化石的类型与我国东部地区发现的同时代的华夏植物群相似。这一发现有力地证明了羌塘高原在地质上始终属于欧亚（劳亚）古陆的一部分，早期的植被和环境与我国当时的华北、东北地区相似。

李渤生和文世宣捧着这些重大发现，兴奋至极。当他们兴冲冲地返回双湖办事处时，却看到王震寰和江措这两位正副队长眉头紧锁，心事重重。原来，考察队面临一个棘手的问题。到达双湖办事处，算是完成了第一阶段的考察任务，可到此时为止，已经耗费了一个多月的时间，剩下的时间仅有两个月，考察任务却还很重。接下来，队伍得往气候更加干燥严寒、草场更差、环境更恶劣的北边去。最好的解决办法是舍弃行进缓慢的马车，改用汽车。可羌塘剩下的地区冻土已经融化，加上连日的雨雪天气，路上到处都是泥潭，如果大队伍往北闯，遇到严重的陷车事故，很可能全军覆没。

当即，王震寰通知全体队友召开紧急会议。

"眼下的情况，大家都知道，时间很紧迫，任务很艰巨。"王震寰表情严肃，思索了几秒钟，"我们只有先派遣一支先行小车队独闯羌塘，前去探路。这无疑是一次冒险。"

会场一片哗然，大家议论纷纷，会派谁去？谁心里都没谱。李渤生倒是想自告奋勇，只是自己年纪到底算轻的，这么重大的任务能交给自己吗？他话到嘴边又咽了下去。

"大家请安静，听王队长把话说完。"江措站起来说，全场一片肃静。

"我和江副队长以及队里的骨干商议，草拟了一个名单，大伙看看有没有异议。"王震寰清了清嗓子，正式宣布，"由江措同志带领，李渤生和电报员韩群力同志一道，乘坐一部小车明早出发，为大部队探查北上的道路。"

"保证完成任务！"还没等王震寰询问意见，江措、李渤生、韩群力 3 人便已经站起来，掷地有声地说。

王震寰扫视了一眼全体队员，见大家都没意见，满意地点点头："那么，就拜托几位了。下一步，我们就看先行部队的探路情况而定。"

接了这光荣的任务，李渤生热血沸腾，热泪一下涌上了年轻汉子的眼眶。他使劲控制自己，才未让激动的眼泪流下来。李渤生在心里暗暗下定决心，组织将这么重大的任务交给自己，一定要圆满完成任务。

7 月 20 日，一辆北京吉普在双湖办事处整装待发。全队的人围着吉普车，他们知道，3 个队友加 1 个司机的这次单车独闯羌塘十分危险：一旦汽车出了故障，陷车或是迷路，他们只能自救；万一无线电也出了问题，他们便很有可能永远消失在无边无际的无人区中。

临行前，队长王震寰交给李渤生一张羌塘地区卫星照片，在当时，这样的卫星照片非常珍贵，全队都极少有。王震寰紧紧握住李渤生的手，只说了一句话："藏北分队全体队员等着你们的好消息。"

车子已经出发，开出了一段路程。李渤生回头望向营地，只见王震寰带着队友们还站在原地高举手臂，注视着车子远去的方向。

要北上羌塘，首先得越过北侧的一系列山地。一条宽阔的汽车车辙浮现在李渤生的脑海，他想起骑行最后一天从北部山谷钻出时曾经看到这样一条道路，想是 1975 年总参测绘部北上羌塘测图时留下的车辙。他们驱车驶入山谷，果然看到了一条清晰的、结结实实的车辙，心里琢磨：如果按着这条道路走，也许能顺利到达喀拉米兰山口。

然而世事经常往反面发展。当车子沿着车辙走了几十千米后，又折向了东方，最后转了个大圈圈又回到原地，原来这条道路是当年围绕双湖办事处的一条工作路线。

此时已经是下午了，他们不仅没有穿越双湖办事处北部的山地，还迷失了方向。江措将李渤生喊下车，两人商量对策。李渤生摸了摸胸前的衣服兜，眼睛突然放光。他小心翼翼地拿出王震寰交给他的黑白卫星照片，在平地上铺展开，仔细地研究周边的地形。

"走这边，走西侧的玛尔果茶卡。"李渤生指着照片给江措分析起来。玛尔果茶卡是个干缩很严重的盐湖，根据李渤生的经验，这样的湖岸沙堤是最好的道路，沿着湖北上，至少不会陷车。可走完这段路后怎么办？一列弧形山脉横亘在卫星图上，李渤生心中一凉。又在图上仔细地找了找，突然发现盐湖北侧山脉中间有个小缺口，他当即在地上计算了一下，足有10米宽。

"沿着西侧的侧沟驶入玛尔果茶卡。"听了李渤生的分析，江措果断地对司机说。离开了汽车大道，地显然松软了很多。司机不时打开车头盖吹风降温，总算在天黑前挨到了湖滨。

第二天，天刚蒙蒙亮，4人起身收拾行李出发了。李渤生的判断没错，汽车在沙堤上行走，仿若在柏油路上一般，司机唱着小曲，轻松地挂上了久违的四挡，一路凯歌。

越过山口，汽车又飞快地冲下了陡坡，不时惊起一只只高原兔。突然来了一个从未见过的东西，兔子们狂跑一阵之后停了下来，远远地观望着。汽车冲得太猛，等下到湖底压到松软的土地时，车轮猛然陷到松土里，留下深达10厘米的车辙印。车子发出哼哼声，好像在呻吟，速度骤然变缓。李渤生拿出卫星地图，对照一看，眼下已经到了确旦错，这是个已干涸的盐湖，盐粒中夹杂着许多泥质。他望向窗外，白花花的结晶盐在阳光的照耀下活像一面巨大的镜子，反射出耀眼的光芒。

车子穿过确旦错，越过北部海拔5300多米的小山口，一个蔚蓝的大湖躺在一座陡峭的小山边，卫星照片上标示的名字叫"双湖"。如果能穿越这里的北山，再向北就没有太大障碍了。只是北山十分陡峻，附近也没发现可以穿越的山口。第二天一大早，车子朝双湖北山出发。山实在是陡峭，不少地方坡度在45度以上，双湖北部的湖岸线逼近悬崖，山崖下堆满了崩塌的石头。李渤生和江措坐在车上胆战心惊，车子在石头上左摇右晃，不时被石头阻断去路，他们只好下车搬石头开路，走走停停。车子来到双湖北山西端一个狭窄的崖下湖滨通道时，前路被乱石阻断，再也无法行走。4人拿起事先准备好的工具下车修路，此时，高海拔的稀薄空气早已令李渤生他们呼吸困难，肚子又空空如也，实在没力气干活。可是，阻在前面的一堆石头必须搬走，几个人只好轮换着搬石头。一开始，一个人还能坚持10分钟，到后来，实在没力气，一个人只能坚持两三分钟，换岗换得勤。等到路终于修好，车子哼哼唧唧侧着驶过乱石堆，李渤生他们才如释重负。

当汽车爬过山顶，司机停下车。李渤生和江措下车远望北方，一个巨大的盆地横亘在眼前，平原的尽头出现了一列黑紫色的山丘。

李渤生拿出卫星照片对照着看："著名的巴毛穷宗到了！""巴毛穷宗"在藏语中的意思为"英雄女神"，是藏族史诗中英雄与鬼神大战的地方。

江措拿起望远镜，仔细看了看眼前的地形："车辙，快看，前面有车辙。"他挥手指着远方。

李渤生拿过望远镜，远处，一条由很多车子轧过的、明显的车辙从东部斜插过来，一直向巴毛穷宗方向延伸。大伙推测，这一定是总参测绘部队北上时的主要干线。这下可算是柳暗花明了，李渤生和江措相视一笑，激动万分。

"还剩多少油？"江措转身问司机。

"还剩三分之一。"司机敲了敲备用油桶。

"好悬！"几人不约而同地感叹。

确实是很悬，眼下，4人还得赶回营地去跟大部队报告。电报员韩群力拨通了电报机，江措先是跟王震寰报告了喜讯，又让大部队准备充足的汽油。话筒那头传来了王震寰激动得发颤的声音。

返程中，4人格外轻松，路上顺便为冯祚建找了一只藏羚羊做标本。北京吉普车哼哼唧唧，摇摇晃晃爬回了大本营。

据李渤生、江措等人探路的结果，队里决定7月28日全队乘车北上完成穿越羌塘的第二阶段考察。

经过十来天的休整，队员们个个精神抖擞，挤坐在狭小的吉普车内，浩浩荡荡向北羌塘无人区进发。"不登昆仑非好汉！"这是藏北小分队北进喊出的口号和最后的冲刺目标。

当时是盛夏，正是羌塘高原最美的季节。生长在无人区的紫花针茅陆续返青，微风下，它们飘扬着微紫色长芒，似乎在给远方的客人助兴。一些野生动物远远地听到汽笛声，四散而逃。只有藏野驴——被誉为高原上杰出的"赛跑家"，淡定自若，俨然是这片高原的主人。它们扬着头，不慌不忙，好奇地望着远处来的不速之客。当汽车接近藏野驴时，它们又异常欢快起来，扬起四蹄，商量好了一般，紧追着汽车奔跑起来。它们飞快地掠过车头，故意跑到车队的另一侧，不一会儿又故技重演，掠过车头，跑到这一侧。掠过车头的时候还齐刷刷地朝车里看，摆出一副得意扬扬的样子，好似在炫耀它们高超的跑步技能。

科考队员们见着此景，兴奋不已，纷纷起哄喊了起来。年轻的司机不断按着喇叭，向藏野驴们打招呼。很长一段时间，车队就是这样和藏野驴们开展着一场友好的长跑比赛。这种特别的"欢迎"仪式持续了半个多小时。告别之后，大家还久久不能平静。多年后，李明森回想起当时的情景，依旧感慨不已："若不是亲临其境，谁会相信这罕见的一幕——人和动物如此和谐动人地相处。大概是因为在人迹罕至的无人区，藏野驴们还没受到过人类的干扰和伤害，所以对人类没有任何戒备之心。"

大部队在离开确旦错畔向北行驶的途中还帮冯祚建找到了一头野牦牛做标本。

野牦牛是青藏高原重要的特有动物，在当时，我国还几乎没有野牦牛的实物标本，这一标本对研究野牦牛意义重大。冯祚建喜出望外，拿起工具对野牦牛进行标本处理。由于野牦牛体积太大不便于携带，冯祚建只得就地解剖。牛皮由两人帮忙抬着，其他的部位均一一制成了标本。这个标本算得上是冯祚建此行的最大收获。

在这野生动植物乐园中，科考队忙得不亦乐乎。有了李渤生和江措等人的前期探路，北上的行程顺利了许多。1976年8月2日下午，大队伍到达了巴毛穷宗，在这里安下了第29号营地。

巴毛穷宗真是个好地方，围绕着这片神秘的土地，科考队员们看到了玄武岩"石林"，发现了沉寂几百万年以上的死火山遗迹，还捡到了30余件青灰色石英质和硅质坚硬小石块，经考古学家鉴定，这是古人类活动遗物……

3天之后，车队继续北上，绕过一个退缩得非常严重的莲蓬错小湖后，越过海拔5000多米的分水岭，来到约基台错盆地。对考察队而言，到约基台错后，接下来的行程都不太顺利。先是解放牌大卡车深深陷入沼泽地里，大伙费了九牛二虎之力，花了整整4个小时，才将卡车拯救出来。后来又为了寻找水源忙到深夜，仍一无所获。最后，在一干河滩上扎下营房，被迫启动了随车携带的仅够做两顿饭的备用淡水，才煮了一锅干稀饭，勉强充饥解渴。

盛夏时节，约基台错却基本无夏，温度零下，寒气逼人。植被也远逊于南边的巴毛穷宗，呈现出荒漠化的特征。在强劲的风力侵蚀下，此地形成了大面积的沙丘和沙垅。

鉴于在约基台错的遭遇，王震寰召集大伙开了一个紧急会议。他又一次眉头紧锁："北上的路看来不好走，我们所携带的汽油剩得不多了。大家说说，接下来怎么办才好。"

反复权衡利弊之后，最终的决策是，再一次兵分两路。江措、张知非、李炳元、陈宜瑜、文世宜、邓万明、李明森、李渤生、张普全、陈和毅及司机陈玉新、张玉生一行 12 人分乘两辆小吉普，由副队长江措率领，继续北上，轻装前进，争取在一星期内完成北上昆仑山的任务。其余队员和三辆汽车留在原地，在附近考察，等待北上小分队的归来。

北上小分队领命后，作了最大的精简：每辆车 6 个人，连同必备的考察工具、行李、炊具及汽油桶等，把车子塞得满满的。挤在车后座上的队员们半坐半卧在行李、货物上。8 月 9 日晨，细雨霏霏，北上小分队出发了。

前行不久，一条东西走向、高度较低的山脉横亘在前面，著名的可可西里山脉到了。"可可西里"在蒙语中意思为"青色的山梁"，这可能是指它的东段（青海省境内）山脉。藏北小分队眼前的是西段余脉，山上广泛分布着红色砂岩地层，地貌类似黄土高原，千沟万壑。这里植被稀疏，生长着硬叶苔草、黄芪、风毛菊和蚤缀等耐旱、抗风寒的低矮植物。李明森后来查阅资料，得知这里还有一个鲜为人知的藏语名"萨马绥加"，意思是"一百个红色山沟"，显然更为贴切。

晚上 7 点，考察小分队在可可西里北麓一个名叫涌波错的东岸宿营。此地离终点昆仑山不远了。第二天清早，李明森早早地钻出小帐篷，只见朝阳初起，万里无云。再看四周，绵延不断的可可西里山脉和无数孤立的低丘静静躺在辽阔的原野中。

清晨的阳光照在山体上，发出金黄色的瑰丽光彩，真是壮丽极了。

李明森在这壮丽的美景面前惬意地伸了个懒腰，又低下身子，取下昨晚放在野外的温度计。"−18℃！"他惊奇地喊出了这个温度。这是小分队此次在羌塘高原考察期间所记录到的最低气温，也是迄今为止屈指可数的有关羌塘无人区 7 到 8 月间最低气温的科学资料，非常宝贵。队友们帮着将这一温度与此时同纬度的西安相比较，两地最低气温相差 38℃ 之多。由此，他们得出结论：羌塘无人区可以说是我国境内同纬度地区"盛夏"期间最寒冷的地方。为什么会出现这种情况？除了这里海拔高、地面裸露外，还有"伊朗高压"的影响。"伊朗高压"东移往往会形成较强的冷平流。因此，在无人区，万物繁荣的季节十分短暂，仅有两三个月，瞬息即逝。在漫漫寒冬，无人区百草凋零、一派荒凉的景象可想而知。

当队伍逼近昆仑山时，高寒荒漠草原景观也越来越明显。昆仑山前振泉湖一带的高寒草原植被已呈明显的荒漠化特征，在可可西里山以南常见的紫花针茅已经看不到踪影了。可即便是羌塘高原无人区的最北端，极为严酷的生态环境下，仍可依稀找到藏野驴、藏羚羊、高原兔的踪影。在荒凉的稀疏草地中，考察队还发现了高原特有的西藏沙蜥和西藏毛腿沙鸡。这不得不令科考队每位亲历者叹服生命的神秘与顽强。

绕过了振泉湖，车子顺利穿过众多固定、半固定沙丘的山麓洪积扇，又爬过一段较为陡峻的石质山坡，来到一个稍显宽缓的山洼地内。前面坡度陡增，已无路可走，况且天色渐晚，大伙就在这海拔 5400 米的地方安下营地。这是此次羌塘无人区内最北，也是海拔最高的营地。晚上，李渤生等人拿出地形图一对照，毫无疑问，已经到了昆仑山区域。只待天明，便可向羌塘高原北界——昆仑山垭口喀拉米兰山口发起最后冲刺！

8 月 11 日，科考队员们一早钻出帐篷，李明森习惯性地观测了温度计，今日最低温度是 −16.5℃。营地旁小沟里的水已封冻，地面冻得硬邦邦的，连稀落的矮草叶面上也蒙上了一层白霜，一片万物萧条的隆冬景象！可队员们个个春光满面，空气也像是格外清爽温和。

吃罢简单的早餐，一行 12 名队员列队，扛着考察队的红旗，徒步向最后的终点冲刺。在稍为费力地爬过几十米左右的高坡之后，小分队终于登上了海拔 5450 米的喀拉米兰山口。

面对眼前这座亚洲著名的气势雄伟、磅礴的莽莽大山，队员们不由得感叹万分。这座从中亚帕米尔高原向东延伸的高大山脉像一道巨墙，筑在羌塘高原的北缘，多少年来，它一直是西藏、新疆之间难以逾越的天然屏障，很少有人造访。这几个月来，科考队员们风餐露宿、长途跋涉，克服种种艰难险阻，终于如愿以偿，收获满满。

队员们你望望我，我望望你，不觉会心一笑。他们齐集在喀拉米兰山口，留下了一张珍贵的合影。

之后，大队伍又挥师南羌塘进行了一番考察，直到 1976 年 9 月 24 日，藏北无人区考察小分队才返回班戈县城。历时三个半月，藏北无人区考察宣告圆满结束。

与此同时，另一队人马在滕吉文等人的带领下，正在想方设法与地球内部取得某种奇妙的联系。

四、地球深处的回音

经过几年的考察，到了 1976 年，地球深处终于传来漂亮的回音。时隔多年后，为了探索地球深处的奥秘而在青藏掉了一口好牙的滕吉文，说到当年的科考仍是欣喜又兴奋。

地球物理组成立的时候，滕吉文被任命为副队长，主抓业务。接到任务的滕吉文陷入了沉思：进藏去做什么？要解决什么科学问题？他知道，这个问题不想明白，进藏考察便不能有的放矢。

他又衍生出了一系列其他问题。根据记载，青藏高原地壳厚度达 70 千米以上，那么，它为什么会那么厚呢？当时，国外有种说法，说是印度板块落到青藏高原上，是双层地壳，所以才那么厚。这个说法对不对？当时板块构造理论已经风靡，有人认为是大洋板块向大陆地壳俯冲，形成了这样一条缝合带。缝合带的说法对不对？青藏高原的地壳那么厚是什么物理机制导致的？喜马拉雅的造山带是不是还在活动？青藏高原存不存在裂谷系？带着这些问题，滕吉文决定深入青藏高原，一探究竟。

刚进西藏，滕吉文就被送到了拉萨的陆军医院，他的高山反应实在太强烈。

医生检查完大惊失色："你必须赶快回北京去！"

"不行，我在执行任务！"滕吉文斩钉截铁地说。

还没有正式接触任务，怎能就先被现实环境打败了？滕吉文不允许这样的事情发生。

在他的强烈要求下，医生没办法，给他实行了第二个方案：无论如何，先离开拉萨，到林芝调整一段时间。

林芝海拔低，青山绿水，梨树、桃树、青椒、韭菜，这些熟悉的树木蔬菜都有。比起拉萨，林芝舒服多了，滕吉文的高山反应缓解了很多。可不知怎的，到林芝不久，他的牙根开始松动，紧接着牙齿开始脱落，前前后后，他掉了7颗牙。第一次进藏，青藏高原的下马威可真不客气。第二年再到青藏，滕吉文又掉了几颗牙，直到最后全部掉光，滕吉文的一口牙算是全都献给了青藏这片神秘的土地。可滕吉文不在乎，他已经决定了，必须要拿到第一手的青藏高原地球内部资料才肯罢休。渐渐适应之后，滕吉文回到拉萨、当雄等地，开始了地球物理的勘测和探索。

进藏之后的首要任务就是架设地震台，搞重力观测、地磁场观测、地热场观测、地震波场观测。由南面的亚东穿过拉萨到北部的那曲附近，大约20千米就要有一个观测点。这种观测点要选择一定的台基，比如，必须在一块岩石上，而且是在稳定的岩石上。地震波研究主要在湖泊中做，而且需要大量的炸药。每一次爆炸后都必须取得地震波在地球深处传播的数据。滕吉文带领的物理组所做的实验要求非常严谨，爆炸激发的地震波必须至少往地下传递 80 千米的深度。地震波在地下碰到障碍物之后，会反射或折射回地面。地球物理组的任务就是在地面收集信息并且进行反演计算，搞清楚它走了多远，经过了哪些路程，用了多长时间，速度是多少……由此推算地面下的介质和结构属性、变化的状态和空间，以及其深层的动力过程。

这样大型的地球物理实验往往需要大费周折：要沿着一条大约 1000 千米长的剖面，选择不同地点布站。做重力观测、地热观测、地磁观测等研究的各路人马，开着几十部车沿线跑动。他们都想听到地球内部的声音——爆炸所激发的地球内部发射信号，这些信号被各个专业的人换算成海量数据信息，经过极大容量的计算机系统进行大量的计算，得出相应的结论。因此，有些同志开玩笑说地球物理组是"机械化部队"，这话倒是形象。

第一次进藏，滕吉文带领地球物理组布了多个地震观测台站。可是巧妇难为无米之炊，观测点设置够了，观测人手却远远不够。怎么办？第二次进藏，绝不能重蹈覆辙。从远处调专业人才不太可能，只能从近处想办法。就近的成都有个成都地质学院（现成都理工大学），设有物探系，一个班 40 人左右，正好是他需要的人数。就它了！滕吉文来到成都地质学院请人，院方思虑再三，学生们能有这样的实地实习机会，那是再好不过的，只是，他们希望学生们能学到更多东西。于是，院方向滕吉文提出了一个条件：回来之后滕吉文必须给他们讲一个学期的地壳与上地幔地震探测课。当时国家还没有开设深部地球物理学这门课程，滕吉文是这方面的专家，院方希望他能来传道授业。滕吉文欣然答应。带着这群借来的"学生兵"，滕吉文轰轰烈烈地又一次进藏了。这一次进藏，滕吉文和他的地球物理组取得了青藏高原地球深部的第一手资料。

地球物理组有时候住在招待所，在野外没有招待所的地方，大伙就住帐篷。时间久了，被子表面就像"抹"了一层油，脏得发亮，可疲惫不堪的科考队员们顾不得嫌弃，只要有地方睡，便是好的。休息对他们而言很重要。

地震观测的首要条件是人为进行爆炸，爆炸之后才能形成地震波，地震波传到地壳地幔深处，再在不同的地方折回，形成各种数据。爆炸需要炸药。可是当时西藏没有地方制造炸药，炸药和雷管都得从其他地方拉过去。这个棘手的问题难倒了滕吉文。怎么办？成都，还是得从就近的成都想办法。

滕吉文初生牛犊不怕虎，直接拿着工作证去了成都军区，军区的副参谋长接见了他。滕吉文详细地讲明了任务的来龙去脉以及面临的困难，摆出一副求助的姿态。副参谋长很热情，可这么大的事情，他做不了主，只得将滕吉文引荐给了军区参谋长。参谋长表示很愿意帮助他完成这个任务，只是关系到炸药的事，非同小可。他告诉滕吉文，若是他能让总参谋部直接下达命令，这边立马就办。

滕吉文马不停蹄地回到北京。不久之后，成都军区接到总参谋部的命令。很快，一个拉着炸药的连队跟着滕吉文进藏了。山高路险的青藏高原把战士们累得气喘吁吁，可他们没有一点怨言。军令如山，于他们而言，这就是一项国家任务，他们必须保质保量地完成。多年之后，说到当时给予科考队无私帮助的解放军部队，滕吉文毫不吝啬地竖起大拇指。

炸药问题解决了，在哪里实施爆炸是地球物理组遇到的另一个难题。

当时设计的激发方式为水底整体爆炸，以形成"点源"激发地震波场。沿该剖面各个爆炸点的炸药量不等，所有炸药要形成瞬时同步齐炸的效果。如此高难度的艰巨任务，光凭着几个书生是万万办不到的。怎么办？滕吉文又将目光投向了部队。

他带着研究地球物理的希望来到西藏军区，他需要舟桥兵和工兵，数量还不能少。

让他喜出望外的是，军区领导一口答应了他，随即拨给科考队一个舟桥连、一个工兵连、一个通讯班。

"需要多少费用？"滕吉文问。

"这是国家任务，是我们的分内之事，哪要你们出什么费用！"军区领导爽朗地笑道。

大部队浩浩荡荡往地球物理科考队驻地进发。这可不是个一两天就能完成的小事，安顿下来之后，舟桥连干脆自己种上了菜地。知道青藏高原上缺蔬菜，部队还主动给科考队送菜送鸡蛋。部队和科考队里多是意气风发的年轻人，大家相处得极好。

第一次进行爆炸，他们选择了一个面积比较大的湖。到达目的地时，天色已晚。晚上睡觉，一位藏族司机用衣服和被子垒起了一座小山，又嘱咐滕吉文背靠在上面，不让他躺下，还要他别脱衣服。滕吉文一时不明白。藏族司机解释道，外面的人不适应高原，在这高海拔的地方，有些人睡觉不注意方式，睡着睡着就睡过去了。特别是头一两天，不能躺下睡觉，年龄大一点的更不能躺下睡觉。可能是瞧着滕吉文年龄相对大一点，这位藏族司机心细，考虑周到，多关照了几句。滕吉文十分感动，他在心里暗暗下定决心：一定要为西藏人民和西藏建设多作贡献。

按照滕吉文他们的事先规划，得先在湖底划出一条剖面，计算好各个爆炸点的位置。舟桥连在湖上架起舟桥，士兵将炸药装到冲锋舟上，运到湖中央，再慢慢将其沉到湖底的爆炸点上，同时将雷管安置好。待一切准备就绪后，引爆炸药。

然而，当一切准备好只待炸药时，发现运载的车不够，大伙急得团团转。

滕吉文火急火燎来到西藏自治区政府，他要找自治区政府的秘书长。时任秘书长姓乔，当时有部电影《乔老爷上轿》，又因秘书长平易近人，大伙就都跟着电影里诙谐地喊他"乔老爷"。

滕吉文和同伴们直接来到秘书长家中，由于多次打交道，警卫早就与他们相熟了。

“乔老爷，乔老爷……”滕吉文他们着急地叫了起来，探头探脑地找。

警卫说秘书长正在会客厅跟别人谈公务。滕吉文他们没法子，只得坐着等。可是，时间不等人，队里还等着用车呢。滕吉文急中生智，找到乔秘书长的女儿。乔家女儿是个通情达理又敢作敢为的人，直接到会客厅打断了父亲的会谈。

乔秘书长出来了，滕吉文一把握住他的手：“乔秘书长，这次您可无论如何得帮帮忙……”

听了滕吉文的介绍，乔秘书长紧锁眉头，原来不久前，车全部都派出去了，眼下政府也没有车可派。转瞬，乔秘书长又舒展了眉头：“这样，你们如果需要，把我的车开去用吧！”

乔秘书长这是尽了最大的力了，滕吉文感激不已。临走，乔秘书长还不忘开玩笑：“滕吉文，我告诉你，爆炸后给我带一筐鱼回来。”

“您就放心吧！”滕吉文开着乔秘书长的车一溜烟走了。

对于地球物理组而言，鱼是最不缺的东西，最好的伙食也莫过于变着法子吃鱼。河沟里的鱼可真多呵，拿着塑料桶，下到河沟里，不一会儿就可以摸一桶上来。放到锅里，用油一煎，那个金黄，那个香呀，没有比它更美味的了。有时候，还有人会到山上找点蘑菇木耳之类的，那无疑是他们乏味食物中的一抹亮色。

一切准备就绪，只待引爆。

等到一声震天动地的炮响，震波辐射至地球深处 100 千米左右的不同界面，这些界面反射回来的地震波场正是科考队需要收集的信息。

实验取得的信息非常可观，拿到第一手资料的滕吉文他们兴奋不已。获得青藏高原地球内部神秘的数据，这还是头一遭。也只有中国人，只有科学家跟当地军民通力合作，才能获得如此成绩。这样的成绩是开创性的，是伟大的，也是极不容易的。

这一成绩引起了国家领导人的关注和重视。时任国务院副总理方毅听到消息后，亲自打电话向科考队祝贺。回到中科院，国务院还给地球物理组颁发了一个闪耀着荣光的嘉奖令，这大大鼓舞了青藏科考的科技工作者们。

"就算再苦再累，只要能取得地球深部可靠的信息，揭示青藏高原形成的奥秘，只要能为国争光，那都是值得的。"滕吉文说。

后来，他们在其他地方又做了多次实验。地球物理组所做的每一个实验规模都相当大，没有当地政府和部队的支持是万万做不到的。

炸药放到湖底顺利爆炸算是万幸，有时候，炸药包沉入湖底，点火后却没有起爆，这才是最恐怖的事情。弄不清楚什么原因，就必须有人跳进水里去检查和排除故障。而那无疑是把性命系在腰带上，在跳入水里那一刻起，炸药随时都有可能引爆，一旦爆炸，就是粉身碎骨。

地球物理组没少遭遇这样的险况。有一次，炸药没有在规定时间内爆炸，急坏了所有人。摆在眼前的就两个办法，其一，把炸药包上的雷管报废，但可能会出其他事故；其二，派人到湖底排除故障，可是派谁去？高原上的湖水是冰雪融化的水，透心的寒。

"我去！"负责爆炸点零点记录和指挥工作的赖明慧第一个站出来，情况紧急，他二话不说跳进了湖里。

看着赖明慧跳进去了，好几个解放军战士也即刻跟着跳了下去。

湖里面，赖明慧等同志冷得直打哆嗦，却一刻也不敢懈怠。

湖岸上，几十名科考队员和部队战士屏气凝神盯着湖面，没有谁离开。他们的想法很简单：若是爆炸，要死就一起死。

等待的时间真是一场生死考验，仿佛经历了一个世纪那么长。当赖明慧和战士们毫发无损地冲出水面时，大伙心上悬着的石头才算是落了地。原来是接触不良！赖明慧和战士们及时排除了故障，推动了科考的顺利进行。

不顾生死的胆气，勇往直前的担当，滕吉文深深被感动着。后来中科院评竺可桢奖的时候，本来评委会要把奖颁给滕吉文。但滕吉文毅然拒绝了："这个奖要给有突出贡献的人，真正用生命去闯过的人。"他对评委会说。而这个人，他极力推荐赖明慧。

　　起爆的时间通知到每个观测台，观测台对应自己的观测目标，时间务必精确到千分之十至千分之十五秒。第一天将地震台布设出去，第二天晚上 12 点以后，四周寂静，科考队员们开始观测和记录。行走在青藏高原空旷的夜色里，身体仿佛穿过了一把把锋利的刀子，而那种锋利来自空气中的寒冷。对守在台站的人而言，羽绒服是不顶用的，穿着老羊皮大衣还算勉强凑合。这样的夜，对于地球物理组的人来讲就是家常便饭。

　　事实上，在青藏科考中，像赖明慧这样的科学家大有人在。几乎每个人都把命提在手里，牺牲在所难免。而一旦遭遇牺牲，对所有的人而言无疑都是一种痛心疾首的灾难。

　　地球物理组的观测必须在很多地方设置地震台，人工源地震深部壳、幔精细结构探测工作要求严格。在长达 1000 千米的测线上，要求布设几十个地震观测台站。科考队员们跟着大卡车，大卡车拉着仪器、电缆、拾震装置等。青藏地形复杂，很多地方车还不能去，车走不了的地方就得用牦牛驮或者用人力背。布设的点有时在泥浆里，有时在草甸子上……无论多么恶劣的地方，都得按要求布设。布设好了，往往观测还需要大量的时间，少则半年，长则一两个春夏秋冬。

　　亚东有一个天然地震观测台，梁家庆等几位观测的同志住在当地的团部。大家烧着部队的柴火，吃着部队的东西，心中总是过意不去，总想为兵站做点什么。秋冬时节，湍急的河流里漂下来许多树干，梁家庆他们坐不住了，他们决定去捡些柴火回来。一日，梁家庆和几个伙伴跑到河边去捞木柴。河边上横七竖八地躺着一些石头，石头上长满了苔藓。梁家庆看到河里漂来了长长的木柴，旋即跳上了一块长满苔藓的石头。他斜着身子去捞木柴，不料，脚一滑，人没站住，又没抓手，掉进了河里。水流又冰又深又急，人掉进去，迅即没了影。同去捡柴火的同志看着他掉下去，急坏了，丢了手里的木柴，沿着附近水域喊啊，叫啊，找啊，可什么都没看到，只有河水哗啦啦的声响。部队发动了很多人到远处找，到近处捞，依旧没找到。直到第二年春，才有人发现他的遗体，有说是挂在附近水域的乱树丛里，有说是卡在河中的巨石缝中。

每每想起这件事，滕吉文总忍不住掉眼泪。在青藏高原上，恶劣的环境就是个没有硝烟的战场，天灾人祸随时都有可能导致死亡。

路况不好，稍有不慎极易出车祸。滕吉文自己就遇到过车祸。那是在西藏的公路上，他和一行人坐在一辆吉普车里，车上还拉着一台重力仪。公路陡，时有盘山道，在一个陡坡转弯的地方，没及时刹车，吉普车从盘山道上翻了下去，滚过两阶盘山道。好在命大，路边一块大石头把车挡住了，人和仪器都没有受到很严重的损伤，只是被吓了一大跳。这样的结果已经是命运眷顾，然而，并非所有人都有这么幸运。

当那一桩桩裹挟着战友生命的往事涌上心头，滕吉文总会悲从中来。青藏科考中,地球物理研究取得了大成果,可那桩桩件件都凝结着队友的汗甚至是血。

在滕吉文一生发表的 200 多篇论文中,有三分之一以上的文章都是有关青藏高原深部的,可以说青藏高原的地球物理研究工作在他的整个研究生涯中占了很大比重。

在 1980 年的国际会议上,滕吉文代表地球物理组作了重点报告,震惊了中外科学家。

对滕先生的大名,我们早有耳闻。2018 年 10 月,在中科院地质与地球物理研究所 3 号楼滕吉文办公室,我们见到了满头白发、身材微胖、穿着朴素的滕先生。进了门,我们先是看到挨着三面墙壁放置的书架上堆满了各种书籍,有些是英文著作。滕先生时年 84 岁,声音很爽朗,作为中科院院士,他还没退休。采访过程中总有这个那个学生来找他,有年轻的看似 20 来岁的,有年长一点的看起来逾 40 岁的。有个学生来找完滕先生后跟我们半开玩笑说:"我们先生时间很宝贵的,你们可不能占用他太多时间哦!"可见滕先生平常有多忙碌。滕先生告诉我们,那都是他的学生,到现在为止,他带出来的学生有 100 多个。虽然如此忙,滕先生还是非常友好地接受了我们的采访,并没有急着"赶"我们走。

滕吉文祖籍安徽,祖父这一辈离开安徽,迁到了河北省黄骅市。黄骅靠海,滕家所在的地方是一片盐碱地,几乎寸草不生,生活非常艰苦。他父亲通过艰苦奋斗,成了一名铁路工人。

滕吉文的父亲在铁路上做工，抗战期间，铁路被日本人占领，并对中国人实行残暴控制。滕父性格偏强，哪受得了在自己的国土上被日本人欺负，于是甩手不干了。

从此，滕吉文随着父母开始了到处流浪的生活，他小小年纪就走遍了祖国的大江南北。他们先是到了江西南昌，之后路经湖南，又辗转到广西柳州、来宾等地，最后来到广西六甲，每个地方都待不久。滕吉文在兵荒马乱中断断续续地上小学，常常上着上着课，突然警报声响起，老师急急忙忙带着孩子们躲到山洞里，在山洞里继续讲课。

当时很多铁路工人都集中在广西六甲，滕吉文的父亲又干回了老本行。滕家人丁多，生活非常艰难。屋漏偏逢连夜雨。时逢抗日战争最后一年，日本已是强弩之末，做着最后的挣扎，日本侵略者想把掠夺来的物资运回本国去，会日语的滕父不幸被日本人抓去做苦力，被关在河池一个叫六虚的地方。

为日本人做事，滕父半天都忍受不了。一日，他急中生智，用日语跟两个守门的日本人攀谈，说自己要上厕所。日本人瞧他会说日语，便让他去了。一段时间后，日本人见人还没回来，就知道坏了，人肯定已经逃跑了。他们举起枪连连放枪。好在那一带山多，滕父待在山洞里，听着枪声，心跳到了嗓子眼，不敢动弹。直到枪声停了，他才从河池往六甲跑，一路上弯弯绕绕，躲躲藏藏，足足走了七天七夜。

战争年代，很多人流离失所，滕父的遭遇不是个例，可在小小的滕吉文心中却惊起了轩然大波，毕竟，父亲差点就回不来了。小小年纪，滕吉文已心事重重。他时时在流浪，却感觉整个国家没有地方可以流浪。

"一定要努力读书，一定要奋起救国，把日本侵略者赶出中国，让我们的祖国免受战乱之苦。"他在内心暗暗立誓。

报考大学时，滕吉文本想报桥梁和车辆制造专业。那时候中华人民共和国刚成立，资源非常缺乏，学校方面的指导意见是：希望学生们能为国家资源勘探尽一份力。反正都是为国效力，滕吉文觉得到哪里都好。红榜一波一波贴出来了，总没有自己的名字，滕吉文着急了，他怕自己的满腔报国热情落了空。终于，在最后一批红榜上，他看到了自己的名字，东北地质学院（现已并入吉林大学）地质物理系。从此，他与地质物理研究结缘。

1956年大学毕业，滕吉文被分配到中科院。1959年，他赴苏联深造，之后回国，投入到地球物理和动力波等方面的研究中。1973年，他正式接触青藏科考，有了后面的故事。

地球物理学，可以越过地面钻到地球深处，甚至可以通过地震波深入地核约2900千米深处，以探寻地球深处的奥秘，这令滕吉文心向往之。滕吉文满屋的书中有很大一部分跟青藏科考有关，他起身帮我们翻找资料。这满书架的书，要如何找出一篇论文呢？他费了很大的力气，从后面的书堆里翻出一堆《地球物理学报》，又一期一期地找，直到找到我们聊到的那篇论文，他高兴地拿给我拍照。先生的著作大多是英文的，他说他的不少著作被翻译成了其他语种，在世界上引用他的文章的人不胜枚举。我不禁感慨，先生儿时的报国梦总算以科学的方式实现了！

不仅是他自己，他夫人、儿子、儿媳，一家子都是科学家。我们期待这个科学世家给国家带来更大的惊喜。

1976 年，毫无疑问是青藏科考中具有特殊意义的一年。其科考规模之大，涉及范围之广，填补空白之多，都属空前。时至今日，那些无人区惊心动魄的故事，阿里酸甜苦辣的过往，地球深处传出的振奋人心的回音等，无不被当年的亲历者津津乐道，亦是青藏科考历史上的华章。路漫漫其修远兮，吾将上下而求索。之后的青藏考察研究将向更高处攀登，走向世界。

第四章　向高处攀登

Chapter Four

　　青藏高原大约 250 万平方千米的土地上，取之不尽、用之不竭的奥秘永远牵动着老青藏们的心。在"出国潮""下海潮"甚嚣尘上的时期，老青藏们不忘初心，为国家，为科学，一次次向着青藏科考更高处攀登，将青藏科考推向高潮。时间来到 20 世纪 80 年代，一个个精彩的故事随着时代大潮拉开序幕。

一、震惊世界的会议

　　1976 年青藏科考归来，以孙鸿烈为首的科学家们带回了累累硕果。一个强烈的想法在孙鸿烈心中萌生——得为科学著书立说，为青藏科考整理出一套像百科全书一样的系统著作，供世人研究参考。

　　1977—1979 年，青藏科考进入 3 年集中总结期。植物由武素功负责，冰川是李吉均负责，鱼类由陈宜瑜负责，森林是李文华负责……分门别类，从纷繁复杂的科学成果中抽丝剥茧。最终，在孙鸿烈的带领下，青藏队完成了36部共41册成果著作，这无疑是西藏生物学和地学的百科全书。例如："西藏的植物"分5册出版，高等植物、苔藓、蕨类、藻类等每种植物都有详尽的内容。"西藏的动物"也分5卷，囊括哺乳类、两栖类、爬行类、昆虫、鸟类、水生动物等。"西藏的地理"包括自然地理、气候、地貌、土壤、冰川、河流、湖泊、草原、森林……几乎涉及全部自然环境。总结全部完成已进入20世纪80年代。

刘东生翻阅着这些著作，满意地点头微笑。他边走边跟孙鸿烈聊着天："既然青藏科考成果斐然，国际上又都很关注，何不举行一次国际讨论会？"

"刘先生，您可说到我心坎里了，我正有此意！只是……"孙鸿烈接过话茬，又似有难色。

"只是什么？"

"毕竟，青藏科考这一块我国还从来没开过大规模的国际会议，只怕开起来并不容易！"

"事在人为嘛！青藏高原科学考察难不难？我们照样拿得下，怕一个国际会议作甚！"

"也是也是！"

两人信步走着，越聊越起劲，远处，晚霞红透了半边天，红得可爱又绚烂。

中国科学界要开青藏高原科学考察国际讨论会！一时间，国际上像炸了惊天雷，此事引起很多科学家的浓厚兴趣。多年来，国际上诸多科学家对青藏都极为好奇，苦于没机会来，只能望而却步。如今，中科院准备召开国际讨论会，对各国科学家来讲都是千载难逢的机会。

国际讨论会的领导班子阵容强大，名单如下："两弹一星"元勋钱三强担任大会主席，西藏自治区政府副主席李本善、中科院副秘书长赵北克、中科院地学部主任尹赞勋、中科院综考会主任漆克昌担任副主席。德高望重的老青藏刘东生担任秘书长，中科院五局副局长王遵汲、综考会副主任孙鸿烈、中科院外事局局长方均担任副秘书长。

德高望重的冰川学家施雅风、地层古生物学家穆恩之、古植物学家徐仁、植物学家吴征镒、地理学家罗开富等知名科学家是会议的主要策划和组织者。年过六旬的罗开富盯着青年科学骨干们翻译的国外论文资料，仔仔细细、一丝不苟地察看，生怕出什么差错。石小媛承担了大部分的翻译工作，任务繁重，但她总是毫无怨言。温景春是综考会科技处的负责人，文集的出版、中文稿件的组织以及审阅工作大多由他负责，他为此付出了大量劳动和心血。经历过"文化大革命"的磨难，科学家们无不对时光格外珍视，他们要将流逝的时间夺回来，他们要将青藏科考推向国际前沿。终于，两册精美的《青藏高原科学讨论会论文集》出炉了。按照计划，这两本册子要分发到每位与会专家的手里。

1980 年 5 月，首次青藏高原国际科学讨论会在北京召开。会议结束之后，中外科学家将沿拉萨—羊八井—日喀则—聂拉木—樟木进行科学考察。西藏自治区政府得知消息，早早就开始准备，自治区从上至下迎来了一场极大的盛事。他们按照筹备组设计的线路，对所有考察点都进行了修缮和加工，新设备增加了，宾馆建起来了，厕所也建起来了……

一切准备就绪，只等开场。

大会还没开始，各国专家已经陆续到达。来自澳大利亚、加拿大、荷兰、印度、孟加拉国、意大利、日本、尼泊尔、巴基斯坦、新西兰、瑞士、瑞典、南斯拉夫、土耳其、美国、英国、法国、德国 18 个国家的上百位知名科学家来到了北京。

大会前夕，领导班子在人民大会堂召开最后一次筹备会议。会议还未召开，便面临难题。有个法国科学家早早地提出了要求，他希望从西藏带一些岩石标本回去。这个问题，中科院做不了主。怎么办？只能报给中央。连带着类似的问题，大会领导机构委托时任国务院副总理、中科院副院长方毅向中央报告了会议筹备情况，并且请求邓小平同志接见与会代表。方毅将情况如实上报，大家期盼着回音。

会议在一道道期待的目光中顺利拉开了帷幕。刘东生以一口流利的英语作了精彩的开场报告。

郑度负责报告青藏高原的自然地域分异，在这之前，他做了充分的准备。最终，他用一口流利的英语作了报告。

地球物理组派了两个人作大会报告，一个是国家地震局的环文林，一个是滕吉文。意大利里雅斯特大学科学家马鲁西在地球物理研究方面颇负盛名，他听完滕吉文等人的报告后，大为震惊，感慨地说："你们做了这么多工作，我真是没想到。你们确实是第一次开辟了对青藏高原的地球物理研究，为世界地球科学研究作出了重要贡献。"

被称为"喜马拉雅大师"的地质构造专家——瑞士的甘塞尔教授也来到了会场。甘塞尔从 20 世纪 30 年代起就从事青藏高原地质构造研究，其著作《青藏高原地质》至今仍被地学界奉为经典。这次来中国，他本来计划抓住机会在喜马拉雅山北坡开展科学研究，并为此做好了充分准备，但到了大会第二天，他突然改变了计划。他和许多地质学家惊喜地看到，中国科学家对这一块的考察成果远远超出他们的想象。特别是常承法和潘裕生首次提出的"多地体分阶段拼合说"，详细论述了青藏高原的形成原因。

"常先生的工作十分扎实，他用一种新思想对高原隆升作出了很好的解释，清晰地描述了高原构造演化过程，合情合理，我非常认同。"甘塞尔难以抑制内心的兴奋和喜悦。后来，以常承法为主的"多地体分阶段拼合说"经过中外学者的多次论证，公认它"发展了板块构造学说"。也因常承法的特殊贡献，人们尊敬地称他为"常板块"。

陈万勇、黄万波等人主导发现的藏北吉隆三趾马动物化石群在会上一经宣读，也引起了国外科学家的震惊。他们怎么也没想到，中国学者能有这么重要的发现。诸如此类令外国学者震惊的成就实在太多，在一次次惊呼声中，会场的气氛也一次次达到高潮。

在会议的最后，一位德国科学家代表全体出席会议的外国科学家发言，他说："参加这个会议，原来以为我们要给你们中国科学家讲很多，结果是你们给我们外国来的科学家讲了很多。"这样的结果令人欢欣鼓舞。

美国航天博物馆的创始人、著名鸟类学家瑞普雷一到会场就要求见邓小平，为此，这位身材高大、头发稀疏的学者还专程给大会领导人写了一封信。

1980 年 5 月 31 日下午，大会闭幕式上，邓小平缓步走来，向几百位中外学者挥手示意。这可真是个振奋人心的场面，为大会增添了浓墨重彩的一笔。改革开放伊始，召开国际会议不失为一个走出去、引进来的好机会，邓小平对此十分重视。

闭幕式后，邓小平准备接见中外代表。在接见之前，钱三强快步走到邓小平休息的贵宾室，作了大会筹备情况报告。"中国科学家在'文革'期间也没有停止对青藏高原的研究，而今取得的很多成绩在大会上产生了轰动的效应！"钱三强难以抑制喜悦兴奋的情绪，语调越发激昂起来了。

邓小平听了报告，脸上绽开了满意又自豪的笑容。

"有法国科学家提出希望从西藏带岩石标本出境，您看？"王遵汲汇报了法国科学家的请求。

"中国的山那么多，那么大，打一两块石头大山还是在的嘛，给他们有什么关系嘛！"邓小平淡定从容地回答了王遵汲。王遵汲心里悬着的石头终于落了地，如释重负。事后，他不无感慨地说，看来，我们的思想还是不够解放啊！根据邓小平同志的指示，大会很快制定了外宾在中国采集标本的相关规定和办法。

紧接着，邓小平在人民大会堂会见了部分中外专家。我们在相关资料中看到过当时的照片，邓小平面带笑容，精神矍铄，眼睛炯炯有神。

当邓小平出现在两排队伍中间时，两边的科学家都不由自主地围了过来。为了拍好照，会场的工作人员只好让外宾们侧着身站。就在队伍刚刚站好等待拍照之时，甘塞尔努力往这边走，他很想离邓小平近一点，再近一点。可这时候在邓小平身边的科学家们谁都不会主动为他让出一个缝来。会务组的孟辉不经意间看到了这位老教授，她走到甘塞尔跟前，想尽办法将他带到距邓小平仅一位之隔的位置，硬是帮着他"插"了个队。甘塞尔向孟辉投去感激的目光，这位热心的中国女科学工作者给甘塞尔留下了深刻的印象。

按照原定计划，邓小平只接见会议代表并合影，当他置身于令人振奋和自豪的会场时，他当即决定参加后面的招待会。

中外学者喜出望外，围成了一个密实的人圈，簇拥着邓小平走向招待会现场。直到他落座，依然有很多人争先恐后围着他要与他握手。看着有些混乱的场面，大会领导着急了，要工作人员尽快疏导。科学家们也意识到了这个问题，没等工作人员开口，大家自觉排起了队，很快，混乱的场面变得井然有序。一条长龙排开了，科学家们彬彬有礼地逐个与小平同志握手，向他问候。邓小平热情地接待了每一位外宾，并十分亲切地与大家说话，不时向坐在他身边的外宾询问着、谈笑着。

若干年后，当时在场的中外科学家回忆起当时的情景，仍激动不已。当年曾和小平同志坐在一起的意大利著名地质构造专家德西尔，一直将与邓小平谈话的大幅照片挂在家中显要位置。有一次，刘东生到他家中探望，这位著名老地质学家指着墙上的照片，动情地说："与他合影，很荣幸。他是一个具有远见卓识的人。他对你们是宝贵的，对于我也是珍贵的。"

温景春也有跟邓小平的合影，他将其放大，小心翼翼地挂在家中最醒目的地方。每每望着这张照片，他就能忆起小平同志的音容笑貌，忆起青藏科考那些辉煌的岁月，忆起中国人扬眉吐气的激动场面。

新华社有一篇《邓小平方毅会见参加青藏高原科学讨论会的中外科学家》的报道，描写了当时的情景：

新华社北京五月三十一日电 国务院副总理邓小平、方毅今天晚上在人民大会堂会见了参加青藏高原科学讨论会的中外科学家。

会见结束后,方毅为青藏高原科学讨论会闭幕举行招待会。邓小平、方毅在会上同意大利地质学家德西尔、瑞士地质学家甘塞尔、美国地球物理学家诺普夫、尼泊尔地质学家拉纳等外国科学家以及出席招待会的中国科学家不断举杯,热烈祝贺这次学术盛会取得圆满成功。

由此可见当时阵容之大。

中国青藏科考的成就也随着出版的两本英文文集传到了世界各地。

会议结束之后,七八十位外国科学家参加了西藏的考察旅行。这次旅行的意义是重大的,一方面意味着西藏的开放,另一方面也意味着中国科学研究的开放。

考察路线是拉萨—羊八井—日喀则—聂拉木—樟木。这条路线,中国的老青藏们走过无数次。以往,他们肩负艰巨的科考任务,这次,他们却是为了展示中国的大好河山和自身的研究成就,心中自是无比骄傲和自豪。外宾绝大多数是第一次亲密接触青藏腹地,无不诧异于眼前的所见所闻所感。

为了亲眼看看青藏高原,美国地质学会的一位老教授,在来之前,特意没在身体检查表格中填写自己"心动过速"的情况。不过，青藏高原是一位严肃的测验师。登上高原，老教授很快就有了高山反应，立即被送往拉萨的医院，医生做好基本护理之后，将其安全送回平原地区。老人临走时还恋恋不舍地望着让他向往已久的青藏高原，痛心地一再表示："太遗憾了！太遗憾了！"

事实上，到达拉萨，高山反应考验着每一个人。武素功身材高大，又是老青藏，可到达拉萨不久，他也出现了头晕等症状。可他没有时间停歇，好几位外国植物学家围着他探讨青藏的新发现。武素功的工作得到了国际友人的啧啧称赞。

在观察羊八井地热喷泉的时候，毫无经验的孟辉只觉得头晕乎乎的，她靠在一块大石头上就地坐下。此时，一对意大利夫妇将她从地上拉起来。虽然听不懂他们的语言，但孟辉很快明白了他们的意思，大概是发生高山反应的时候一定不能坐着不动，得保持活动状态。老教授甘塞尔将一把小花送给了孟辉，特地表达对她前几日帮助他靠近邓小平身边照相的谢意。

令人意想不到的是，进入日喀则后的一天，通往聂拉木的路段发生了塌方，行程受阻。队伍只能原地等待，既不能前行，也不能后退。

"刘先生，再延误下去的话，外宾们可能会情绪不稳。"孙鸿烈急匆匆地到刘东生跟前征求对策。

"鸿烈，马上召集领导小组开个紧急会议。"刘东生说。

不一会儿工夫，各负责人到齐。大家认为此事十分重要，应及时向中央领导汇报。刘东生和孙鸿烈当即起草报告上报了中央。

就在紧急报告送出不到 24 小时，中央回电：经小平同志特批，决定派直升机将外宾送往安全地区（卡拉奇）。

全体人员很快知道了电报内容，大家的兴奋和感动溢于言表。

到达樟木之后，西藏地质之旅接近尾声。大多数外宾将从樟木出境飞往尼泊尔首都。临近结束，外宾们又愉悦，又不舍，青藏之行，他们的收获是沉甸甸的。不少外宾提出要在樟木宾馆大厅唱歌跳舞。欢快的、来自科学家的歌声响彻寂静的樟木，久久地回荡在青藏这神奇的世界里，也回荡在每位亲历者的心中。

1980 年 6 月底，一封从尼泊尔发出的信寄到了北京，信的内容平常而深情。信中写道：

作为青藏高原科学讨论会及其之后的地质旅行的参加者，在中国的日日夜夜给我们留下了十分美好的印象。中国科学家高水平的研究成就令世人惊喜，会议组织工作无懈可击，尤其使我们兴奋的是，在北京期间受到了邓小平先生的接见……

信中所写到的研究成就，都一一收录在孙鸿烈组织编写的系列丛书当中。国际会议后不久，这一系列丛书陆续出版。这套书是我国青藏高原科学考察第一阶段西藏自治区范围内研究成果的系统总结。这套丛书和 1966—1968 年刘东生、施雅风领导的珠峰考察成果一起，于 1986 年获中国科学院科学技术进步奖特等奖，1987年获国家自然科学奖一等奖。一等奖获奖名单包括刘东生、施雅风、孙鸿烈等共39人。

　　时至1980年，青藏高原大约250万平方千米的土地，中科院才走了一半。所有曾参加过青藏科考的人几乎都不愿意就此停住脚步，他们跃跃欲试。国际会议后，新阶段的青藏科考拉开帷幕。

二、纵横横断山

"一山有四季，十里不同天。"以地形复杂、气候多变著称的横断山区暗藏玄机，青藏科考的目的正是要解开世间难解之谜。

金沙江、澜沧江、怒江等从北向南的河流及中间的南北向高山地区形成了我国著名的横断山区。在行政区域上，横断山区包括西藏自治区的昌都地区，四川省的甘孜、阿坝藏族自治州和凉山彝族自治州，云南省的迪庆藏族自治州、怒傈僳族自治州、丽江专区和保山专区的西部。全区土地面积50余万平方千米，是我国藏族和傈僳族等少数民族的聚居区。横断山区自然条件复杂，新构造运动强烈，自然资源丰富，水力资源、有色金属资源、稀有金属资源在我国占有重要地位。正因为如此，它也成了我国青藏科考的重要地区。

在孙鸿烈的组织下，1980年9月，中科院自然地理、地貌、土壤、植被、气候、草场、水利、农经等有关专业 22 名科研人员对横断山区进行了预查。当 10 月份"1981—1985 年横断山区综合科学考察工作会议"在成都召开时，领导小组已经有了计划和盘算。经会议讨论，此番考察的中心任务是解决"青藏高原隆起及其对自然环境和人类活动影响"的问题，同时还要加强对横断山区的资源开发利用与保护等应用课题研究，在考察中与地方经济紧密结合。最终敲定了 6 个研究课题，决定成立 7 个专业组，从有关部门 38 个单位抽调 230 多位科学工作者参加考察。这仅是组队之初的情况，到了 1982 年，人数增加到 250 人。1983 年，人数达 280 人。

队长的任务自然而然落在孙鸿烈头上。然而在横断山区考察期间，孙鸿烈先后去美国进修和中央党校学习，1983 年回到中科院后又被任命为副院长，所以横断山区的考察，孙鸿烈并未直接参加，领导考察队的重任事实上落在常务副队长李文华身上。

程鸿、王震寰、周宝阁、黄复生任副队长，后来又增补章铭陶、韩裕丰为副队长。郭长福、谭福安担任业务秘书。办公室负责人先后由冯治平、唐天贵、田德祥担任。同时成立了临时党支部，王震寰任书记，周宝阁、李文华任副书记，1983 年又增补黄文秀、郑度为副书记。

1981 年 5 月 10—18 日，大部队在昆明集中，之后，向深沟、高山林立的横断山区行进。

20 世纪 70 年代的青藏科考，总部设在拉萨，装备好物资后统一出发，科考结束后又在拉萨集中，属于"大兵团作战"。和70年代的青藏科考不同的是，横断山区科学考察，办公室设在康定，考察结束后，各个队伍很难再回到康定集中。故而，横断山区考察分成了几支队伍各自"独立作战"，状态相对分散，结束后各自收队。

鱼类学家、动植物分类学家陈宜瑜负责横断山区水生生物组的工作。拿到组员名单之初，陈宜瑜不免有些失落。张卫、伍焯田、陈银瑞、黄顺友、李再云、陈国孝，多是陌生的名字，陌生的面孔，中科院动物研究所原来的老青藏基本都撤下来了。加上组长陈宜瑜自己，一共有7个人。毫无疑问，在这些人当中，陈宜瑜是老资历了。

到横断山区考察之前，跑过藏北等地的陈宜瑜满心以为横断山区会比西藏高原地区环境好一些。可到了横断山区才发现，尽管大部分地区都通了公路，但是它却要几次跨越上下三四千米的高山、峡谷。陡峻又曲折的山道让人头晕目眩，胆战心惊。

行进在这样的山路，司机是最辛苦的，为了保证司机的休息，每到一处驻地，陈宜瑜首先保证司机的住房，之后才安排组员休息。

组员们多是年轻人，没有跑野外的经验，衣食住行的安排都落在组长陈宜瑜身上。他不由得怀念起70年代的科考，那时候，虽然海拔也高，可它基本是一个大平坝。横断山区就不一样了，公路在河谷的上头，如果要下到河里或者湖中采标本，起码得往下走一两千米甚至更远，采完标本又得再爬上去。来来回回地跑，十分耗费精力，累得人气喘吁吁。

第一年，陈宜瑜带领的水生生物组主要考察滇西南的横断山区，从北到南包括独龙江、伊洛瓦底江、怒江、澜沧江等。第二年考察川西，从香格里拉（那时叫中甸）开始，往北到乡城、稻城，之后到甘孜和阿坝地区，最后到九寨沟再转出来。两年的时间，水生生物组几乎将横断山区从南到北跑了个遍。

从怒江到独龙江要走片马，路上塌方的石头凌乱无章，这是去独龙江的必经之路。路悬在半山腰上，一侧是万丈深渊，一侧是塌方乱石。车靠悬崖边的轮子刚好压住路牙，司机望了望悬崖下面，吐了吐舌头。

"你们都下车吧，这路危险。"司机对大家说。年轻的队员们陆续下了车。

"我坐上面，跟你一起，给你壮壮胆。"陈宜瑜坐到副驾驶位，一手搭在司机肩膀上，两人相视一笑。司机聚精会神，小心翼翼地把弄着方向盘，额头渗出了汗，花了好一会工夫才挪过这段路。大伙儿深深呼了一口气，总算是有惊无险。

这样的险，所有考察队员都经历过。常务副队长李文华亲眼见到了死亡。李文华带着队伍做森林考察时，人民画报社记者郑长禄跟着忙前忙后拍摄，他得用手中的镜头记录下一次次精彩的重大发现。一次，收获满满的考察结束，大伙都很高兴。郑长禄本来跟李文华同坐一车，可他与司机小韩很要好，一定要坐在小韩开的货车驾驶室里。万万没想到的是,李文华所坐的车已经顺利到达山脚的平原了,还不见后面的车来。李文华令司机原地等待,焦急地朝后面望了又望。过了好一会儿,后面才风尘仆仆地来了一辆车,车里的队友大老远就从窗口探出一个脑袋,冲着李文华喊,李文华没听清楚,近了他才听明白。

"出事了,队长,出大事了!"

李文华吓了一跳,急忙推开车门,走下来:"怎么了?"

"小韩的车翻了,跌下了悬崖!"

这下,李文华听得真真切切。他匆忙上车,向司机打了个回转的手势。不一会儿工夫,就赶到了出事地点。当地的解放军和群众来了不少人,纷纷跑到悬崖下面的河谷里搜救。找到人时,司机小韩受了重伤奄奄一息,郑长禄已没有了呼吸。

李文华和组员们悲痛欲绝,李文华、齐文虎、韩裕丰3人连夜带着郑长禄的遗体往成都赶。快到成都时,由于过度疲劳,司机把不住方向盘,车向沟边开去,撞到了一棵树上。好在刚下完雨,土是松的,树被撞倒了,车子只是歪在一旁,没有翻到沟里,否则又是一场大祸。到成都后,天还没亮,无法联系到中科院成都分院。李文华身心疲惫,一着急犯了急性胆囊炎。那时没有出租车,他只得弓着身子往医院挪,走一步疼一步,不到1000米的路程却像用了一个世纪那么长的时间。

这样的死亡事件,在横断山区,李文华遇见了三次。60多岁的彭洪寿教授强忍着病痛在山区考察,最终病发去世。李文华的学生赵献国，研究生毕业没多久，而且才刚结婚，也是因为车祸，将年轻的生命留在了横断山区。

每每回想这些，李文华内心都十分沉重。在青藏科考的路上，不仅要流汗，要流血，甚至要付出生命的代价。这些，但凡参加过青藏科考的人都有深刻的体会。科学家们没有因此退缩不前，在青藏科考中，有太多坚韧不拔、将生死置之度外的科学工作者，他们前赴后继，往科学、往真理的方向大步迈进。

相对于西藏，横断山区的吃住条件要好得多。有兵站，也有旅馆。在部队的支持下，科考队还能拿着部队的油票去加油站加油，将油装进汽油炉子，路上用来烧火做饭。遇到江河，大伙用网捞些鱼，油炸好放在车厢里，大伙想吃就吃。

陈宜瑜遇到的最麻烦的事情是，晚上没人愿意看车。装备、行李，吃的、用的，都混装在一起，放在卡车上。那时候的卡车不是封闭的，车厢上仅仅罩了一个帆布篷子。晚上车子停下来，陈宜瑜担心有人偷东西。要是丢了东西，考察队的工作就要受影响。

"如果有人想偷东西，车上有人就不敢偷。"与组员们开会的时候，陈宜瑜给大家分析了一番。小伙子们面面相觑，面有惧色。陈宜瑜看在眼里，心里盘算着"轮流看车麻烦，还要排班，还要做思想工作，不如自己看算了"。

"算了，你们都别管了，我干脆就睡在车上。"陈宜瑜揽下了这个重担，大伙又感激，又内疚。

从那天起，陈宜瑜就没有在兵站睡过觉。他在垒着的高低不平的箱子上把羽绒被铺开，躺在疙疙瘩瘩的箱子上，怎么样都睡不好觉。最要命的是，车上弥漫着汽油和泡标本的福尔马林的味道。可是没办法，他必须管好队里的东西，不能因丢了东西而影响科考的进程。在考察的半年时间里，陈宜瑜一直睡在车上，他笑称这是"以车为家"。

第二年往北走，注定了比第一年更辛苦。水生生物组遇到了几次要命的塌方和泥石流。一次，陈宜瑜一行从雅砻江出来，通过阿坝州的首府马尔康，前往壤塘。此行，他们要去壤塘采集一种猫鱼。猫鱼属鲑科，也叫哲罗鲑，是一种被陆封在壤塘的鱼，与新疆大红鱼为同一个属。这种鱼长得比较大，非常珍贵，难以抓到。2006 年，陈宜瑜听说有人抓到了一条猫鱼，拿着 1 万块钱去买，人家死活不卖，可见其珍贵。

不幸的是，一进壤塘，考察队就碰上了塌方，从壤塘出去的公路被堵死了。猫鱼没采到，连着被封堵数日，陈宜瑜着急了。

"请问什么时候可以出去？"陈宜瑜找到县里的负责人，焦急地问。

"别急，别急，我们去年被堵了 3 个月，反正有吃的有住的，饿不着你们，你们就安心待着吧！"县里人一副习以为常的模样。

那是县里唯一一条公路，往北通到甘肃，除了原路返回，再没有其他路出去。可是猫鱼还没采到，前面还有很多考察任务要去做，折回去是万万不能的。

"那么，我们只能搏一把了！"陈宜瑜对大家说，队友们心领神会。

县里派去修路的人每天一大早开工，修到傍晚差不多可以通行了。可每每此时，晚上一下雨，第二天早晨又塌方了，又得重新修。如此循环往复，路总是不通。陈宜瑜带着队友们把车装好，开着车到塌方处守着，等到工人修得差不多的时候，天也快黑了，陈宜瑜打算带着大家趁着刚刚修通的时候赶紧开过去，可是这样做实在是太危险。路虽不长，只有 30 米左右，但是路基不稳定，且塌方频发。万一路过的时候车子不小心陷进新修的路泥中，又正好碰上泥石流或塌方，那就只有死路一条。修路的民工挡在道路中间不让他们过去。

"不行，一定得过去，必须得拼一下。"陈宜瑜好说歹说，最终工人们放行了，水生生物组的几个人这才冒险将车开过去。

这一关算是度过去了，可是，等待着他们的危险一环接一环。在距离马尔康大概 20 千米的地方，陈宜瑜他们看见有车掉进了江里，礼品盒子从水上漂了过来。临近中秋，大概车的主人是准备回家过中秋节的，不料却葬身大江。不一会儿工夫，有人经过，说是前面又塌方了。看来车子是没有办法过去了，大伙只好把车留在原地，人先走到马尔康去，等路修好再叫司机回来取车。

在横断山区，水生生物组遇到的危险一个接一个。之后，他们又到了九寨沟、泸沽湖等地。不过，险归险，在无奇不有的野外，他们所取得的成绩也是十分可观的。

横断山区的科学考察之后，陈宜瑜对该地区的整体认识加深了不少。当时学界的泰斗级人物吴征镒认为横断山区是一个新的区系的发源地，陈宜瑜则提出了不同的看法，他认为横断山区对于整个生物物种来说是庇护所，不是起源中心，而是次级分化中心。意思就是说，在冰期的反复推移过程中，有些物种被推到了横断山区。随着第二期冰期的退缩，环境发生了巨大改变，可横断山区既有高海拔冰川雪山，又有地势低的深沟峡谷，寒冷地带的物种遇到天气变热就往山上跑；热带物种遇天气变冷就跑到山沟里去，因此，各类物种都可以在横断山区复杂的地貌中得以生存，横断山区因此成了生物多样性的宝库。

以横断山区生物多样性的发现为中心，1981 年，陈宜瑜发表了许多相关文章。总之，青藏高原考察是他创新性成果的源泉，也是他后来当选为中科院院士的重要助力之一。

年轻的郭柯只赶上了横断山区科学考察的尾巴。对他来讲，那是他青藏科考的开端。1984 年，郭柯坐上了进行科考的老解放牌汽车，年迈一点的老师坐在副驾驶位，年轻小伙子们挤在车棚里。这种老式汽车简直是牛车，爬起路来慢慢吞吞。每天早晨得很早起来赶路，车子晃晃悠悠，七拐八拐，晚上常常很晚才能到。那扑面而来的尘土让人十分难受，一天下来，郭柯全身被铺了一层灰。大家你看看我，我看看你，俨然一个个灰头土脸的泥菩萨。

四川境内的横断山区植被丰富，气候潮湿。郭柯跟着老师每天能采到很多标本，然而在潮湿的环境中，标本湿漉漉的，如果不压干，很容易腐烂。每天从野外收工已是夜幕降临。吃完晚饭，新的工作又要开启。新采的标本要修剪压纸。所有没有压干的标本都要换纸，一张一张纸拿起来，再放入新纸。看似重复的工作，却要求相当精细。郭柯他们就像机器，连轴转，往往要到晚上十一二点，万籁俱寂的时候，一天的工作才算告一段落。腰酸背疼、筋疲力尽地倒在床上，郭柯他们想起大学毕业那会儿，中科院到学校要人，领导一再强调，科考工作非常辛苦。当时，他们一切行动听指挥，也不明白其中的艰辛，只知道国家哪里需要自己就到哪里去。等到真正参加科考，才了解了科考的艰辛，他们对老一辈科学家们生出了由衷的敬佩之情。科考虽辛苦，好在这是一支非常融洽并具有凝聚力的队伍，工作起来舒畅，他们对植物研究也慢慢有了兴趣。

苏珍领着冰川冻土考察组向贡嘎山冰川进发。贡嘎山屹立于横断山脉东部，是横断山系的主峰，也是青藏高原东部和四川省的最高峰，被誉为"蜀山之王"。

贡嘎山东坡从大渡河谷到主峰峰顶仅 29 千米的距离，但高差却达 6400 米，形成了从干热河谷的亚热带到高山冰雪带，垂直自然带变化极为明显的自然地理景观。山下艳阳似火，半山腰春花烂漫，山顶却雪花纷飞。生长在山上的植物从常绿阔叶林到高山草甸，植物物种有 4000 多种，动物物种有 400 余种，素有"高山博物馆"之称。

海拔 5000 米以上的山地为冰雪所覆盖，冰雪带山体面积占全部山区总面积的六分之一。贡嘎山发育有现代冰川 74 条，冰川覆盖面积达 256 平方千米，冰储量 24.73 立方千米，为横断山最大的冰川区之一，也是青藏高原东缘最大的海洋性冰川区。在冰雪的包裹下，贡嘎山犹如一条条银色巨龙伏在山顶，气势磅礴，巍峨壮丽。

苏珍他们此行的目标——海螺沟冰川，是贡嘎山最长的冰川。

到海螺沟冰川没有公路可以通行，从泸定县磨西镇到海螺沟冰川只有一条狭窄的小路，初来探查，需要背观测仪器、装备和生活给养等笨拙的物什，所以要尽量轻装简行。苏珍他们鱼贯而行，走在崎岖的林间山路上，徒步攀登，花费了两天左右的时间才到达目的地。小路两旁树木参天，绿草茵茵，花开烂漫，林子里隐隐约约传来潺潺的河水声和小鸟的啼叫声，一切都令人心旷神怡。

时值雨季，上山的第一天，天空就下起了小雨。苏珍和同伴们各人背着行装冒雨前行。中午过后，雨开始变大，好似天穿了一个洞，下个不停。野外没有人家，眼看天快黑了，大队伍才行进到一个叫青石板的地方，天黑路险，难以行走。大伙在竹林中冒雨搭起了帐篷，在野外住了一夜。第二天起床，雨还没停，大家匆匆收拾行装，继续往海螺沟冰川行进。越往上，山路越难走，人也越来越累，时不时滑倒在泥泞的路面上。苏珍和伙伴们铆足了劲，纵是再辛苦也下定决心要见一见海螺沟冰川的真容。

功夫不负有心人，经过两天的跋涉，他们终于来到了离海螺沟冰川末端谷底数百米的一块平地上，大家精疲力竭，眼前却豁然开朗。大家硬撑着，冒雨将营地搭建起来，分头挤到帐篷里休息避雨。望着白皑皑的冰川，苏珍他们的疲惫也消了不少，更多的是到达目的地的喜悦。

下了一场雨，第二天阳光灿烂，这是此行中的第一个好天气。

只见谷地两侧山高林茂，蜿蜒的海螺沟冰川闪着透亮的白光冲向云霄，一条面积 25.71 平方千米、长 13.1 千米的山谷冰川呈现在众人面前，昨天满身泥泞的疲惫被眼前的壮丽景色冲得干干净净，惊喜、激动之情难于言表。眼下，冰川冻土组最紧要的事情是去冰川上安装自动观测仪器。

中午时分，苏珍和伙伴们攀登上了冰川右侧海拔 3800 多米的一条侧碛。安装好了自动观测仪器，几人坐在冰川边，观赏着气势恢宏的海螺沟大冰瀑布。这是一条高达 1080 米，最宽处达 1100 米的巨大冰瀑布，也是我国当时已知规模最大的冰瀑布。冰瀑布底下还有许多环状的冰川弧拱，壮丽至极。

"轰隆隆！"只听见不远处传来震天动地的声响，苏珍他们吓了一跳，立身站起，朝远处望去。只见冰雪飞舞，雪浪滔滔，响声如千军万马，震天动地。原来这是冰川粒雪盆内发生雪崩的声音。海螺沟冰川雪崩终年频发，特别是夏秋季节，雪崩次数有时每天多达一百多次。好在没在危险区！众人感慨不已。在后来的观测中，冰川冻土组观测记录到最多的一天发生了 120 多次大小雪崩。雪崩发生的时间多集中在一天中气温最高的时段。

返回营地时，苏珍和伙伴们沿冰舌而下。在阳光和融水的共同作用下，冰面表现出千姿百态的样子。有形如金字塔、城堡之类的雏形冰塔，还有冰桌、冰蘑菇、冰湖、冰洞之类的奇特景致，玲珑剔透。在冰舌末端数十米厚的冰层下，还有一个巨大的冰下河出水洞，即所谓城门洞。洞内光滑透亮，洞顶和洞口悬挂着冰钟乳等。到了末端，冰舌在原始森林中延伸达 6000 米之遥，与森林共生，奇妙至极。

为了深入了解海螺沟冰川，冰川冻土组的工作转入半定位观测阶段。按照开始的规划，庞大的海螺沟冰川需得布设一两百个观测点。可是布设难度太大，苏珍他们竭尽全力也只布设了 30 多个。海螺沟冰川常年阴雨绵绵、大雾弥漫，增加了观测的难度，完成一次观测至少要 3 天的时间。那些观测的日子，饥寒交迫是常态。

一分付出一分收获。经过一段时间的观测，冰川冻土组取得了第一手资料，也总结出了一些规律性的认识。他们将海螺沟冰川定义为发育在季风气候环境中的一条海洋性冰川。冰川粒雪盆年降水量在 3000 毫米以上，这为冰川提供了丰富的物质补给。冰川雪线处年平均气温高于－6℃，在－4.4℃左右。夏季平均气温3.6℃，冰层温度高于－1℃，接近0℃。如此高的温度加大了冰川消融量，也加快了冰川流动速度。海螺沟冰川流动速度每年可达200米，冰面消融强度每年在10米左右，壮美的热融喀斯特地貌在冰面上发育成形。苏珍带领的冰川冻土小组最后得出的结论是：海螺沟冰川是一条收入高、支出多、活动性强的暖性冰川。

在冰川冻土组考察几年后，海螺沟冰川一带被定为国家级风景名胜保护区，海螺沟冰川森林公园旅游区随之被开发，如今已成旅游胜地。这一切变化，跟冰川冻土组的科学考察不无关系。

生物组在武素功的带领下组成了独龙江小分队，一行十余人，包括李沛琼、郎楷永、汪湄芝、李恒、成晓、费勇、陶德定、浦发鼎等，从下关到维西，在维西沿澜沧江北上至巴迪—碧罗雪山—维西，沿澜沧江南下至贡山—福贡—高黎贡山，沿怒江北上经向打—丙中洛—齐即桶松塔贡山—西藏的察瓦龙一线进行了考察。

那时补助低，生活苦，武素功带领的生物组小分队总是自己背东西，背帐篷，给人留下深刻印象。生物组有年纪大点的女同志，也有新来的学生，采标本时背个筐，穿得破破烂烂。当地老乡看着这群奇怪的人：一个老太太，一个糟老头子，带着一个小少年，穿着破旧的衣服，背着筐篓子，活像一家人在逃荒！

久而久之，一段俏皮话就从生物组传出来了。话是这么说的："远看是逃荒的，近看是要饭的，再仔细一问，才知道是科学院的。"

这段俏皮话大概是说中了当时很多科考队员的状况，一时在中科院盛传开来。在我们采访的过程中，有不少老先生还脱口而出这段俏皮话，可见其深入人心。

1981 年 7 月，生物组开始向独龙江行进。

独龙江在怒江以西，是恩梅开江的上游，位于云南西北部。生物组从贡山出发，翻过高黎贡山，来到独龙江区政府所在地，准备先到独龙江南段的钦朗当一带采集标本。武素功看了一圈，没看到居民点，只看到一些草棚，想是来这里种庄稼的人们临时搭建的棚子。草棚还能住人，正好可以当宿营点。围绕着宿营地，队员们各自开展工作。

一日，武素功盯上了南边靠近中缅边境的一片常绿阔叶林。他早早地从营地出发钻进林里，看到了一株长着白色树皮的树。

"咦，这是什么树？怎么从没有瞧见过这样白的树皮？"武素功心里嘀咕着，只是林子很密，什么也看不清楚。他扒开茅草，往白树方向凑近。距离一两米远的时候，他突然看见白色的树枝在动。不得了，是一条大蟒蛇！原来是大蟒蛇吃饱了把肚皮对着外面，挂在树上休息，之前看到的白色树皮原来是大蟒蛇的肚子。

　　大蟒蛇已经被惊动，十分危险，武素功来不及思索，掏出手枪就打。可是手抖得厉害，虽然离得近，愣是打了好几枪都没有打下来。好在最终转危为安，战胜了蟒蛇。队友们听到枪声纷纷跑过来。惊魂未定的武素功望着队友，大家都张大了嘴巴一时没回过神。"不干了，今天收工！"队友们七手八脚将蛇抬回了营地。

　　这样的惊险，在横断山区经常出现。

　　结束钦朗当一带的工作，武素功他们准备往北走，经过龙元，直抵西藏察隅的日东。龙元是独龙江北部最后一个大队，队上有二三十户人家。生物组在龙元住下休整了几天，雇了80位背东西的民工，还买了一头牛来吃。按照当地的风俗，老乡们举行了一个隆重的仪式。他们先将牛牵来拴在一个大场中心的柱子上，许多人敲着芒锣围着牛跳舞，跳舞的人中有一人手持标枪，随着跳舞的节奏越来越快，标枪手一标枪扎向牛……老乡们跳得更欢了，拉着考察队员们一起载歌载舞。在那恣意的歌声舞声中，大家忘了忧愁，忘了艰辛。

　　过了热闹的龙元，再往北就没有路了，属于真正的无人区。部队派了7名战士护卫科考队，考察队加上士兵一行17个人，再加上几十号民工，带着一部紧急时候用来求助的电台上路了。

　　根据地图，5位民工在前面开路。开路的民工不背任何东西，只带砍刀。荒山野岭中到处都是带刺的箭竹，要拿刀子砍了，人才能走。坡也是陡峻的，几乎是直上直下。在那些非常陡峻的地方，先由民工们爬到坡顶，拴好绳子吊下来，考察队员们，包括两位女同志，沿着绳子往上爬。

除了爬山，过河也是让人头疼的事。桥多半是竹子与藤蔓缠起来的，桥面仅30厘米宽，仅能容下一个脚掌，且极不稳当，桥底下湍急的河水像猛兽一般奔腾而过。有些地方连桥都没有，大家只好把大树放倒，从河的这一边搭到那一边。过一次河，武素功就紧张一次，不仅担心自己，也担心队友们。

在武素功的带领下，生物组在无人区考察了十几座高山。每人一个饭盒，吃饭、喝水、洗脸都用它。水太冷，不仅不能洗澡，连脸都很少洗。由于太紧张，武素功牙龈上火，肿得厉害。

"牛粪，大家快看，有牛粪！"不知是谁眼尖，惊呼起来。有牛粪就意味着有人烟，不知不觉，在无人区已经走了一个月，那些日子，所有人都脏乱得一塌糊涂。

爬过一个山坡，远远地看到一个木头房子，房子里燃着熊熊火焰。生物组的到来将房子里的人陆续引出来了，个个穿着整齐的军装。原来是部队的人接应他们来了，副营长老远奔跑过来，激动地握着武素功等人的手："先生们太不容易了！太不容易了！"他连连感叹。

跟着部队到达日东，老百姓和部队的同志们早已备好了饭菜，夹道欢迎考察队员们凯旋。香喷喷的饭菜摆上桌了，油茶倒上了，美酒斟满了，队长武素功那颗一直悬着的心也终于落地了。

在日东休整了几天，又在附近做完了考察，生物组决定往回走。往回走的路跟来时不一样，需得从日东到门空，再翻越梅里雪山的索拉，下到澜沧江河谷，再到德钦。这一段路，武素功 20 年前走过。翻过梅里雪山的索拉垭口下到公路边时，有队员累得趴在公路上呻吟："我真是一步也不想走了。"

的确，队员们都已筋疲力尽。好在武素功早早就给所里发过电报，约定派车来接，只是车还没到，生物组在梅里小学住了一晚上。第二天车到了，大家高高兴兴地爬上车。

从 4 月到 9 月，一晃眼，不知不觉，他们已经在横断山区考察了半年。

很快时间来到 1984 年，这年 1 月，横断山区综合科学考察队在广州召开了工作会议，90 余名代表与会。常务副队长李文华作了激情洋溢又言辞恳切的发言。会上总结交流了考察工作，又讨论制订了 1984 年考察计划。随着 1984 年科考任务的顺利完成，横断山区科学考察落下帷幕。

横断山区考察的 4 年，硕果累累，获得了宝贵的科学资料。在《中国科学院自然资源综合考察委员会会志》上，我们看到这样一段描述：

首次在炉霍县发现第四纪各阶段的脊椎动物化石和古文化遗存的洞穴堆积，并在蚱拉沱发现古人类牙齿一枚。确定了金沙江大陆缝合线的存在，发现了奥陶纪地层，在理县发现了以桉树为主的第三纪（古近纪与新近纪）古植物化石。在生物方面还发现横断山动植物区系种类丰富，如鸟类有 585 种和 55 个亚种，其中特有属 16 个，特有种 101 个；鱼类 237 种；两栖爬行动物 198 种；昆虫 4758 种，其中有新属 24 个，新种 237 个；维管束植物 8559 种；真菌 1830 种；苔藓 934 种，其中特有属 23 个，特有种 27 个。

为了做好总结工作，1985 年 1 月 4 日到 7 日，中科院在北京召开了横断山区科学考察丛书编写工作会议，会上制订了"青藏高原（横断山区）科学考察丛书"编写计划。在"青藏高原（横断山区）科学考察丛书"编委会主任孙鸿烈的带领下，得之不易的考察成果陆续被写进了书本里，流芳百世。纵横横断山之旅留下了光辉的一页。

三、名垂史册的"三五牌"

1985 年，一场别开生面的研讨会在长春召开，名为横断山自然区划研讨会，实际提出了开展喀喇昆仑山—昆仑山地区科学考察的重大命题。藏西北的昆仑山、喀喇昆仑山素有"亚洲脊柱"之称，科考队尚未走过。绵延不断的崇山峻岭无时无刻不在撩拨着老青藏们的好奇心。

郑度、武素功、潘裕生、王富葆等老青藏都深感对喀喇昆仑山—昆仑山地区的科学考察太少。几人一商量，决定联名致信邓小平同志。老青藏们在信中极言昆仑山地区考察的重要性，又说老队员们大多已经 50 岁上下，时不我待，断不能让喀喇昆仑山—昆仑山地区的科学考察成为空白，这一夙愿和使命，希望中央能够成全。言之凿凿，情之切切。信写好了，可是如何转交到邓小平的手里？武素功想起了一个人，或许可以委托她，这个人便是邓小平的夫人卓琳的姐姐浦代英——中科院昆明植物所原党委书记，当时已经退休。

武素功匆忙拿起这封言辞恳切的信件，来到浦代英的住所，郑重其事地拜托她代转。浦代英听了武素功的来意，非常支持："武先生放心，一定给你们送到。"她肯定的回复给武素功吃了一颗定心丸。为了青藏科考，平素刚正不阿的"书生"们也学会了"走后门"。

几经周转，信件终于到了邓小平手里，很快便有了回应。回复称："特殊渠道批转，正规程序运行，国家科委、计委、中科院参与审核立项报告，专家组予以评审，纳入国家自然科学基金委员会重大项目和中科院重点项目。"立项顺利通过！

这到底是一封怎样的信，能够打动邓小平？我们查找了诸多资料，终于在武素功的一个访谈录中看到了信件全文。信不长，故而原文摘录了下来。信是这么写的：

给邓小平同志的一封信

敬爱的邓副主席：

您好！

我们是中国科学院青藏高原综合科学考察队的一些老队员。在 1980 年召开的青藏高原国际科学讨论会上，总结和汇报了西藏考察的成果之后，近年来又完成了青藏高原东部——横断山脉地区的考察，目前正在进行室内总结。

对青藏高原的综合科学考察已延续了十余年，取得了一些科研成果，在国际上有较大的反响。但青藏高原幅员辽阔，其北部的喀喇昆仑山—昆仑山的广大地区尚未考察，是我国存留的最大一块科学空白区，而且其西部位于中印、中巴接壤地带，国防地位也十分重要。因此我们希望作为青藏高原综合科学考察第三阶段的任务，对上述地区进行考察。

我们都已有 50 岁左右，几年之后就可能由于力不从心而退出对这种艰苦地区的考察活动。如这一工作留待以后进行，则年轻同志由于缺乏对青藏高原的全面了解和对该地区的考察经验，而使研究工作受到一定的局限。因此，切望能很快开展对这一地区的考察。为了全面地了解研究青藏高原，我们愿做再次拼搏。我们已向中国科学院提出了课题申请报告，但考虑到上述地区大多在海拔 4800 米以上，气候寒冷、干旱，交通、供应均十分困难，所需经费较多（估计 5 年完成约需二百万元）。科学院基金有限，恐难满足上述要求。因此我们希望列入国家科委的重点科研项目，给予专项拨款，并希望得到解放军有关军区在通讯、安全、物资等方面的协助。

您是参加过 1980 年青藏高原国际科学讨论会的，对我们的情况比较了解。因此我们给您写信，衷心希望得到您的重视和支持。

附上课题申请书一份供您参考。

祝您

健康！

中国科学院青藏高原综合科学考察队队员

中国科学院地理研究所副研究员　郑度

中国科学院综合考察委员会助理研究员　章铭陶

中国科学院地质研究所助理研究员　潘裕生

中国科学院南京古生物研究所助理研究员　陈挺恩

中国科学院冰川冻土研究所助理研究员　苏珍

中国科学院昆明植物研究所助理研究员　武素功

南京大学地质地理系副教授　王富葆

敬上

一九八五年四月三十日

就是这么一封言辞恳切的信，开启了喀喇昆仑山—昆仑山地区的大规模科学考察。项目答辩时，刘东生、施雅风、陈述彭这些老资历的科学家齐聚会场。陈述彭看了一眼名单和考察内容：老青藏们平均年龄 50 多岁，准备去海拔 5000 多米的地方干 5 年。"这岂不是'三五牌'项目。"陈述彭忍不住笑了。就这样，"三五牌"在队伍中叫开了。

得到消息的老青藏们高兴坏了，终于如愿以偿，一个个意气风发。1987 年 3 月，喀喇昆仑山—昆仑山地区综合科学考察第一次工作会议在北京召开。组队的任务仍由综考会承担，孙鸿烈被任命为队长，副队长由郑度、武素功、潘裕生担任。由于孙鸿烈已担任中科院副院长，工作繁忙，第一副队长郑度实际上成了前线的总指挥。由于喀喇昆仑山—昆仑山一带是亚洲的高寒干旱中心，要去的地方鲜见农田牧场，多属于无人区，故而专业上侧重于地质、地理和生物学。考察队决定以"青藏高原的形成演化及其对自然环境和人类活动的影响"为中心，下设 4 个专题组：潘裕生领着一个专题组，考察昆仑山各山体的地质特征、碰撞机制和东特提斯的演化；张青松负责晚生代以来喀喇昆仑山—昆仑山地区隆起过程及自然环境变化的研究；武素功担起了生物区系考察的担子；郑度主持自然地理环境方面的考察。

盛夏时节，考察队员齐聚昆仑山北麓的叶城，老青藏们再次向这片熟悉又陌生的热土进发，个个精神抖擞。

当时正处在计划经济向市场经济转型的时期，项目审批制度也在变更中，科研经费受到一定影响。科考队能顺利集结，与老青藏们向往青藏、心系科研的初心息息相关。

冯祚建就是一个典型的例子。

1987、1988 年，全国上下掀起了"出国热"。冯祚建经常能够听到朋友们各种关于出国的声音。

"老冯，我过几天去英国了！"

"老冯，我准备去美国了。"

"老冯，我在法国，你有事给我家里打电话，我告诉你号码。"

……

在那个时代，出国，似乎是一种身份的标志，是一种闪着金光的荣耀。很多人千方百计想出国，如若有机会出国，很少有人能不为所动。

可就因为舍不得青藏，冯祚建放弃了这样一个很多人羡慕的机会。

那是 1988 年，美国自然博物馆一个研究小型动物分类的科学家看了冯祚建写的文章，大为赞赏。他主动向冯祚建伸出了橄榄枝，盛情邀请他到美国工作一年。在"出国热"盛行的当时，有国外科研机构主动找上门来邀请，这是一个相当大的诱惑。此时，孙鸿烈正在组建喀喇昆仑山—昆仑山地区的科学考察队伍，这片区域的兽类研究还是空白。前半辈子，冯祚建的心血都耗在了青藏高原，喀喇昆仑山—昆仑山地区正好是他还未涉足却又做梦都想去的地方。他深知，若是这次不跟大队伍去，以后他一个人断然是去不了的。冯祚建的思想纠成了一团，一边是出国机会，一边是青藏科考，鱼和熊掌不可兼得，到底该何去何从？

最终，他选择了青藏科考。他舍不得这么一个全面认知青藏高原动物组成特征与形成演化，以及动物资源保护利用现状的机会，同时，他也觉得自己必须为国效力。先有国，才有己；先有大家，才有小家。

冯祚建给美国自然博物馆的专家写了一封信，大意是今年自己要去青藏高原考察，明年有机会一定赴美国。本来，他是因为客气才写了这么一句话，没想到人家还当真了。第二年，美国方面又给他写了一封信，问是否能来。冯祚建感到很不好意思，可是科考还没有完成，他只好又一次婉拒了人家的好意。

冯祚建去了喀喇昆仑山—昆仑山地区，那些又是翻山又是涉水的日子让他终生难忘。

这次，考察队乘坐着性能较好的越野车向帕米尔高原进发。第一年的任务以叶城为基点，目标锁定在喀喇昆仑山—昆仑山西部地区，以及藏北龙木错至羊湖一线。

西昆仑的甜水海是进入藏北的门户。

甜水海，一个听起来多么诗意温暖的名字，当考察队身临其境时，眼前的景象令他们目瞪口呆。甜水海不仅不是海，而且也没有甜水。恰恰相反，它是一个干涸的盐湖，这里海拔达4800米，7月份路上还有薄冰。大伙吐的吐，头疼的头疼，高山反应非常剧烈。难怪说除了常跑新藏线的驾驶员，谁都不肯在此留宿。甜水海的荒寂，他们算是见识了。环视方圆百里，不见烟火。兵站的小战士落寞地苦笑着说，别看了，只有12只乌鸦与我们为伴哦！听了小战士的话，正想弄一只乌鸦做标本的马鸣收起了心。

荒凉的甜水海对于李炳元而言却如同至宝，他强忍不适，在湖畔仔仔细细地打量着由近及远、由下而上、一圈一圈的古湖岸线，仅肉眼可辨的就有48圈。湖泊沉积学家李世杰和冻土学家李树德拿起两个硕大的钻，打了两个钻孔，取得了岩芯。二人各取所需，李树德获知了深部地温的变化情况。李世杰则搞清了该地 5 万年以来的环境变化：5 万年前的甜水海古湖面积达 3000 平方千米，北与甜水海北湖和苦水湖、东与阿克赛钦湖和郭扎湖连为一体，形成统一大湖；4.5 万年前后分割成若干小湖；距今 3 万年至 2.3 万年间，又经历了一轮退缩和一轮回升；直到 1.5 万年前，湖泊大幅度退缩，成了干涸的盐湖。

甜水海之后，科考队翻越海拔 5342 米的界山达板，下到阿里地区的日土县境内。科考队的前进营地就设在日土最北缘的龙木错，大本营仍旧在叶城。龙木错海拔 5070 米，一圈圈的姊妹湖环绕。龙木错依傍新藏公路，又有山泉淡水流淌。1976 年，孙鸿烈率领的阿里分队曾在这一地区考察。此番对于潘裕生、武素功、张青松等人而言算是二进阿里，轻车熟路。地理学家张青松担任前进营地的联络员，刚来的时候他还自我感觉良好，做了三天的炊事员之后，身体一向健壮的张青松高山反应加剧，胃痉挛，呕吐，胃黏膜出血。潘裕生吓了一跳，力主送他回叶城，可张青松怎么也不肯。最后双方相互妥协，达成一致意见：去日土调养身体。张青松休息、治疗半个月后方才归队。

细心的王富葆不经意间创造了一个世界纪录。一日，他在龙木错海拔 5200 米处有温泉流入的小溪中抓获了一条很小的长得像泥鳅的鱼。他瞧着这小家伙挺别致，便采作标本送到武汉水生所，交给鱼类学家们看。鱼类专家惊奇地望着他："这可是全世界海拔最高的鱼啦！"原来，温水的注入给鱼类和其他水生生物营造了生存环境，在根本不可能生存的高度，创造了生命的奇迹。

地貌、第四纪学家王富葆向来是个有心人，在 40 年间的多次青藏科考中，他有过多次重要发现。在玛旁雍错，他发现了石器；在聂聂雄拉，他发现了河北珠蚌化石；在阿里藏民家里，他换来一张雪豹皮做标本；在西昆仑的考察中，他发现了冰缘地貌，并找到了一块风蚀砂岩标本……他的秘诀是，处处留心皆学问。

就是在龙木错，郑度决定要去藏北无人区考察，连接十多年前藏北小分队所走过的羌塘路线，形成贯穿南北的大剖面。然而，由于藏北无人区很大，没有考察过的空白地依旧很多，每一次考察都是严峻的考验。无人区离公路几百千米，根本没有路，非常寒冷干燥。郑度找李渤生等曾经进入藏北腹地的老青藏商量，大家最后的意见是不能进去太多人，只能成立一个小分队，小分队的成员不仅要做好自己的工作，还要帮没进去的专业采集标本。最终，一个囊括了火山岩、地热、自然地理、地貌、植被、土壤等专业的 17 人小分队成立了。

郑度带领着小分队出发了，他们得先找到西昆仑的古里雅山口。沿着十几年前测绘队留下的车辙印，小分队爬上了一个平缓的山顶。大家下了车，极目远望四周，一派荒凉景象。可是，山口在哪里呢？李炳元灵机一动，摊开地形图，对照着海拔仔细查找。"啊，原来我们的脚下就是山口！"李炳元惊叫道。没错，他们的脚下正是海拔 5600 米的古里雅山口。不远处，可以望见鼎鼎大名的"古里雅冰帽"。这个冰帽作为隆升证据，一再被地理学家提及。

当年植物学家刘慎谔曾一个人翻越古里雅山口到达羌塘高原采集植物标本，那时候的条件更差，他一个人得克服多大的困难远非常人可以想象。队友们无不为刘慎谔先生当年的勇敢无畏所感动。

在古里雅山口南侧，文世宣和孙东立发现了大片侏罗纪化石群，这对于证实特提斯古海洋北界有着重大意义。文、孙二人兴奋极了，冲着队长郑度齐声说道："我们不走啦！你们前行吧！"郑度理解他们此刻的心情，便依了他们的意思，把他们留在原地考察，自己带大队伍继续向无人区行进。有着丰富藏北探路经验的李渤生自然而然被队友们选为向导。

在野外，科学家们要自己做饭，每两位同志一组，轮流做饭。老队员们起得早，先把水烧开，灌到水壶里，带到山上去。上山要趁早，到了中午，山上的冰雪融化，河水就会上涨，所以得在冰雪融化之前过河。一路上充满艰辛，也充满惊喜。

此行，藏北小分队的目的地是"英雄地"。走着走着，一个宿营地出现在大家眼前，打开地图一看，上面标写着"英雄地"，没错，目的地到了。"英雄地"是 1970 年末到此的测绘队给取的名字，十几年过去了，还能看到锅灶的痕迹，队员们十分欣喜。搭起帐篷之后，有人提议用木头在这块"英雄地"上树一个纪念碑，在碑上用烙铁烙上 17 位科考队员的名字，落款为"中国科学院青藏高原综合科学考察队，1987 年 8 月"，以纪念此行。队员们无不表示同意，大家动手挖出了一个大坑，将碑扎扎实实地竖立在地上，又欢欢喜喜地在碑前合影。

过了一晚，有人觉得不对劲了：以后有人来看到这碑，说不定以为咱们 17 个人是为科学事业葬身于此了！大家一听，哈哈大笑，认为所言极是。大家又将木碑扛下山来，在 17 个名字之后又添了一个"立"字，重新固定好纪念碑。队员们又轮番到碑前合了一次影。郑度和李炳元、李渤生与木碑的合影我们在很多资料上看到过。

在这荒芜之地，危险和威胁无处不在，最让人捉摸不透的就是大地上的沼泽泥坑。看着很干燥很好的路面，也许在干燥表皮的下面就是一个松软的泥坑，车子经过，必中陷阱。车子一旦陷进去，要拉出来就没那么容易了。通常要发动全部的人力，还要找来木头等辅助工具，费尽九牛二虎之力，才有可能拉出来。

藏北小分队到达目的地"英雄地"之后，又折返龙木错。稍事休息之后，郑度带着地理学家李炳元、土壤学家顾国安、湖泊学家姚宁钢、植物学家李渤生和两位驾驶员分乘两辆北京吉普急急忙忙南下，此行的目的地是羌塘西部的美马错盆地。

在靠近美马错盆地的地方，大家远远望见一头硕大的野牦牛，机会难得，忙开车靠近。野牦牛受到惊吓，一开始拼命逃窜，继而不跑了，转过身气势汹汹地望着追踪者。李渤生有着丰富的羌塘高原探险经历，知道这家伙不是好惹的，谨慎地让车停下，拿着望远镜细细观察。

"近点，再近点！"另一车的郑度十分惊喜，为了达到摄影的最佳效果，他让司机朝牦牛的方向开去，直到距离 20 米左右才停下车。"胆大包天"的郑度还不罢休，他拿起相机从容地下了车，准备拍摄。万没想到，野牦牛突然撒开了性子，夹起尾巴怒气冲冲地往车子方向冲过来，大有同归于尽的气势。司机眼疾手快，一把将郑度拉上了车。

"快跑，快跑啊！"李渤生他们吓了一大跳，冲着郑度这边大喊起来。司机着急地发动车子，野牦牛发力狂奔，就在车子发动的瞬间，野牦牛的长角触到了车尾。李渤生边喊叫边按下了快门。

车子飞跑了老远，野牦牛才停下了脚步，呆望了片刻后慢慢调转了头，留下一个慢慢悠悠、左摇右晃的大臀给外来者观赏。

众人下车，围观受伤的车尾，车尾左侧钢板被撞出了一条裂缝。众人不约而同地深吸了一口气。李渤生得意扬扬地望着郑度，不紧不慢地拿出相机，取出胶卷用纸包好，在纸上写下了五个字——"伟大的瞬间"。

一向从容的郑度已经从刚刚的惊险中平复了情绪，还不忘开玩笑说："那一定是一头情场失意的公牛，以后大家看到独自流浪的野牦牛可要离远一些！"

大伙都被逗乐了，刚刚危险的一幕随着时间的流逝，已经幻化成充满野趣的回忆。第二天，小车飞快地到达平坦的美马错，这是一个湖水退缩后形成的平原，附近有沙丘，也有蜿蜒的河流。在河边的沙坡上，到处是活动着的斑斑点点，定睛一看，原来是母羚羊带着一批小羚羊。众人恍然大悟，原来，美马错是藏羚羊传统产羔地！这可真是一个意外的重大发现。

再往前走，又瞧见一群野牦牛在自由自在地觅食，藏羚羊和藏原羚夹在中间，藏野驴在湖边散步。大自然的奇妙再一次让科学家们叹为观止，人烟绝迹的西羌塘深处竟藏着如此美丽的野生动物乐园，这难道不是生命最奇妙的馈赠吗？！

李渤生掰着手指算了算，这一天所见的野牦牛有250多头，藏羚羊有100多只，还有10来只藏野驴和藏原羚。为何美马错—阿鲁湖一带生活着这么多野生动物？做地理研究的郑度带领小分队经过一番研究之后得出结论：这与美马错的特殊环境息息相关。喀喇昆仑山东段山脉自西向东延至美马错时突然群峰高耸，在美马错西北部拔地而起20余座海拔6200米以上的高峰，高寒高峰形成雪山，冰川融水形成100多条大小河流。从河床渗入地下的水溢出湖泊边缘，构成洪积扇缘溢水地带。加之盆地气候较为温暖，湖两侧有几十个自流泉的水分滋养，大片湿地草甸得以生存，为无数动物的生长提供了必要条件。

第二年，也就是1988年，李渤生做向导，同美国动物学家夏勒等多名中外专家再赴美马错这片荒野绿洲中的野生动物乐园。4天的时间，他们总共见到野牦牛703头，藏羚羊346只，藏野驴240只，藏原羚51只，棕熊1只，盘羊20余只，以及多种其他珍稀野生动物，还见到了极为罕见的毛色呈棕黄色的"金丝野牦牛"。毫无疑问，美马错地区是现今青藏高原高寒草原生态系统保存最为完好的地区之一。外国专家见状，啧啧称赞，认为美马错地区在珍稀野生动物保护方面的价值，可以同世界上许多著名的野生动物保护区相媲美。

几次深入羌塘高原的李渤生对这片土地早就生出了深厚的感情，他起草了《羌塘美马错自然保护区的初步评价》，旨在促成这一野生动物乐园保护区的建立。后来，西藏自治区多次派专家对藏北高原的野生动物进行了考察，最终，将美马错的范围大大扩展，划定了东起青藏公路—扎加藏布，西达新藏公路，南至黑阿公路，北抵可可西里，囊括大部分藏北高原的"羌塘自然保护区"，面积达 24.7 万平方千米。1993 年该保护区被列为自治区级保护区，21 世纪之初，升级为国家级自然保护区。可以说这一保护区的建立，跟科考队挺进喀喇昆仑山—昆仑山地区的科学考察有着莫大的关系。

郭柯是 1988 年加入自然地理组的。那年，考察队的考察范围是从新疆叶城以东到青藏公路之间的昆仑山，大部分时间都需要在山上住帐篷。高山上，早晨气温很低，一般人都想赖在被窝里多待一会。科考队要自己做饭，两人一组值班。郭柯被安排跟郑度一组。值班的目的是照顾好全队人的吃喝。做饭要烧汽油炉子，值班的人就要第一个爬起来生好炉子的火。有点贪睡的郭柯发现，每每他起来的时候，郑度早已默默地爬起来准备好了一切。每每此时，郭柯总会惭愧得紧。他知道，郑度作为队长，其实比他们这些普通队员们要忙得多；而且郑度比自己大了两轮多，完全可以把他拎起来做事。可是郑度没有这么做，也从来没有责备过他。郑度总是什么事情都做在前头，对年轻人关怀备至。望着忙碌的老前辈郑度，一股暖流流进郭柯的内心，也激励着他，他决心要像先生一样，用行动关心和爱护队友们。

事实上，在科考队里，每位老先生都是这样关心着年轻人，不仅仅是事务性工作和生活方面，也包括专业知识的教授与传承。反过来，年轻人也总是争抢着干一些需要体力的活，诸如挖土壤剖面、装卸物资、搭建帐篷等。多年后，当郭柯走过了青年期，步入中年，当他也成了别人的老师和前辈，他常常跟自己的学生讲这些温暖并深刻地影响了他后半生的故事。当年跟着科考队跑的那些路和发生的那些故事，他希望可以传承下来，潜移默化地影响后来者，仿佛那里有一种看不见的精神，值得他一再强调，一直传承。

1989 年，昆仑山的考察还未结束，郑度却发现自己的视力在快速衰退，眼前时不时有些模糊。一检查，原来是患了白内障。这些年中，郑度先生总共去了青藏 20 来次，几乎走遍青藏大地。大多数时候，他跟其他的科考队员们一样，一年中大半年时间待在青藏高原上。年轻时候的他很少看到北京郁郁葱葱的模样，走的时候树叶才刚萌芽，回的时候已是黄叶飘零。

做完白内障手术，情况稍为稳定，考虑到青藏队还在等着自己，郑度戴上了镀镍眼镜再度来到喀喇昆仑山—昆仑山一带。也因此，我们看到的这一时期的诸多照片中，郑度总戴着墨镜，略显酷傲。

我们采访郑先生之后才知道，原来看似酷炫的墨镜照片背后还有如此辛酸的内情，不过好在一直到 80 多岁，郑先生的眼睛都还挺好。我们采访他时，他还对着远处的小字读给我们听，以示证明。

青藏科考的路上，艰难困苦无处不在。晚上睡不着，白天工作累，营养跟不上，身体出问题的大有人在。1990 年考察结束后，队员们去检查身体，每个人都瘦了十几斤。冯祚建原本胖一些，肥肉被青藏高原"搜刮"得最多，足足瘦了 20 多斤。

青藏科考开始的时候，冯祚建只有 20 来岁，到 2002 年退休，冯祚建一直在青藏高原做兽类的考察和研究。可以说，他在青藏高原度过了自己的科学生涯。他和郑度一样，是名副其实的老青藏。

事实上，老青藏们都有着深厚的青藏情结，那些闪着泪水和金光的日子几乎是他们的整个青春年华，好在一分付出一分收获，青藏没有辜负他们，他们的科考结出了累累硕果。还是以我们采访的冯祚建先生为例，青藏一行，他取得了对我国动物研究有着举足轻重意义的成绩。

冯祚建的工作以动物分类为主。在青藏高原考察中侧重动物地理区划，后期则侧重于动物资源利用研究。他在野外采集标本，通过种类鉴定来分析青藏高原的动物组成；又根据动物组成的特点、数量和分布的情况进一步探究青藏高原隆起对野生动物的影响等。

在 1949 年以前，只有少数的外国人在青藏高原考察过动物。冯祚建去之前查阅过国内外发表的文献资料，这些资料记载的青藏高原兽类还不到 50 种。

几十年下来，冯祚建跑遍了青藏高原的东西南北中，从 1960 年到 1990 年，前后 30 年的时间，他平均每隔一年跑一次野外。多年的研究和考察，取得了令人震惊的收获。冯祚建和他的队友们在青藏高原上共同认知了 125 种兽类，经过他人的补充考察，又增加到 130 多种。

青藏高原的鸟兽虫鱼不乏珍稀物种，此前人们对于很多珍稀物种没有明确的认知，因为很多无人区几乎无人涉足。通过青藏科考，我国对于高原珍贵动物有了新的认识，诸如鲜有的野牦牛、藏羚羊、藏原羚、岩羊、白唇鹿、盘羊、藏野驴等；东部的斑羚、红斑羚等；墨脱的孟加拉虎（虎的一个亚种）；食肉类的雪豹、猞猁等，都是高原珍贵物种。在我国的珍稀动物中，青藏高原特有的就占了一半左右。还有一些小型动物，虽然没有大型动物著名，但也是青藏高原数百万年来逐渐演化形成的特有物种。

冯祚建在研究中发现，在鼠兔科动物中，青藏高原特有的差不多占了国内鼠兔种类的 70%。在当时全国 500 多种兽类中，青藏高原特有的约有 30 种。正是高山缺氧、强烈辐射、气候严寒的条件，使这些高原动物形成了特有的身体机能。别的动物在此没法生存，这些特有的珍稀动物在别处也没法生活。

青藏高原的故事有好几大箩筐，80 多岁的冯先生从记忆里美滋滋地倒出来，又沉浸在那些青葱岁月里。临近饭点，冯先生跟我们说："这样，要不咱这么着，先到对面吃驴肉。你们吃驴肉么？可好吃了！我请你们吃。完了如果你们这边还有没问完的问题，咱回来继续聊。"

我们连连作辞，怎么能让先生请客？我们强调去吃驴肉可以，但得我们请。先生死活不肯。我们说如果不是我们请，我们就不去吃。先生还是不肯，赌气一般地站在办公室中间，说自己可喜欢请吃饭了，还说我们要是再跟他争，他就要不高兴了。

嘿，这老先生！没法子，拗不过老人家。我们准备下楼，又在门口碰到他的一个后辈学生——一名朱姓博士。先生热情地邀上小伙子，说是一块儿去吃饭，人少了还不好点菜。

就这样，我们跟着老先生，老老少少乐乐呵呵地下起了馆子。路上，朱博士说，先生跟他们这些学生可亲近了，请吃饭没人抢得过他。我们瞧着他在先生面前"没大没小""肆无忌惮"的样子，琢磨着，先生的平易近人怕是并非只有我们深有其感。这样的老先生让人又亲近又敬佩，我们竟毫无压力感，仿佛跟着一邻家老伯，开心地吃，开心地聊。

按道理，冯祚建 1997 年就要退休，组织上给他延长了 5 年，2002 年才退休。他共培养了 4 名硕士，6 名博士。现在，先生学生的学生也跟先生很亲近，我们莫名觉得很高兴，大概是喜于先生后继有人。

晚新生代以来各种环境变化剧烈，喀喇昆仑山—昆仑山地区是研究古地中海东部形成演化及板块碰撞的关键所在。地质小分队沿新藏公路向南，翻越阿喀孜达坂，路过库地，再翻越赛力亚克达坂。他们是来寻找第四条缝合带的。根据常承法的大地构造理论，第四条缝合带应该经过这里，可常承法当年没有亲自来过这个地方，如今，他的弟子潘裕生带着队伍循迹找来了。所幸的是，他们找到了，第四条缝合带即昆仑南缘缝合带，位于昆仑山与喀喇昆仑山之间的麻扎—康西瓦纵谷。谁也没有想到的是，此行不仅落实了第四缝合带的具体位置，还诞生了一个震惊中外的大发现——第五缝合带。

四、第五缝合带

潘裕生的地质锤总不离手。在青藏跟石头打了半辈子交道，敲敲打打的那些日子，他尝尽了苦头，也收获了一筐筐意义非凡的石头。终于，功夫不负有心人，多少年的孜孜求索，潘裕生开辟了一个新纪元。1987 年的喀喇昆仑山—昆仑山考察让他收获了一个重大发现——第五缝合带。

潘裕生是怎样与青藏科考结缘的？为何他最终能收获令人震惊的发现？

2018 年 10 月，我们在中科院地理科学与资源研究所见到了潘裕生本人。当天，潘先生穿着一身土黄色的衣服，散发着石头和大地的味道。或许，几十年跟石头打交道，他早已与大自然融为一体。我们路上耽搁了，比先生晚到了几分钟，见了面，我们连连道歉。先生和蔼地笑了，说不要紧不要紧。先生中等身材，微胖，脸颊圆润，看起来严肃，可是他一笑，又极为平易近人。

潘裕生出生的时候，家里已经有四个哥哥两个姐姐。本来就贫困的家庭又增了一张嘴，生活更加艰难了。贫穷没有限制潘裕生的前程，反而磨砺了他吃苦耐劳的意志。等到机会来临时，他一把就抓到了手里。

那是 1957 年，他考大学的时候恰逢大学缩减招生名额。那时，他又想上学又觉得大学难考，压力很大。不过，无论如何，他得去为自己的前程拼搏一把，考上了自然好，没考上大不了回农村干活。如果考上了要选什么专业呢？潘裕生盘算了一下，若是很轻松的专业，恐怕城里的孩子早已踏破了门槛。那么，就选城里孩子多半不喜欢啃的硬骨头——地质专业吧。他估摸着，城里的孩子是不大会去挑这种注定了要吃苦头的专业的。他的估计没错，他的努力也没白费，最后，他如愿以偿上了大学，读了地质专业，也注定了一辈子艰苦卓绝的科研之路。

1962 年从南京大学毕业，潘裕生被分到中科院地质研究所。1963—1964 年，他参加的第一个项目是丹江口水电站建设，他的工作是论证水坝是否稳定。这一次的小试牛刀让他学会了如何将理论知识应用到实践中去。更大的挑战，要从 1965 年开始，那时，国家在攀枝花发现了一个比较大的矿床，想在西昌建大型钢铁企业开发该矿床。当时的西昌还只是一个小县城，缺电，也没有工业。如果要建一个大型的钢铁企业，非有电不可。在那附近，雅砻江的大拐弯成了最可能利用的资源。雅砻江大拐弯，从上游到下游直线距离只有 20 千米。如果将山脉打通，水的落差可达 400 米。

可是中间的山脉是个原始森林区，里面居住着一些彝族人，没有路进入，里面的人也很少出来，几乎处于与世隔绝的状态，生活条件极为艰苦。若要从山脉穿山而过，必须到原始森林中探查情况。潘裕生是搞地质工作的，地质勘探的任务就落到了他的头上。

大家准备从冕宁县骑马进入森林地区。勘探工作注定艰险万分。要进入森林，首先得渡过雅砻江。过江非常危险，看似平静的河面下常常暗藏杀机。潘裕生等人坐船过江，一不留神，被河中的漩涡冲出十几米远。眼看着河岸就在不远处，可就是靠不了岸，大家紧张得不行。终于费尽千辛万苦到了岸边，摆在眼前的又是一座 3000 多米高的山，大家必须翻过这座山才能进入原始森林区。

翻山越岭到达目的地，迎接他们的是长时间的艰苦求索。1965—1966 年，潘裕生总共在原始森林中待了 16 个月。森林里的雨出奇的厉害，倾盆大雨可以连续下好几个星期，那雨，帐篷完全无法阻挡。潘裕生没有遇到过类似的情况，也没有经验，被子全都被漏下来的雨打湿了。晚上盖着湿漉漉的被子，仿佛睡在水里面，那感觉，难受极了。适应环境也是个熟能生巧的事，久了，潘裕生他们就知道了，对付这种恶劣的大雨天气，得用油布把帐篷盖上，然后用绳子拉紧。这样，漏雨的问题总算是解决了，可是吃饭的问题还得另外想办法。

连日的雨，帐篷很小，勉强够人睡觉，却没法生火。做饭得在露天，下雨时如何生火做饭？他们用一块油布，把四角挂、绑在树上，挡住雨水，在下面生火做饭。生火得找易燃的燃料，森林里可以找到的最好的燃料非油松莫属。油松点燃以后再烧枯死了的树。有些树实在是大，一个人都抱不过来。大树被雨水淋湿，水渗到了木头里，可是大树的底部却是干的，用油松点燃大树底部，火势旺起来了，便会出现水火相容的奇观：一根大木头，上面是湿的，底下却熊熊燃烧。就是趁着这样的火，潘裕生他们才能煮些东西吃。

潘裕生第一次与青藏结缘要从 20 世纪 70 年代算起。自中科院制定"八年规划"后，派出了一波又一波的人马前往青藏高原那神秘莫测的地带，揭示那里不为人知的秘密。1973 年，先行部队先到了西藏，准备分年度一片一片对西藏进行考察，这一年，先行部队考察了察隅、波密等藏东南部分地区。潘裕生应常承法的邀请参加了 1974 年后的青藏考察。

高山缺氧往往会带来一些身体损伤，潘裕生虽没有掉牙，也没有恶心呕吐，可他有点心律不齐。不过，与其他的同伴相比，他的高山反应算是再轻微不过的了。严重的高山反应甚至会要了人的性命。

1989 年中法合作进行青藏科考时，潘裕生已经是 50 多岁的人了。他们从藏北的龙木错往新疆方向走，到达接壤处的日土。夏天的日土天气炎热，大中午，先到的同志脱了衣服在水渠里洗澡。

潘裕生还不能洗澡，他跟一位与他年龄相仿的老同志——做同位素研究的许荣华要先到县里汇报工作。另外，他们还要买点东西回营地——法国客人来了，总得准备一点食物，以尽东道主之谊。

从县里回来，大伙都已经洗完了澡。许荣华也开始脱衣服洗澡，正脱着衣服，一朵云飘过来，太阳被挡在了云后面。没了太阳，温度骤然降低。

"你别下去了。"潘裕生见温度低了好几度，想要拉住许荣华。

"没事没事。"许荣华应声道，说着，他已经迅速地穿着一条短裤下到了水里，又用毛巾在身上蹭了蹭，提溜了一桶水上岸，准备洗头。只见许荣华头一低，往头上撸了几下水，头还没洗完，人就瘫坐到了地上。

"你洗得可真快呵，我脚还没洗完，你脑袋就洗完了？"潘裕生乐呵呵地边打水洗脚，边冲许荣华开玩笑。

只见许荣华站了起来，又坐了下去，似乎不太对劲："我不舒服，脑袋疼！"

坏了，潘裕生赶紧丢了桶往岸上走。只见许荣华瞬时脸色发白，嘴唇发紫，显然是高山反应。潘裕生急急忙忙穿上鞋，把他抱上车，又急急忙忙送往县医院。路上，许荣华已经到了半昏迷状态。潘裕生害怕极了，想着许荣华已经 50 多岁，又浇了凉水，莫不是脑血管出了问题。

"他刚刚做了什么？"到了县医院，医生诊断为急性高山反应，询问缘由。

潘裕生一五一十将他刚刚如何在水渠里洗澡又提水洗头的事情说给了医生听。

"太大意了，千万不能用冷水洗头！"医生找到了症结所在。原来，冷水洗头会让脑袋突然之间大量耗氧，本来高海拔地区就供氧不足，再用冷水洗头，引起了急性高山反应。

考虑到情况危急，县医院条件差，医生建议将病人转至狮泉河地区的大医院去。人命关天，潘裕生一时乱了方寸。怎么办？狮泉河还有段距离。正当他忧心忡忡的时候，队友来了，说是可转移到军区医院。潘裕生决定派人连夜将许荣华送到狮泉河军分区卫生所。经部队医护人员的急救与护理，许荣华总算暂时脱离了危险。后来，又恰好遇到部队有两架直升机，在狮泉河执行完任务准备回乌鲁木齐。部队领导知道有危急病人后，二话不说，当下改变计划，本来准备带10个人回去，现下决定只带2个人，将空间腾给严重高山反应的许荣华，并派卫生员负责旅途的护理。很快，许荣华被送到了军区医院，两点多送到，医院即刻收下，紧急抢救。许荣华幸运地捡回了一条命。当潘裕生再见许荣华时，他已经无大碍，基本能自由活动，只是左腿和左手还不太灵活。第二年，许荣华再一次参加了青藏科考。再后来，许荣华建立了同位素实验室，终身致力于科学事业。

事实上，青藏科考虽然艰苦，可和潘裕生、许荣华一样，科考队员们没有谁选择退出考察，这是他们一辈子的事业，认定了便是出生入死也要奋斗终生。

从古至今，西藏的美景吸引了很多人想去一看究竟。头顶上的天空那么低，那么蓝，蓝得毫无杂质；冰川伸进森林里，山间开满五颜六色的野花，身后的山却白雪皑皑；牛羊成群结队，懒洋洋地赖在青青翠翠的草丛中，仿佛那里的草永远也吃不尽……青藏的美，是奇特的美，稀有的美。可是，长年累月在此搞地质考察的潘裕生没时间去欣赏这些美景，他也不期待看到这些绝美景致，他希望看到裸露的岩石，最好什么都没有，就是裸露地表的石头。那些石头要色彩没色彩，要形态没形态，可是每每找到一块别致的，他都要欣喜半天。特别的石头一般人是看不出其特别之处的，可在潘裕生眼里，那些石头上写着很多很多东西，每一块石头都是一本书，书上记载着年岁，记载着历史，亦记载着我们从未见过的变迁。那些变迁可回溯至 10 亿多年前。

潘裕生在 30 多年的研究中，不断更新地质方面的认识，终于得出了一套自成体系，并且让外国专家服气的理论。

常承法提出的青藏高原地质历史是从 3 亿年前开始的。潘裕生产生了一个疑惑，3 亿年之前，青藏高原是个什么样子？那里还有没有其他的东西呢？在之前的文章中只是提到青藏高原地区有一个海洋，却没有详细的描述。那么，这个海洋是什么情况呢？带着这些疑问，潘裕生观察着，敲击着每一块岩石，希望能有所发现。

在西昆仑考察时，他果真发现了一个更古老的海洋。在常承法提出的第四缝合带上存在南北两条不一致的缝合带，潘裕生一开始很好奇，经过考察，他发现这条缝合带根本不是同一个年代形成的。他采样带回去，用同位素测年，测出来的结果让他大吃一惊，北面的缝合带形成于更早的时期。远古时代，这个缝合带是一个海洋，海洋两边的大陆拼到一起，海洋就消亡了。可是，曾经发生过的事情总归会留有痕迹的，在这条缝合带上应该还保留着一些海洋的残迹。

1987 年 7 月，潘裕生在库地的某处发现了一些墨绿色（铁镁质）的岩石，他如获至宝。做地质研究多年的他一眼就可以认出，这种岩石来自海洋。这里怎么还存在来自海洋的岩石呢？取样后带回去测年龄，最后的结果果然不出所料，这是来自海洋的岩石。他初步推断，这一带曾经有过一个海洋。旧理论认为海洋是最古老的，事实上，后来发现，海洋是更年轻的。海洋的岩石最古老不超过 2 亿年，而大陆最古老的岩石已经有 40多亿年之久。

在海洋中，也有跟陆地上一样的山，叫作洋中脊。这种洋中脊在全球的大洋中都是连通的，越靠近脊中间，岩石越年轻。海洋中的岩石来自地球深部，地质学上叫作超镁铁岩。这种岩石密度大，比重可达 3.3，而大陆上的岩石是硅铝质，比重较小，一般只有 2.7。因此，海洋的岩石一旦到达大陆的边缘，就会自然而然地插到大陆底下，海洋随之慢慢消亡。

海洋的岩石插到大陆下面，随之海洋逐渐消亡，岩石下插到深部时，熔入地幔，又从底下往上走，形成一个回流。在它插入大陆板块底下的过程中，会受到大陆的阻挡，部分岩石留在表层，这就给后来的地质学家们留下了可供检测的遗迹。

测出的岩石年龄更是让潘裕生兴奋，这种石头竟然有 5 亿年的年龄。这比常承法推算的 3 亿年早了 2 亿年，而且，彼时那个远古海洋才刚开始消亡而已，时间还可以朝前面推算。

接下来的日子里，潘裕生铆足了劲地进行着考察。在青藏考察期间，没有手机和电话，经常一出去便是一个多月杳无音讯，与家里也无法联系。为了获得第一手资料，无论是多高的山，只要需要，潘裕生都会爬上去观察和采样。潘裕生曾到过海拔 6300 多米的地方。通常，他先是爬到山头顶部取样，继而直接从风化了的石头上滑下来，只有这样才能得到更真实的信息。"那时候年轻，腿比较有劲，搞科研必须一步一步、踏踏实实地走。"潘裕生说。

地质科考是艰苦的，辛苦采到的岩石标本，回到实验室还要测年龄。那时的科研经费很少，整个项目也只有50万元的经费，潘裕生他们的科研经费每人每年还不到 1 万元钱，而测一个岩石年龄得花费 2000 元！但测年龄对于地质学研究至关重要，潘裕生一点都不含糊，经费不够也得测，哪怕是自己贴钱进去也得测。为了数据的可靠，不仅要测，还要在不同单位，不同实验室，用不同方法来做，一个样品得做五次到十次的测算。5 年时间，潘裕生和他的地质科考团队得到了 50 多个年龄数据，这是史无前例的，也确保了数据的可靠性。

功夫不负有心人，他和他的地质团队终于得出结论：从西昆仑叶城南面的库地往东到阿尔金山、祁连山，存在一条新发现的缝合带——第五缝合带。他们1987年发现这条缝合带，到1991年基本完成研究，1992年开了总结会。

这一发现，把青藏高原的地质历史提前到了10亿年。第五缝合带的发现可以完整地解释10亿年来青藏高原的变化，原来的海洋是怎么形成，又是怎么消亡的。潘裕生在《第五缝合带的发现和论证》中详细地论述了第五缝合带的相关理论。

论文发表之后，震惊了国内外。一开始，法国等国家的一些学者不承认第五缝合带。他们派了专家到东昆仑采样，说是采不到证据，其实是他们自己跑错了地方。后来，他们到西昆仑采了石头回到本国实验室，又请了研究同位素的许荣华去跟他们一起再做实验，实验检测出的结果和潘裕生团队的结论完全一致。潘裕生的成果令他们心服口服，敬佩不已。

20多年过去了，潘裕生所作出的贡献像一块屹立的丰碑，只有亲自参加了青藏科考的科学家们才知道，这块丰碑熔铸了多少人的心血甚至生命！

80多岁的潘裕生这辈子总共去过青藏高原28次。1999年退休之后，他又去过十几次。最近一次到青藏是在2014年，望着青藏高原的一草一木，潘裕生感慨万千。

"宁可人负我，我绝不负人！"潘裕生秉持这样的理念过了一辈子，科考如是，生活如是。

五、可可西里的歌者

1990 年可可西里的科学考察算得上是中科院喀喇昆仑山—昆仑山地区科学考察的特别行动。

青海可可西里地区以可可西里山为主体，地处青藏高原腹地，位于青藏公路以西，唐古拉山以北，昆仑山以南，西到青海、西藏、新疆交界处，面积达 8.3 万平方千米，平均海拔近 5000 米，高寒缺氧，大部分为无人区，素有"神秘国土"之称。

广袤的可可西里是野生动物的乐园，也是淘金者梦寐以求的地方。1989 年 5 月下旬轰动全国的"格尔木黄金风波"就发生在这片土地上。这年 2 月，青海省黄金领导小组决定：同意格尔木市在可可西里马兰山 40 平方千米范围内试采黄金，并对人数作了限定。然而，由于种种原因，短短 3 个月时间，采金范围和进场人数均告失控。

5 月 25 日，一场暴雪将 8000 多人困在了可可西里。尽管有关部门动用直升机空投物资，仍然有 42 人不幸丧命于此。这一事件令人认识到可可西里有多么凶险，多么难以靠近。

正是在这样的背景下，科考队浩浩荡荡地进入了这片神秘处女地。

1988 年，时任国务委员、国家科委主任宋健视察青海省时，提出了建立青海可可西里自然保护区和对青海可可西里地区进行综合科学考察的建议。1989 年 2 月 1 日，国家科委发出了关于对青海可可西里地区进行综合科学考察的通知。这一项目由国家科委、中国科学院、国家环保局和青海省人民政府共同立项、重点支持。中科院和青海省共同组织成立了青海可可西里综合科学考察队，老青藏孙鸿烈被选为领导小组成员。4 月 1 日，领导小组在中国科学院二楼会议室召开会议，时任国家科委副主任蒋民宽意味深长地说："这是一次进入无人区的探险性的科学考察，考察队安全进去，平安出来，就是胜利。"他说得一点没错，此次进军可可西里，既是科考，又是探险！

不久之后，任命下来了。老青藏武素功为队长，李炳元、张以弗、温景春、丁学芝为副队长。同时成立了由刘东生、李炳元、吴征镒、张以弗、张彭熹、郑度、武素功、温景春等组成的学术委员会。1991 年又成立了由温景春、武素功、李炳元、郑祥身、张以弗、杜泽泉组成的丛书编辑组。

1989 年，李炳元带着一小队人马先行探路，为第二年的正式考察打好前站。从这年的 5 月 6 日到 6 月 2 日，探查历时 28 天。

在那些风雪与泥泞伴行的日子里，李炳元带领的先行考察队不仅完成了预定任务，而且还有重要发现。新青沸泉就是其中之一。

5 月 28 日是科考先行部队在无人区考察的倒数第二个营地——7 号营地的最后一天。连日的雨雪天气让考察队寸步难行，中午饭后，雪终于停了，考察队抓住这剩余的半天时间，前往布喀达坂峰南麓考察。海拔 6860 米的布喀达坂峰是青海最高峰。两辆小车在平缓的宽谷盆地中前进，在离目的地三四千米处，考察队被红水河挡住了去路，河宽虽然仅 20 米上下，却把李炳元他们难住了。绕道是万不可行的，没有那么多时间。可强行通过，万一车子陷进去了呢？大伙陷入了左右为难的境地。

"看，前面是什么？"有人突然叫喊起来。大伙朝远处望去，只见对岸约 2 千米的地方，布喀达坂峰冰川前缘冰水沉积平原的上部，一团白色的烟雾正袅袅上升，白茫茫好大一片。是炊烟？不，这里是无人区。是火山？不是，烟从平地而起。是云雾吗？也不像……

"多半是温泉热汽！"不知是谁惊喜地喊了出来。

"准没错，就是温泉！"大家七嘴八舌。

想来，这么久过去了，昆仑山南侧还没有见到过像样的温泉。若真是温泉或沸泉，那这一发现在地质构造、第四纪新构造活动和潜在能源的开发利用等方面都有重要意义。李炳元下定了决心，队伍非过去不可。兴奋之下，思路也开阔了些。

"要不，我先下去河里探探路？"司机自告奋勇。

"对，还是摸着石头过河稳妥，我跟你一起去。"李炳元说着话，三下五除二，做好了下河的打算。

河水都是刺骨的冰水，李炳元和司机两人在激流中摸索，冻得瑟瑟发抖。好不容易，他们找到了一个较为宽浅的河段，水深不过 30 厘米左右，河床也是稳固的，断不会陷车。就这样，两辆小车循着李炳元两人探出的路，穿过了红水河，朝着白雾方向加速驶去。

在离白雾 500 米左右，青草地郁郁葱葱，与之前见到的枯黄满目的景象全然不同。这表明，此地已经是地热异常区。当科考队员们进入地热区，眼前的一切令大家兴奋不已。白雾不断从冰水沉积砾石层喷涌而出，一股股天然蒸汽喷出的高度接近一人高，有些泉孔不断冒着气泡。纵览整个地热区，李炳元算了一下，面积超过 1000 平方米。

同行的队员们拿出了随身携带的最高刻度为50℃的普通温度表，往水中一放，读数噌噌噌往上走，很快超过了50℃。从现场的情况分析，这一处温泉很有可能已经超过了当地沸点85℃，不过眼下没法确切确定温度是多少。布喀达坂峰在汉语中叫新青峰，故而科考队暂定这片地热区的名字为"新青温泉"。此时，夜幕已经降临，科考队又没有带更精准的仪器，只是匆匆做了取样和记录。如此高热的热水田，在当时的航测地形图上并没有任何标识。李炳元安排相关队员做了详细的定位，地理坐标为北纬35° 58′，东经90° 52′，海拔4950米左右，其目的，是以待来年进行更精确的测量。

第二年，大队伍正式开进辽阔平坦的可可西里。12 辆北京吉普、7 辆卡车、80 多个汽油桶，27 个专业的专家连同新闻记者和无线电通讯联系人等共 60 余人，揣着野外工作必备的 1：100000 地形图进军可可西里。这样的装备在队长武素功看来已经是很令人欣喜的了。

60 多个队员要在青藏高原连续工作 3 个月，队长武素功非常担心。离开格尔木到达昆仑山玉珠峰下的西大滩，队伍先在此休整了几天。西大滩的海拔只有 4200 米，是非常好的中间缓冲地带。医生给全体队员做了检查，发现 95％以上都有不同程度的高山反应。好在休整几天后大家都适应多了。随队医生既是配给考察队的医护人员，也在此次科考过程中研究人体的高山反应。他们把在西宁出发前抽取的大家的动脉血样作为本底数据，在考察过程中又抽取了几次，并不时监测大家的红细胞含量和肺活量变化、心电图等指标，跟着大部队走向可可西里。

5 月 23 日出发，8 月 28 日回到西宁，此次可可西里的考察一共历时 98 天。

考察队第一站是唐古拉山主峰格拉丹东。中途在尕尔曲边宿营。第二天早晨起床，武素功正收拾帐篷，准备启程。

"不好了，武队长，武云飞可能得了肺气肿，你说怎么办才好？"王占刚医生急匆匆地找到武素功，请他拿主意。

武云飞是做鱼类研究的专家，西北高原生物所副研究员，年龄较大。武素功听了王医生的话，眉头紧锁。参加青藏科考多年，他深知肺气肿是严重的高山病，如若处理不好，会直接威胁生命。

"眼下应该怎么救治？"武素功望着王医生。

"最好的救助办法就是尽快送到低海拔地区，氧气充足就没事了。"王医生说。

武素功犯难了。生命安全是必须保证的，只是眼下一辆车断不能送，来的路上陷车的苦头考察队已经尝到了，一路上，考察队并肩行动，靠人推和三辆车拉才勉强到达这里。如果只用一辆车送他，在路上陷车了，上不得下不得，不但救不了人，反而会耽误治疗。这么一来，下山到医院至少得用三辆车送，这样的话，大部队的考察工作必然受到很大的影响。左也不是，右也不是，武素功急得直跺脚。

武素功跟王占刚和张旭辉两位医生几经商量，总算找到了一个折中的办法。由张旭辉带着氧气瓶和武云飞同坐一辆吉普车，专门照顾他，保证他能一路吸氧。大部队继续在格拉丹东地区抓紧进行科学考察。考察完毕之后全队一起行动，护送他到往格尔木的青藏公路上。这个方案既不耽误治疗，也不耽误科考。

不久之后，武云飞恢复了健康，可也落下了高山病史，按照规定，这样的同志不能再进行高原科考。武云飞几次三番要求归队，终究还是在大家的劝阻之下被安排送回了西宁。回到西宁，武云飞见到时任中科院副院长胡启恒，第一件事就是"告"武素功的"状"。

"我明明没事，老武非要我下来。"武云飞嘟囔着嘴巴，俨然一个老小孩。

胡启恒笑了："人家老武是对你负责，做得对。"

由此，队员们的敬业精神可见一斑。

可可西里的风很大，科考队是见识了的。刚进可可西里没多久，一场风就把考察队好不容易搭起来的帐篷撕得稀巴烂。没办法，武素功只得找当地政府求助。当地政府十分热心，没多久就运来了一批帐篷。那些帐篷是老乡放牧用的，结实，吹不坏，只是太透气。在可可西里高寒地带，透气就意味着睡在里面会很冷。大伙笑称，晚上睡觉要鼓起勇气喘上三口气：喘第一口气，先把衣服脱了，穿上线裤，再把腿放进被窝里；喘第二口气，让冰冷的被窝尽可能暖和一点；喘第三口气，慢慢往下躺。刺骨的寒风无孔不入，穿过帐篷肆意妄为，队员们盖着鸭绒被，穿着毛衣毛裤，睡一晚上依旧不暖和，透风的帐篷实在太冷。

可可西里的水很紧缺。一次，按照地图的标识，去的地方有淡水，到了之后却大失所望，淡水湖的水已经全部干涸，队员们只好继续往前走，结果跑了一天一夜遇到的都是咸水湖。28 小时后，终于找到一处有点咸但还可以饮用的水，大家已经渴得不行，饿得发慌，匆忙开火做饭，终于吃上了一顿久违的饭，觉得特别香甜。

可可西里的"路"满布陷阱，表面上看着有干燥的结皮，好像不会陷车，实则是大自然伪装的陷阱。看着到处都是路，科考队的解放牌大卡车却寸步难行。当车子压过伪装的路，立刻就会陷进去，下面尽是稀泥。这样的陷车事故常有发生。

一日，在武素功带领下，生物组和地理组连同司机共15个人乘3辆吉普车离开营地，他们打算向南翻过一道山梁到玛章措钦湖考察，然后由玛章措钦湖向西，再向北翻过两道山冈后向东，绕一圈回营地，沿途进行考察。

由于路途较长，出发前，武素功通知大家，这次考察需要一整天时间。吃过早饭后，队员们顺便带了馒头和咸菜作为中饭，计划回营地后吃晚饭。上午的考察比较顺利，大家先是到达位于山南的玛章措钦湖一带。在玛章措钦湖旁边，土壤学家顾国安还替南京湖泊所的同志取了湖水水样。之后，队伍向西行进。

此时已到中午，队员们在途中吃过携带的干粮和饮用水，就当是吃了中饭。此时，饮用水已喝了大半。到了下午约3点钟，车子开始向北行驶，武素功打开地形图研究了一番，地形图上显示，车子可以翻过山冈上的马鞍形垭口。因为没有路，汽车只能根据地形图的显示，朝山冈上的垭口方向开去。

前面已经说过，可可西里的土地布满了陷阱，看似干燥的地表，底下有时却是刚解冻的潜流和泥沙，特别是在山前地带，这样的陷阱更多。正当3辆吉普车前后跟着前行到山前倾斜冲积平原上时，突然第一辆车好似急刹车一般，陷入地表看似干燥但下面尽是泥沙的泥淖之中。后面跟着的车子也差点追上去，好在司机很敏捷，刹住了车。

众人面面相觑，却也不足为奇。这样的经历在可可西里考察期间经常遇到。这之后便是集众力抢救陷下去的车子：拉车、挖泥沙、抬车、推车等。

然而，出乎大家意料的是，这次过程格外漫长且无效果。时隔多年之后，经历过这次陷车事件的武素功、郭柯等人还对这次事件印象极深。

大家先是用钢丝绳拴上另外两辆车拖拉，同时其余人一起用力推陷在泥里的车或另外两辆车，多次尝试后，陷在泥里的车不仅没有被拖拉出来，而且其周边的泥地经人挖和汽车震动后变得越来越稀，流动性越来越大，车子也越陷越深了。2 个多小时过去，大家筋疲力尽。看到再这样下去拖出来的希望不大，太阳又快落山，15 个人只好先乘坐两辆车向营地返回，待次日再派拉货的大车来拖车。

车到山坡跟前，由于山坡太陡，汽车动力又不足，即使挂上前轮加力的吉普车冲了几次也开不上去。有经验的青海地质队老司机调转了车头，挂着倒挡并借助人的推动斜着向山坡上方开，才算冲上第一道山冈顶，此时已是日落时分。他们还要下行穿过宽约近百米的一片山洼沼泽地段才能真正翻过另一道山冈，之后才能到达通向营地的相对平缓的宽谷。

　　山洼中的沼泽由 30 多厘米高、紧实的嵩草塔头与低洼处的冻融积水沟镶嵌而成，吉普车前后颠簸，左右摇摆着冲进沼泽中约 30 米后便再也动弹不得，被卡死在塔头沼泽之中，两辆车无一幸免。在尝试了几次救助无望的情况下，15 个人只好分挤在两辆吉普车里过夜了。

　　日落后，刺骨的寒风呼呼地刮了起来，强劲的寒风穿过吉普车的草绿色帆布皮，打在科考队员们身上，车门四周和车窗处尤其不挡风。大家又饿又渴又冷又难受，有人随身带了几块巧克力，可此时水也所剩无几，加上前面救车的时候大家都出过不少汗，干渴得很，故而虽然肚子饿得咕咕叫，巧克力也只能稍微吃一点，否则更渴。

　　长时间挤在车里没办法活动，腿变得麻木难忍。郭柯坐的吉普车上有 8 人，驾驶位 1 人，副驾驶位 2 人，后座 5 人。大约到了后半夜，实在挤得难受，郭柯要求下车活动一下。他打开车门，谁知脚刚触地头就一阵眩晕，人差点跌倒在已有冰碴的沼泽泥水沟中，好在队友一把搂住了他，他也下意识地顺手拉住了敞开的车门，才没有完全摔到沼泽里去。

　　"当时，我感觉自己呼吸很困难，身上也极为难受，脑子里闪过一个念头，一定要坚持住，千万别发生献身于此的不测。事后回想，可能长时间没法动弹，饥寒交迫血糖偏低，突然下车活动，血液下行，导致头脑缺氧。有了这次经历，在以后听到矿难或地震等灾害的时候，我都特别能体会陷于困境中的人们期盼获得救援的那种心情。"时隔多年后，郭柯跟我们谈起这次经历时如是说。

好不容易挨到了天亮，当看得清周边的环境之后，大伙把备胎、大衣等压在车轮下面，又在附近搬了不少石块填在沼泽里，才勉强将车弄出来。与此同时，宿营地的同伴们也已找了他们一宿。

这样的陷车多集中在前往长江源头格拉丹冬的途中，路面冰冻消融，沼泽遍布。这一段路后来被科考队形容为：一去二三里，推车四五回。

跟武素功、李炳元等那一辈人相比，郭柯是后辈。这些年轻的力量在可可西里考察时已经开始挑起部分重任。那些艰险却弥足珍贵的青藏科考岁月装点着郭柯的科研生涯，久久埋藏在他内心深处。他对青藏科考队有着极深厚的感情和留恋。

深秋时节，乘北京西郊线一路往香山方向，树叶已经是五颜六色的了，在太阳光的照耀下分外明亮。此行我们是去中科院植物所，约了从事植物生态学研究的学者郭柯，请他说说他在青藏科考中的见闻。郭柯先生在楼前接我们，说是院子里和楼里面七绕八绕怕我们找不着路。跟着郭先生，我们来到了他的办公室。郭先生穿得比较随意，个子高高的，人很随和，我们便开门见山聊起来了。他是 1961 年出生的，算是此行采访的科学家中年纪较轻的一位。

郭柯的办公室摆满了书，他拿起一本书面泛黄的《西藏植被》给我们看，说是青藏科考前辈们的经典著作。书本保存整洁，只是处处显现着翻阅的痕迹，页面被磨得有些许起毛。这本书，郭柯视若珍宝，每每翻看都会感慨书中内容之丰富、经典。

郭柯是山西人，他的人生轨迹与国家的发展息息相关。1977年，国家恢复高考，成绩优异的郭柯赶上了好时代。他是高考恢复后的第三届大学生，他服从调剂来到了内蒙古大学，被安排到生物系学习植物生态学。在那个年代，生态学还很稀奇，植物生态学专业更是仅内蒙古大学和云南大学有开设。对于喜欢数理化的郭柯来说，入学时对这个学科还一无所知，更谈不上有什么兴趣了，后来通过学习和工作，他才逐渐喜欢上植物生态学研究。

那个年代的大学生是很稀缺的，整个植物所每年才分来10个大学生，各研究组都急需年轻人。郭柯对各种安排几乎都选择了服从分配。1983年8月份，他服从国家统一分配来到中科院植物研究所，先是被安排在生态研究室的草原组，这或许与他来自内蒙古大学有关，后来青藏高原植被研究组更需要身体强健的年轻人，他又再次被调了过来，从此与青藏高原植被科学考察结缘。他先后30多次深入高原内部和周边山区，从事对青藏高原植被的研究和自然保护。

中国的植物生态学研究起步较晚，以前，青藏高原植被研究几乎是一片空白地。从20世纪50年代开始，科学家们铆足了劲要揭开这片空白地的神秘面纱。第一次青藏科考之后，《西藏植被》等一批研究成果陆续发表,《中国植被》《中华人民共和国植被图》等获得国家自然科学奖二等奖的成果中也包含了青藏科考的大量内容,青藏植被的基本状况被展现在了世人面前,这是许多中国科学家用努力和汗水换来的。即便如此,偌大的青藏高原,植物和植被类别实在太丰富,要将其都研究清楚谈何容易。路漫漫其修远兮,诸如郭柯这样较年轻的植物学家们还在努力求索。认识无止境,青藏高原科学考察无止境。

郭柯带了十几个学生,在读的有三个博士生,四个硕士生,大部分都在从事与青藏高原植物生态学有关的研究。"去青藏高原的学生必定是要能吃苦的,我的学生现在都是'90后',却都很能吃苦。我的学生中不乏做青藏植被研究的,两个博士生正在藏南地区考察,一个博士后在阿里考察,另外还有一个博士生正在所里撰写博士论文,研究内容中包含青藏高原的针茅草原。"郭柯坦言。

郭柯常常教育学生,到野外考察要抓紧时间,提高工作效率。他跟学生讲全成本核算,他将工资、水电、消耗、科研等费用全部算入成本中,核算出的结果是,科学考察中,几个人的考察小分队每分钟的成本就相当于十几块钱。如果每一分钟都用于科考,那收获的价值远不止十几块钱;若无所事事一分钟,不仅十几块钱白白浪费了,而且大家珍贵的时间也无意义地消失了。郭柯的成本核算简单明了又深入人心,所以,他们在野外考察时常常是披星戴月。郭柯说:"老一辈青藏科考人树立的奉献精神和很多优良传统需要不断传承。"

从植物所出来，我们望了一眼渐行渐远的植物园。北国之秋已经来临，金灿灿的一片，真惹人喜爱。

时间回到 1990 年的可可西里，照样是金灿灿的，只不过不是北国的秋叶，而是科考队沉甸甸的黄金般的大丰收。

1990 年 7 月 7 日下午，科考队来到位于青海西部的西金乌兰湖北岸鹰头半岛以北的小泉边扎营。这是此行的第四站，队员们已经疲惫不堪，草草吃完饭便倒头睡下。一觉醒来，研究构造地质的边千韬再也睡不着了，他想起十几天前，地质组在岗齐曲发现了枕状玄武岩和硅质岩。

19 世纪初，地质学家们注意到了一个奇特的现象：蛇纹石化基性岩——玄武岩（常常是枕状玄武岩）、辉长岩和辉绿岩，深海沉积物硅质岩，黏土岩这三种岩石经常在造山带中伴随着出现。由于这套岩石的颜色很像绿色的蛇，斯坦曼称这套岩石为蛇绿岩，蛇绿岩对研究古海洋有非常重要的证据意义。18 世纪，有大地构造学家设想，在欧亚大陆和冈瓦纳大陆之间曾有一个中生代古海洋。1893 年，徐士用"特提斯"——古希腊神话中海洋女神的名字命名这个古海洋，而特提斯古海洋也像她的名字一样神秘，隐藏着诸多科学秘密，一直是未解之谜。可可西里地区属构造带的一部分，按理说应该保存有特提斯洋的残迹——蛇绿岩。故而，找到蛇绿岩是可可西里综合考察队地质组的一项重要收获，也是揭开特提斯洋神秘面纱的关键。

只是，自岗齐曲的新发现之后，地质组就再没有见到蛇绿岩的踪影。边千韬不相信蛇绿岩真就找不到了。想到这里，他再也躺不住了，钻出帐篷，看看西斜的太阳离地平线还有不少距离，他想，嗯，还有时间，便拎起地质锤向山中走去。

总算是不虚此行。边千韬边走、边敲、边看，先是看到了粗粒石英砂岩，这种岩石像是滨海（海边）或浅海环境沉积下来的，边千韬心中喜悦，铆足了劲往前面继续敲打巡查。步入一条山谷，他瞧见了硅质岩的转石。边千韬精神一振，一种强烈的预感袭来：蛇绿岩一定就在眼前。边千韬已经等不及了，拿着地质锤在附近猛刨起来。当他将面上的碎石浮土挖走，青灰色的、紫红色的硅质岩显露出来，边千韬喜不自禁。通常，硅质岩都是沉积在深海和大洋底下的，这一发现有力地证明了特提斯洋的存在。

"慢着！"边千韬心中产生了一个疑问，"那么，这些硅质岩与进入山谷之前看到的滨海或浅海相的粗粒石英砂岩是什么关系呢？"眼下，他发现硅质岩的地方地处谷底，要想弄清楚其中的玄妙，得往山坡方向查探。他从谷底沿较陡的、露头较好的一侧山坡往上勘测。他先是在硅质岩之上见到了砾岩，砾岩中又含有硅质岩砾石，再向上，砾岩渐变为粗粒石英砂岩。从地层关系上来分析，砾岩和粗粒石英砂岩是一套连续沉积的地层，如今，它们没有整合在硅质岩之上。

"啊！原来是不整合！"边千韬惊叫出声。如果真是"不整合"，那就只有一个解释，这里发生过重要的地质事件。要确定这个不整合的性质，就必须扩大观察范围。边千韬继续向周边查探，发现了一大片硅质岩。他拿出工具，测量了硅质岩的产状，又爬上山坡测量石英砂岩的产状，发现这两种岩石的产状很不一致。由此，角度不整合问题得到了很好的印证。心中的疑问解决了，边千韬高兴万分。猛地一抬头，才发现此时夕阳已落，只见天边留下一抹美丽的余晖。想来是自己沉浸在发现的喜悦中，已然忘了时间。该回营了，他得赶紧把这个惊人的发现告诉队友们。

地质组组长、50多岁的张以弗是个老青藏，他对青海的地质情况相当熟悉。边千韬一口气汇报了情况，张以弗先是瞪大了眼睛，张大了嘴巴，继而，是对边千韬的发现产生了怀疑。蛇绿岩实在是个重大的令人震惊的发现，但张以弗对"不整合"有疑问。这太出乎他的意料。为了一解心中的疑惑，张以弗召集了地质组的全体成员，决定第二天去现场一探究竟。当大家到了现场，亲眼所见，一致认可了边千韬的结论。这可真是令人惊奇的发现，已经难以单纯用喜悦来形容。

循着这条线索，地质组的同志们决定一鼓作气，寻找枕状玄武岩等蛇绿岩成员，只是，几天过去了，仍是一无所获。直到第6天，考察队从移山湖考察结束回营地，路上，组长张以弗以敏锐的直觉注意到了北面起伏的山丘中一个突兀的山体，他用望远镜观望了一番，指着对面说："明天我们去那个地方瞧瞧。"

张以蒂的判断是没错的，在那个小山梁上，大伙发现了大面积的灰岩和大理岩，其中还含有化石。研究古生物的沙金庚喜出望外，这样的"宝藏"难能可贵，他蹲下身子，将自个儿埋在那堆石头里，寻找和采集化石。

不知不觉天色已晚，郑祥身、张以莆、郑健康、叶建青等结束了火成岩的考察，返回小山梁汇合，大部队准备回营。

大伙准备撤退的空隙，边千韬忍不住远眺群山，江山如此多娇，他不由感慨。突然，他隐约看见不远处一个马鞍形的山梁上有片黑绿色岩石。"莫不是蛇绿岩？"边千韬内心深处燃起一种神秘的预感。

"我想去那个山梁上看看！"边千韬指着前面对大伙说。

"天色已晚，怕是来不及了吧！"叶建青不同意，其他队员们也不同意。

"就几分钟！"边千韬哪里听得进反对意见，边说边快步向山梁奔去。

从当时地质组所处的位置向马鞍形山梁走，中间隔着一条山沟，这是去到山梁的必经之路。边千韬先是下到蛇形沟，之后沿沟向山梁爬。爬到半山坡时终于见到了之前远远望见的黑绿色的岩石。嘿！是枕状玄武岩！一个个直径约 1 米左右的枕头状黑绿色玄武岩重重叠叠叠在一起，组成了一条宽 50 余米、长 200 多米的壮观的枕状玄武岩带。

"发现枕状玄武岩啦！大家快来看哪！"边千韬激动万分，高呼起来。当他稍微镇静下来回头看时，发现一个人都没有，这才意识到，自己距离同伴们太远了，他们是听不到自己的呼喊的。边千韬急匆匆地往回走，边走边呼喊："发现枕状玄武岩啦！发现枕状玄武岩啦！"

叶建青最先听到他的喊声，恐没听清楚，迎着边千韬跑近了些，等他真真切切听清楚了边千韬的话，这才兴奋地向山梁上的人们传着同样的话。同伴们立即向边千韬奔去。当望见壮观的枕状玄武岩带时，每个人都惊喜不已。

大伙儿顾不得天色已晚，接着在这一带继续勘察。块状玄武岩、苦橄岩、辉绿岩、辉长岩、硅质岩等蛇绿岩成员相继被发现。至此，一个南北宽约 8 千米，东西长约 70 千米，颇具规模的蛇绿岩带（精确说来是蛇绿混杂岩带）呈现在大家面前。

这一日，收工很晚，但大伙都很高兴，全然忘了疲惫和危险。美丽的西金乌兰湖从此与蛇绿岩结合在了一起，美丽地闻名于世界。

日子一天天过去，科考队的收获也日渐丰富。7 月底，风和日丽的一天，李炳元带着一队人马朝着布喀达坂峰走去。在阳光的照耀下，布喀达坂峰景致宜人，垂下一条条晶莹透亮的冰川，云雾缭绕在冰川周围。远远望去，山前的布南湖静得像镜子一般，没有一丝涟漪。湖北面的冰川前缘飘着一片薄云，活像一层曼妙的轻纱，袅袅娜娜。那便是李炳元他们此行的目的地——新青温泉地热区。

早一年，李炳元他们初探可可西里的时候已经做了详细的标记，这一次，他们要来一探究竟。考察队里，诸多同志都听说了这片温泉的事，个个都按捺不住好奇，想亲自去看看。故而，当队里决定考察新青温泉的时候，报名者众多，四辆北京吉普坐得满满当当。地质、地理、生物等专业的考察队员们都挤上了车，一个小时不到就到了云气蒸腾的地热区。

沸腾的水上下翻滚，更有甚者，沸水喧嚣，引得脚下都在震颤，烧灼的热气从砾石孔隙中冒出来。郑祥身用一根细绳将最高可测 100℃ 的温度计（精度 0.5℃）吊在蒸汽孔和沸泉眼中测温。在对 109 个泉口进行测温之后，得出的结论令人振奋。气孔测量了 74 个，大于或等于 85℃ 的有 30 个，最高者竟达 92℃；冒水泉孔测量了 35 个，大于或等于 85℃ 的有 17 个，平均温度为 81℃。测量的温泉温度绝大部分超过或接近当地沸点。这样的情况是前一年李炳元他们没有精确测量到的，故而当时只叫"新青温泉"。事实上，在温泉的分类中，这样的温泉应属"沸泉"了。1992 年，郑祥身等人正式将其命名为"新青沸泉"。

这片地热沸泉群由 150 余个喷汽冒水的泉眼组成，分布于冰川前缘区一条近南北走向的冰融水形成的小溪两侧，西部泉眼密集，多呈群状；东部泉眼较少，以单个泉眼为主。绝大多数泉眼集中在长约 60 米、宽达 50 米的范围内。

沸泉区地表温度高达 40℃—50℃，附近繁花盛开，植物繁茂。蓝色的小龙胆、红色的红景天、紫色的黄芪、白色的点地梅等 20 多种植物争奇斗艳，在周围冰天雪地一片萧索的大环境中，如此生机特别惹人喜爱，这得益于地热对小气候的影响。

在可可西里考察的日子里，天寒地冻，队员们吃不好，睡不好，很多人已有 3 个多月没洗澡了。遇着地热区，如获至宝。中午，大伙把带来的鸡蛋直接放到沸泉中煮，不一会儿就熟了，美美地享受了一顿午餐。趁午饭后的片刻休息，队员们纷纷用温度适宜的温泉水洗脚擦身，好好爽快了一番。

当然，新青沸泉的意义远不止于此，其科研意义是十分重大的。沸泉或温泉是地下热能释放的一种方式。布喀达坂峰附近极高温度的沸泉，证明了断裂切割之深，同时也暗示着底下岩浆距地表相对较浅。新青沸泉的发现为研究青藏高原地热资源及该地的地质演化历史提供了非常宝贵的资料。

以郑祥身等人为代表的科学家们一度提出了一个大胆的假设：新青沸泉是否曾被误认为火山喷发？因为他们通过百般求索，并没有发现此地有火山喷发的痕迹。而在 1981 年美国出版的《世界火山》一书中，写着 1973 年 7 月 16 日，我国可可西里地区发生过火山爆发。故而，可可西里是否发生过火山喷发成了一个悬而未决的疑问，也是科考队特别想解决的科学疑团。

尽管科考队员们很希望找到我国当时来讲最年轻的活火山，可他们找遍了可能的火山爆发点，终究没有找到一丝痕迹。

新青沸泉群 100 多个泉孔日夜不停地喷着蒸汽，形成的烟柱达一二百米之高。20 世纪 70 年代初卫星定位技术还不是很成熟，可能存在计算失误，郑祥身等认为，将沸泉的喷汽柱误认为火山爆发的烟柱也是极有可能的。最终的情况如何，科考队也没有明确定论，但他们可以确定：1973 年，可可西里没有发生过火山喷发活动。

不久之后，考察队副队长温景春陪同领导小组一行人特意赴昆仑山南麓看望了全体队员。时任国家科委主任宋健、中国科学院副院长兼领导小组副组长孙鸿烈发贺电对考察队表示慰问。

1990 年 8 月 23 日，可可西里考察队圆满完成任务回到西宁，青海省人民政府为考察队胜利回到西宁举行了隆重的欢迎仪式。

在与外界几乎隔绝的为期约 100 天的野外考察中，可可西里考察队对区内进行了全面深入的调查研究，收集了丰富的第一手资料，收获了沉甸甸的硕果。科考队首次在高原上提取了长 7.25 米和 5.59 米的两根岩芯，填补了这一地区地学和生物学研究的空白，并获得了一系列的重大发现。在《中国科学院自然资源综合考察委员会会志》中有如下记载：

在乌兰乌拉东山发现含丰富化石的中—上侏罗统海相地层；在冈齐曲发现上二叠系；在乌兰乌拉湖发现未分的石炭纪—下二叠统；在冈齐曲和西金乌兰湖蛇形沟发现蛇绿岩；在五雪

峰找到原生金矿点；在布喀达坂峰山麓发现沸泉群；在湖泊水体中发现金异常。同时发现 6 条活动断裂带，观测到特殊的天气现象滚地雷和沙尘暴；并发现新的植被类型扇穗茅草原；发现哺乳动物 19 种，属青藏高原特有种 11 种，属国家一类、二类保护动物 8 种，藏羚羊、野牦牛群体规模大；发现鸟类 38 种，鱼类 6 种，被子植被 210 种，其中垫状植物有 50 种，植物新种和新变种 7 个；昆虫新属 2 个，新种 55 个。同时还发现了古人类活动遗迹——石器。

更可喜的是，可可西里考察队于 1991 年向国家环保局提交了《建立青海可可西里自然保护区的可行性论证报告》，并附上了《可可西里自然保护区规划方案图》。这一报告于 1992 年 2 月 26 日通过了国家环保局组织的专家论证。

可可西里考察中涌现出了一批优秀的科学家，"青海可可西里综合科学考察丛书"于 1999 年获中国科学院自然科学奖二等奖。武素功、李炳元、温景春、沙金庚、郑祥身、张以茀、张百平、郭柯、冯祚建、顾国安、李树德、边千韬、胡东生、王占刚等 30 人获奖。

六、天河历险

在青藏高原所有的险地中，号称"天河"的雅鲁藏布江是不得不提的一个地方。

雅鲁藏布江河床大部分在海拔 3000 米以上，是世界上最高的河流，被誉为"天河"。由于其丰富的科考价值和水能资源开发价值，对雅鲁藏布江沿线的科学考察伴随青藏科考的始终。

据文献记载，最早进入大峡谷的要算金初普，他 1882 年就曾抵达墨脱一带。不过，这段历史是由这位著名的东方探险家口述，别人记录的。

1914 年夏天，英国人贝利和墨舍德从大峡谷下段左侧的金珠藏布江沿河谷而下，到达墨脱一带，再溯江而上，翻越伯舒拉山进入帕隆藏布江河谷。此行，他们收获颇丰。

10 年后，英国著名植物与地理学家金敦·沃德等进入雅鲁藏布江沿线，发现了一处瀑布，那时，瀑布溅起的水雾在空中形成了漂亮的虹霞，故取名"虹霞瀑布"。金敦·沃德对神秘的雅鲁藏布江意犹未尽，于 1935 年再次进入大峡谷探秘。

之后，不断有外国探险家和科学家造访雅鲁藏布江，但对大峡谷的考察活动都集中在上段和下段，至于从加拉莎到帕隆藏布江汇口的大峡谷中段地区，直至 20 世纪 70 年代，在科学考察上一直处于空白状态。何希吾带领的水利考察组 1973 年对大峡谷的整体考察，是我国首次对大峡谷的整体探险考察，获得了诸多珍贵的一手资料。

1982 年，中国科学院登山科学考察队对南迦巴瓦峰地区进行了多学科综合考察，为揭开雅鲁藏布江的奥秘添了砖加了瓦。

雅鲁藏布江横亘西藏南部，从西向东奔流 1600 多千米后，逐渐贴近喜马拉雅山脉东段，再向东北奔流，迎面是两座大名鼎鼎的雪峰：左边是伯舒拉山的主峰加拉白垒峰，右侧是喜马拉雅山东端的主峰南迦巴瓦峰。咆哮的雅鲁藏布江从两座雪峰之间辟出了一条深不可测的水流通道，绕行南迦巴瓦峰，形成了往复回转的马蹄形大峡弯。1998 年 10 月，国务院正式批准将这世界河流中的第一大峡谷定名为"雅鲁藏布江大峡谷"，简称"大峡谷"。

在南迦巴瓦峰的科学考察中，不少成果与这条大江息息相关。1982 年 10 月 15 日，在结束当年的野外科学考察之后，李渤生带领着越冬组翻越金珠拉山口到达墨脱的格当，开始了为期一年的生物学考察，创造了当时野外连续科学考察时间最长的历史纪录。

第二年，两栖爬行动物专家、高级实验师李胜全就是在南迦巴瓦峰南坡，紧靠雅鲁藏布江江边的墨脱县以南的希让地区发现并抓获了眼镜王蛇，破解了对我国西藏地区是否存在眼镜王蛇的争议。

考察队翻越冰雪覆盖的多雄拉山口，来到蚂蟥和毒虫横行的墨脱，喝到了当地门巴人送来的香气四溢的米酒，采集到了多种动植物标本。马上要准备离开希让了，李胜全却心事重重。因为他的心中始终还有一个谜团没有解开，那就是西藏地区是否存在眼镜王蛇。如果真有眼镜王蛇，那么，气候相对湿暖的雅鲁藏布江沿岸很有可能是其寄身繁衍之所。可这么多天过去了，考察队一无所获。离开希让前的最后一个晚上，李朝全久久不能入眠。

1983 年 8 月 1 日吃罢早餐，考察队匆匆收拾好行李，准备离开希让。热情的门巴老乡纷纷带着香蕉和米酒来送行。突然，一位门巴老乡气喘吁吁地走到李胜全面前，抓住他的胳膊，说了句："大的补西纳有！"李胜全没有完全听明白老乡的意思，但是"补西纳"的意思他知道，在门巴语中是"蛇"的意思。

"哪里有？哪里有？"李胜全兴奋地问。

老乡说着一口门巴话，李胜全听不明白，还好有翻译在。通过好一会儿的掰扯，李胜全才弄明白老乡的意思，大概是：老乡昨天在江边看到一条比碗口还粗大的蛇，他害怕得睡不着觉，心中很不安宁。

"请你快带我去！"听了老乡的描述，李胜全实在太高兴了，他抓起老乡的手，要他现在就带路。

老乡又是摆手，又是摇头，嘴里喃喃有词，大意是，他特别害怕，不敢去。

李胜全生怕到手的大蛇跑掉，苦口婆心跟老乡做工作，真诚地盯着门巴老乡，请求他的帮助。

门巴老乡最终没能拗得过李胜全的坚定，决定给他带路。年轻的考察员小杨也跟着一起去了。听到要去抓蛇，不少老乡也跟在后面想看个究竟。李胜全抓蛇心切，拉着老乡，跑得飞快，很快将大队伍甩在了后面。他们向墨脱以南走了约3000多米，再沿着一条崎岖的山路向雅鲁藏布江边的林子里走去。进了林子，再往前就没有路了，到处是参天的大树和奇形怪状的藤蔓，枯枝落叶足有60—70厘米厚。老乡在前面边带路边开路，在距离江约40米处，老乡突然停住了脚步，身子微弱地抖动着，声音也由于紧张而颤抖："快……快到了。"

李胜全也放慢了步子，几个人警惕地再往前走了几步。由于林子里光线太暗，李胜全睁大眼睛四处观察，不放过任何一个角落。

"就，就是这个地方。可是，没有看见补西纳了，可能跑了，还，还是回去吧！"老乡边说边比画。可他的脸已经紧张得发白，声音在发抖。

李胜全和同行的小杨哪肯死心，继续搜寻着。

突然，老乡打了个哆嗦，不敢多说一句话，只是一把抓住李胜全的衣服往后拉。李胜全瞪大眼睛扫视了一下前方。只见在斜坡外缘约 80 厘米见方的一个小平台的草堆上盘着一个黑乎乎大盘，小平台内侧是陡坡，外侧是靠近雅鲁藏布江的悬崖。那地方易守难攻，特难靠近，大盘的中央是一个脑袋。好家伙，还真是一条大蛇！李胜全觉着像一条蟒蛇。

此时，老乡和小杨紧张地站在李胜全的身后，看见这么大的一个家伙，谁都会害怕。可是，李胜全的兴奋多于害怕，如此好的机会，他是定然不会轻易放过的。

2 米、1.5 米、1.2 米……他们不断向蛇靠近，蛇一动不动。近了一看，李胜全生出一些警惕来："要是不是蟒蛇，而是眼镜王蛇，那可就太冒险了！"李胜全朝蛇丢了几颗石子，那家伙仍然一动不动。回过头，他示意老乡帮忙砍一根近 3 米长的树杈。

拿着树杈，李胜全离蛇越来越近，准备快速突击。突然，蛇前半身竖了起来，脖子呈膨扁状，嘴里发出呼呼声，摆出一副进攻的架势。看样子很像一条眼镜王蛇！李胜全好一阵紧张，老乡和小杨吓得不断往坡上爬，而大蛇不准备放过他们，眼睛直直地盯着李胜全，仿佛树杈一动，它就要扑过来。"只能以退为进。"李胜全盘算着。可他刚退一小步，蛇就开始向前扑，上半身越扬越高，呼呼声也越来越大，毒液不断从嘴巴里喷射出来。

　　向来胆大的李胜全这时候也产生了很强烈的恐惧感，深深地体会到了大难临头的滋味，不知不觉汗水已经湿透衣服。大蛇没有打算就此作罢，不断向李胜全扑来，就在它要向他发起最后进攻的时刻，枪响了。枪是小杨开的，打中了大蛇的尾巴。受伤的大蛇更加愤怒，高高地扬起脖子，不断喷射毒液，挣扎着向李胜全发起进攻。此时怕是没有用的，唯有殊死搏斗。李胜全拿起树杈朝它脖子叉去，连叉了几下才叉住。

　　"快过来帮我压住它！"李胜全冲老乡喊。

　　老乡从未见过这么惊险的场面，已经吓傻了，迟迟不敢靠近。

　　"快来呀，不要害怕！"李胜全急得直跺脚，大声喊叫起来。老乡这才颤抖着来到他身后，李胜全将树杈交到老乡发抖的手中，示意他向下按住。

　　此时的大蛇已经紧紧缠绕着树杈，拼命地做着最后的挣扎。正当李胜全准备冲下去抓蛇时，老乡吓得把树杈扔了，连滚带爬地往坡上跑。瞬间，大蛇又将头扬了起来，要跟人拼命。没有别的办法了，就在大蛇快要向自己扑来的一瞬间，李胜全一个箭步冲上前，一把抓住大蛇的脖子。大蛇拼尽全力与李胜全搏斗，迅速将他的手臂及腰缠住，发出很响亮的呼呼声，喷出的毒液顺着李胜全抓住其脖子的手背往下流。此时的李胜全已经手臂酸软，好在小杨还在。两人齐心协力，拼尽了浑身的力气，用了20多分钟才把这条凶猛的大蛇装进了口袋。

之后，李胜全和小杨拿着钳子来到大蛇盘踞的草堆，把草堆上面的干草轻轻扒开。真是一份巨大的意外收获，下面竟是白晃晃的比鸡蛋略小的蛇卵，有 25 枚之多，卵内的胚胎发育已清晰可见。

李胜全兴高采烈地背着大蛇往回走，前来看热闹的老乡见到了浑身湿透的李胜全，嘀咕着："呀姆呀姆的有，真了不起。"李胜全这才感觉到，袜子好像湿了。他将鞋子脱下来，袜子已被血染红，原来小腿上被蚂蟥叮了多个伤口，鲜血直流。

经鉴定，这条大蛇确实是眼镜王蛇，体长 2 米多，重达 4.5 千克，是毒蛇中体型最大也是最凶猛的一种，还有主动进攻的习性，愤怒时颈部膨扁，不断喷射毒液，有营巢护卵的习性。其背面呈棕褐色，部分背鳞边缘的黑色缀连成黑色横纹，体后段黑色网纹显著，鳞光滑。

这是西藏地区首次发现眼镜王蛇。这一发现的过程虽然惊险万分，却也澄清了学术界的争议，对研究南迦巴瓦峰地区和雅鲁藏布江地区的各种动植物分布规律有着重要的科学意义。

事实上，雅鲁藏布江沿岸不仅适合凶猛的大蛇生长，也适合各种植物和菌类生长。

做真菌研究的卯晓岚在南迦巴瓦峰和大峡谷地区发现了数不胜数的真菌。大峡谷的许多台地和临近的山麓林间草地，为牧民放牧提供了优越的条件。成群结队的牛羊马群给土地随意"施肥"，于是，大峡谷周边地区成了粪生真菌的乐园。

在考察中，卯晓岚和他的同伴们发现，南迦巴瓦峰和大峡谷地区最典型的粪生真菌主要是花褶伞、紧锁花褶伞、粘花褶伞、大花褶伞和半卵圆花褶伞，这些真菌分布海拔较高，绝大多数被列入毒菌之列。

当然，在美丽的大峡谷周围，也生长着诸多硕大的味道鲜美的蘑菇，在河谷草地上分布最广泛的莫过于四孢蘑菇、野蘑菇和红鳞蘑菇。它们生长在腐熟之后的粪肥土上。在雨水充足的初夏时节，万物葱茏，这些硕大而肥嫩的蘑菇如雨后春笋般蓬蓬勃勃地生长，昭示着大自然的无限生机。每年的 6—9 月是野生蘑菇生长的最佳季节。在南迦巴瓦峰和雅鲁藏布江茂密的森林灌丛和高山草地上，蘑菇的种类多得令人称奇。不论是在地上、枯树上、树桩上、苔藓间还是腐枝落叶丛中，到处生长着形色各异的菇类，琳琅满目，好不热闹。

卯晓岚他们研究过，这些蘑菇中可食用的蘑菇有 200—300 种，可供药用的有 80 种以上，毒蘑菇也有不少，毒性严重的若是被误食可直接致命。在南迦巴瓦峰的高山草甸上，生长着一种名声斐然、驰名中外的中药——冬虫夏草。这种奇特的虫生真菌在 18 世纪首次传入西欧时，震惊了真菌学家们。而据科学界的一种说法，冬虫夏草在全世界仅青藏高原有分布，属极为珍稀的物种。

在南迦巴瓦峰和大峡谷周边地区野外考察的日子里，被毒蚊、蚂蟥、毒蛇、草虱子咬伤的事情常有发生。科学考察本身就伴随着冒险，然而，纵是再多艰难险阻，科学家们也会一往无前。诸如发现眼镜王蛇、发现多不胜数的菌类一样的科学大发现在雅鲁藏布江一带不胜枚举。大自然是奇妙的，孕育了万物，也催生了形形色色的事。

时间来到 1998 年，在 10—12 月间，人类首次实现了世界最大峡谷——雅鲁藏布江大峡谷的全程徒步穿越，同时进行了多学科综合科学考察。这一壮举，是由中国人，特别是长期进行青藏科考的老青藏们完成的。这是 20 世纪末科学探险史上的一次伟大旅程。

徒步穿越探险考察队一行 57 人，队长是高登义，组成人员主要是科技工作者和新闻工作者。在西藏当地登山队和民工的协助下，他们兵分四路实施了这一规模宏大的徒步穿越和科学考察计划。一分队以李渤生、仁青平措为首，穿越路线从大峡谷进口沿江南岸直下，越过西兴拉到扎曲大本营结束；二分队以关志华、丹增多吉为首，翻过多雄拉到大峡谷下段的希让，再逆江面而上，经墨脱、甘代到扎曲大本营为止；瀑布分队以张文敬、高登义为首，从扎曲大本营逆江北岸而上，考察沿江的瀑布；大本营分队以杨逸畴为首，从大峡谷进口沿川藏公路考察到波密、然乌一带，负责考察以大拐弯为核心的外围地区。

我们发现，各小分队为首的人员大多数来自中国科学探险协会。这勾起了我们的好奇心。在"百度百科"中，对中国科学探险协会是这么定义的：

中国科学探险协会是由民政部登记管理，中国科学技术协会为业务主管的全国性、学术性、非营利性社会组织。中国科学探险协会成立于 1989 年 1 月 21 日，由从事和热爱科学探险事业的科技工作者、科学探险爱好者及关心、支持科学探险事业的有关人士自愿组成。中国科学探险协会将科学探险、科学事业和科学普及融为一体，不断普及认识自然、享受自然、尊重自然、保护自然的户外活动观念，为我国的户外活动注入科学内涵，提高全民户外活动素质。

中国科学探险协会的首位主席是刘东生，刘东生之后，主席由高登义担任，这两位都是老青藏。那么，该协会跟青藏科考有什么关系？跟普通的探险协会又有什么区别？我们在采访高登义的时候，抛出了心中的疑问。

针对我们的疑惑，高登义先生说："刘先生（刘东生）是这么定义的：科学探险，以科学研究为目的的科学考察活动，这个考察活动有相当的风险。探险，不是以科学研究为目的，但是是以科学思想和科学方法来指导的活动。而冒险，既不是以科学研究为目的，也不是以科学思想为指导的一种挑战自我的活动，这是非常危险的。"

在高登义的叙述中，我们了解到，"中国科学探险协会"最初由高登义向孙鸿烈提出成立建议，由孙鸿烈定名，起草章程并向科委提交申请。成立之初，成员多为参加青藏科考的老青藏们，也不乏中国登山队的探险家。总而言之，这样一支队伍最终为我国的科学探险事业作出了巨大贡献。穿越大峡谷与中国科学探险协会息息相关。

1998 年的大峡谷地区降水比往年多，因为大暴雨，高山峡谷中冰崩、雪崩、塌方、滑坡、泥石流等频频出现，在大峡谷徒步穿越，就是一场与大自然的生死较量。队员们第一天翻过多雄拉山口进入峡谷地带就看到了一个个硕大的马蜂窝悬挂在悬崖峭壁上。人如果靠近，马蜂就会疯狂地主动出击，令人措手不及。一旦被蜇，便会肿成一个个大包子，又痛又麻，好多天都不见消肿。与马蜂类似，蚂蟥之类更是防不胜防。

这一年，负责工作的老青藏们都已年岁较高。大本营分队的杨逸畴 63 岁，已过了花甲之年。第一年春天一到拉萨，他就因急性高山反应而休克；第二年秋末再进大峡谷，途中又因摔跤而休克，可他最终还是坚持完成了这次艰难的穿越。

在没有路的山林里，大家只能逢山开路，遇水搭桥。而走在临时搭建的独木桥上，背着重重背囊的队员们一不小心就会滑落到冰冷的湍流里。一分队就发生过一次险情，有多人掉进了水温只有 3℃ 的水里，好在不是雅鲁藏布江主流，有惊无险。搞地质研究的季姓科考员在激流中漂了十几米之后死死地抱住了一块石头，等到被救上岸时人已经冻僵了。

二分队在地东、得哥、鲁古多次往返经过大峡谷上的溜索，三四百米的距离，一人一索，高悬在江上几十上百米的空中。队伍中还有不少 50 岁以上的老队员，在这样的溜索上穿梭，十分艰险。人民画报社记者杜泽泉，时年已经 58 岁，在溜索攀渡时，头部的藤套保护绳突然折断，人瞬间一个倒栽，挂在江心。突遇险情，又已精疲力竭，人悬在湍流的江面上，四下没有一点支撑。除了自救，没有任何办法。一种"还不如死了解脱"的念头闪过脑海，可转念一想，又觉得自己不能死，求生的欲望终究占了上风。杜泽泉吃力地弓腰起来抓溜索，一次不行，再来一次。在民工们的帮助下，费尽了九牛二虎之力的杜泉泽终于顺利上岸。一上岸，杜泉泽便浑身脱力，一屁股瘫坐到地上，足足半个钟头没有缓过气来。

一分队和瀑布分队分别在李渤生和张文敬的带领下，逆江而上，发现了四大瀑布群。根据测量和考察，从上游往下游确定了它们的地理位置和特征：藏布巴东瀑布Ⅰ，分两股跌落，气势磅礴；藏布巴东瀑布Ⅱ，大峡谷河床落差最大的瀑布，甚为壮观；秋古都龙瀑布，支瀑与主河床瀑布映衬组合，构成峡谷中最壮美的景观；绒扎瀑布，考察队见到它时，正好看到瀑布上方美丽的彩虹时隐时现。在深狭的世界最大峡谷中，集中出现了四大瀑布群，这在全世界都是独一无二的自然奇观。此次考察不仅获得了河流动力学研究的珍贵资料，也对以后雅鲁藏布江的水力和旅游开发有着重要的价值。

值得指出的是，此前在白马狗熊以下的河床上，金敦·沃德见到的"虹霞瀑布",瀑布分队经过考察,证实它已经消失了,不禁令人唏嘘。

徒步穿越大峡谷科学探险行动能成功,与我国的科技发展密不可分。

在 1998 年的徒步探险中,我国测绘家们已经采用了现代高科技手段——全球定位系统,首次实现了利用卫星精确测量大峡谷的创举。他们在大峡谷中成功布设了 21 个全球卫星定位系统测量点,同时配合常规的经纬仪等,对大峡谷部分河段进行了精密的测绘,填补了大峡谷地区的测绘空白。同时,他们也再次以权威性的数据证明了雅鲁藏布江大峡谷是真正的世界第一大峡谷。

发现雅鲁藏布江大峡谷为世界第一大峡谷的是中国的科学家们,首次实现徒步穿越该峡谷的也是中国人。本次科学探险获得的第一手资料,为大峡谷地区的环境保护、资源开发和可持续发展提供了科学依据,同时也为西藏的建设和我国的国防建设提供了服务。

在 21 世纪的今天,随着跨世纪的"一江两河"开发工程、尼洋河流域绿色产业开发工程、大峡谷国家公园开发工程、大峡谷超大型水电站建设工程、"藏水北调"工程的不断列入计划或投入实施,雅鲁藏布江大峡谷已然成为一颗备受关注的璀璨明珠,镶嵌在我国美丽的土地上。

七、青春将永放光芒

在青藏科考的历史上，1973—1992 年被称为"第一次青藏科考"。它与在此之前的开拓性考察、在此之后的深化性考察，共同谱写了恢宏的青藏科考历史。从对青藏高原一无所知，到一步步揭开隐藏其中的奥秘，不管是大规模科考，还是小范围调查，科考队都在努力探索一手资料，填补科研空白。

1989 年，科考队承担了西藏自治区"一江两河"中部流域地区资源开发和经济发展规划的科研任务。这是青藏高原综合科学考察进入深化期的重要标志。所谓"一江两河"中部流域地区，指的是雅鲁藏布江中游及主要支流拉萨河与年楚河中下游的宽河谷地带，囊括了拉萨市、山南地区、日喀则地区有关的 18 个县（区）。在队长孙鸿烈的带领下，科考队从 1989 年开始至 1997 年，深入"一江两河"区域，为西藏自治区区域资源开发和经济发展作出了新的贡献。

对青藏科考而言，1991 年是一个重要的转折年。青藏研究被批准为国家"攀登计划"A 类项目的第二批项目。1992 年，"青藏高原形成演化、环境变迁与生态系统研究"作为国家重大基础项目被列入科技部重点项目。随着这一项目的确立，孙鸿烈又领到了新的任务，这年的 9 月 14 日，国家科委聘请孙鸿烈为该项目的首席科学家，成立了以刘东生、施雅风、李吉均、郑度、潘裕生、李文华等人为委员的专门委员会。同时，"青藏高原形成演化及其环境资源效应"被定为中国科学院的重大项目。这标志着青藏研究进入了第二期，即围绕主要问题进行专题研究、深入理论探索的时期。

这一阶段深入开展研究的主要课题有：青藏高原岩石圈结构、演化和地球动力学，晚新生代以来的环境变化，近代气候变化及其对环境影响的趋势预测，生态系统结构、功能和演化，高原隆起及其对资源环境和人类活动影响的综合研究等。

这个阶段不再按学科分组，而是按任务将多种学科组成若干个综合专题组。每年开一次学术年会，在全国范围内交流成果，确定次年的工作计划。经过努力，青藏科考取得了长足进展。

20 世纪 90 年代初中期，我国的青藏研究还存在经费不足的问题。1994 年春，新华社记者秦春采访孙鸿烈时，孙鸿烈明确谈到关于经费的忧虑。秦春大为所动，将之刊登在新华社内参上。时任国家科委主任宋健看到后对此做了批示。随后，孙鸿烈以及中科院、地矿部、地震局、气象局、测绘局、有关高校等单位一些长期从事青藏基础研究的同志被请去咨询讨论。科技部示意孙鸿烈牵头，起草关于青藏高原研究的长远规划和"九五"计划。十几位院士和几十位专家经过几个月时间的研究讨论，一份青藏高原十五年研究规划，以及"九五"具体规划新鲜出炉了。

为了明确目标，十五年的研究被集中规划在三个领域：一是青藏高原岩石圈地球动力学研究，阐明青藏高原是怎么形成的以及板块的相互作用；二是青藏高原对全球变化的影响和响应；三是青藏高原的可持续发展问题。这些无疑是与全世界都息息相关的重大问题。

十五年研究规划于 1997 年正式开始实施。这一年，青藏研究被纳入国家重点基础研究发展计划（简称"973 计划"）。由于年龄原因，主持了"八五""九五""攀登计划"中青藏研究项目的孙鸿烈不再担任首席科学家。"973 计划"中，青藏研究项目首席科学家的重任落在老青藏郑度肩上，他要带领这支精锐队伍进一步解开青藏高原的诸多未解之谜。"973 计划"中青藏项目第一期从 1999 年正式开始，到 2003 年结束。在郑度的带领下，地矿部、地震局、气象局、测绘局等中科院以外的单位也积极参与青藏高原科学研究，青藏研究形势一片大好。

这一阶段，制定了《青藏高原专项研究计划》，又受西藏自治区有关部门的委托，完成了《西藏沙漠化普查》《西藏沙漠化防治规划》《西藏荒漠化监测》《西藏沙漠化成因与防治对策研究》等。

受西藏自治区相关部门委托，考察队先后承担了一系列调查规划任务，相继完成了《西藏自治区昌都地区可持续发展战略与规划》《西藏自治区昌都地区旅游发展规划》《西藏自治区昌都地区农业发展规划》《西藏自治区生态环境调查研究与评价》《西藏自治区"十五"以工代赈建设规划》《西藏自治区农牧民收入现状与增收途径调查研究》《西藏自治区生态功能分区与评价》等。

关于青藏高原的隆起对于整个世界的影响，郑度给我们作了一个形象的说明。在全世界来讲，南北纬 30 度附近普遍干旱，在阿拉伯半岛中部、撒哈拉一带普遍有沙漠。而青藏高原的隆起，使得我国境内同样纬度的地区气候比较湿润，植被比较丰富。郑度一直提倡尊重自然，顺应自然，不过度向自然索取，不搞过度开发。环境伦理、人地关系从来都是地理学研究的中心问题之一。

郑度其人，大半辈子都在为青藏高原忙碌。等孩子大了，郑度有时也带着爱人出差，行走在祖国的大好河山中。直到 2014 年，爱人年岁已高，体质差了，再也经不起折腾，郑度才没有再出外走动。

采访完郑先生，我们跟他一起下楼，他说他要早些回家，给爱人做饭。这个陪伴了他一辈子的伴侣，年轻时任劳任怨地支持着他的科学事业，现在，他要给她一个幸福的晚年。望着先生远去的背影，大有返璞归真了的纯粹感。

2004 年，"973 计划"青藏研究第二期项目——"青藏高原环境变化及其对全球变化的响应与适应对策"启动，首席科学家的火炬由郑度传到了青藏高原研究所所长姚檀栋手中。项目重点放在研究青藏高原的地表形成过程及演化的规律问题上。

随着青藏高原研究的不断深入，中科院建立了一批野外站。成都山地灾害与环境研究所在贡嘎山建立了森林生态站，西北高原生物所在祁连山建立了草地生态实验站，这也是青藏高原边缘的一个生态站。随着"攀登计划"青藏项目研究的实施，中科院又在拉萨周边建立了拉萨农田生态系统实验站。青藏高原研究所还在纳木错、林芝和珠峰建了观测研究站。这些都表明，对青藏高原的研究已从面上的考察进入专题研究，同时从过去的一般调查进入定点观测研究。

姚檀栋接过了前辈们的大旗，带领着这支心向青藏的队伍朝着更为深远的方向走去。

"青春将永放光芒"，这句话是刘东生院士为青藏高原综合科学考察 30 周年文集《追寻青藏的梦》所写序的标题。这篇情感深切、内涵丰富的文章恰恰言中了成百上千老青藏的心声，其中提到的"青藏效应"被奉为经典。在我们所看到的资料中，也频频见到这篇文章被选录在醒目的位置，细细读来亦是敬佩不已，感慨万千。故而，节选一二以飨读者，回顾那些永放光芒的科考岁月：

当我们谈到青藏高原科学考察的时候，每个参加者都有自豪感。"我参加过青藏考察"已经成为中国科学工作者的一种光荣。这并非是少数人的成就感，也不是到过青藏高原人的专利。这是探索大自然奥秘的梦，这是渴望美好未来的魂，这是青春的光芒，这是青藏高原考察的永恒效应。

现在世界都在讨论青藏高原如何隆起成为地球的第三极，世界都在讨论动植物怎样从这里起源和扩散，世界都在讨论这里如何触发了全球气候变化，世界都在注视这里的环境已经发生了哪些变化和正在发生着哪些变化，世界都在注视着青藏高原将往何处去，以及青藏高原的生态环境会不会成为人类最后的"生命环境的试验田"。

这一切问题的提出和工作进展应归功于中国科学院和其他在青藏高原上进行科学研究的单位。1973 年，"中国科学院青藏高原综合科学考察队"成立了。它的成立使青藏科学研究有了继承过去并延伸到未来的依托。中国科学院前自然资源综合考察委员会，现在的地理科学与资源研究所和孙鸿烈院士、郑度院士等对青藏高原的深刻理解，科考队员对青藏研究的信心，成为青藏高原研究不断深入发展的重要动力。

难得的是青藏高原综合科学考察队已连续工作了 30 年。这宝贵的"承前启后，继往开来"的 30 年所形成的科学工作思想和凝聚力，我们曾称之为"青藏效应"。

　　凝聚起来的普普通通的科考队员们和别人不同的地方是每当面对青藏高原时，我们的心中知道："我们来了，我们还会再来。"

　　因为我们不是匆匆的过客，我们是这块土地的儿女，我们是这块土地的开拓者，我们是这个世界的发现者。所以当我们完成自己的使命以后，我们可以毫不夸张地说，我们带来的是科学，我们留在青藏高原的是青春。

　　"我参加过青藏考察"，这是科考队员们做出的令人羡慕的抉择，因为青藏科考意味着奉献。奉献的崇高价值在于需要。青藏高原需要我们，就是我们最大的光荣。我们做出这样的选择，因为我们正值青春。

　　那是我们永不再回来的青春。这些藏在科考队员们心中的青春，对于很多人来说已经是不需要再多想的往事了，但它却是人们永远不会忘记的青春。

　　青藏高原的综合考察仍在继续前进之中。未来30年或更远将是怎样一个青藏高原？虽然现在还没有人能准确地说出未来的情景，但是人们可以预期以后的青藏高原综合科学考察队将作出更多的贡献，让人们看到永远是青春的青藏高原。

　　对于过去30年，今天是一个终点，但对于未来，今天乃是一个起点，青藏高原充满着希望。

　　后来，郑度又对"青藏效应"进行了深入的剖析和阐述。

他在《青藏高原研究的科学范式、效应及其精神内涵》一文中，按照刘东生的话，将"青藏高原研究的科学范式"归纳为三个特点，即：长期基础研究的平台、传播科学知识的过程、出成果又出思想。将"青藏效应"总结为探索自然奥秘的凝聚效应、学科之间的相互渗透效应、人才涌现的催化效应、不断拓展的社会效应。郑度对青藏科考的体制和文化创新也作了精辟的归纳，他认为"在举世瞩目的青藏科考成果中，国家支持及地方、部队的协助，开放、联合、流动的体制，学术探索自由、鼓励百家争鸣，走向世界、加强国际合作起到了重要的作用"。而"青藏效应"之所以能够产生，自是离不开它的精神内涵。在文中，郑度先生也对此作了阐述，即："创新意识，瞄准国际前沿；立足实地，取得原创数据信息；提倡协作，加强综合集成；结合实际，服务高原建设；持之以恒，献身青藏事业。"最后，郑先生总结写道：

恰恰是上述瞄准前沿的创新意识、立足实地的辛勤工作、大协作的集体主义思想、重视建设需求的务实原则以及献身高原科学事业的崇高精神，使几代科学家汇集在青藏高原研究的旗帜下，形成具有强大凝聚力的"青藏效应"，使青藏高原的科学考察研究事业得以持续发展，不断攀登新的科学高峰。

从刘东生先生和郑度先生的文章中，我们读到了青藏科考的恢宏与不朽。最大的不朽，我们认为是科考过程中所体现出来的永不凋零的精神内核，不仅有其时代意义，更有传之于世、永不过时的历史意义。

科学永无止境。继 20 世纪 70 年代的大规模科考之后，80 年代、90 年代对诸如横断山区、喀喇昆仑山—昆仑山地区、可可西里地区的考察，无疑为青藏科考平添了浓墨重彩的一笔。至此，青藏高原的科学盲区越来越少，空白地越来越少。世界屋脊青藏高原渐渐被科学家们揭开神秘的面纱，带着于世界、于人类有着重大意义的丰富硕果，成为名副其实的"世界极地"。

第五章　世界的极地

Chapter Five

科学无国界。当被誉为"世界第三极"的青藏高原的科学研究一次次震惊世界、影响世界的时候，青藏科考的意义也不再局限于中国。世界屋脊的光芒逐渐辐射到世界的每一个国家，每一片土地，每一个生灵，温暖又美丽。

一、国际橄榄枝

自 1980 年青藏高原国际会议令世界看到了一个不一样的青藏高原之后，世界各国纷纷向我国伸出了谋求合作的橄榄枝。

事实上，青藏高原在科学考察方面并不是 1980 年才对外开放。早在两年前，国际上就盯上了这片内涵丰富的土地。1978 年，联合国教科文组织有七八位科学家对青藏抛来了橄榄枝。在联合国教科文组织的沟通协调下，我国政府同意他们派一个板块构造代表团来我国考察。顾名思义，这次的考察跟地质专业相关。要论源头，得从令世界震惊的"常板块"算起。

精挑细选出来的"板块构造代表团"自是藏龙卧虎，它由10位来自八九个国家的国际知名的地学方面的科学家组成，美国的莫尔纳、法国的卡巴尼亚等知名学者名列其中。

我国政府专门为考察团开放了一条"中尼线"，这条中尼公路从拉萨直通尼泊尔首都加德满都。炎炎夏日，联合国教科文组织的10人代表团来到了中国。在潘裕生等中科院相关科学家们的陪同下，板块构造代表团沿着中尼线足足考察了两个星期。这两个星期的时间里，参与考察的科学家们大开眼界，赞不绝口。回去之后，他们纷纷宣传这一次的中国之行。这样的宣传产生的一个结果是，越来越多的国家递来了盼求合作的橄榄枝，无数双眼睛好奇地、欣喜地、期盼地盯上了青藏高原。

此后，国际上的青藏热持续升温。1980年青藏高原国际会议的顺利召开将这波青藏国际合作考察热推向了高潮，法国人首先拔得头筹。

1981—1984年，中法喜马拉雅联合科学考察顺势展开。这个项目法国一早就跟中科院提出来了，但中科院没有马上应承下来。后来我国地矿部部长到法国访问时，法国政府又一次提出了合作意向，当年就签订了协议。由于不是跟中科院直接合作，参与这次合作的中国科研人员不多。

考察结束回国后，法国科学家率先在国际高水平的杂志上发表了一批文章，在国际上引起不小的轰动。虽然文章也挂上了中国人的名字，但面对这批以法国人为主导的成果论文，中国科学界总觉不服气。不仅中国不服气，英美等国也不服气。

英国皇家学会出面，提出要跟中科院合作，组织一次更高水平的科学考察。理由是，英美不少科学家怀疑法国此次进藏考察所发表的成果并不是真就那么回事，他们想亲自进藏去伪求真。

1984 年初，英美等国派人来我国谈判。1985 年，各国科学家和中国科学家一起进入西藏，从拉萨到格尔木进行了为期两个月的合作考察。时间不短，队伍强大，这样的考察结果自然是令人满意的。在这次联合考察中，常承法是中方的首席科学家。英国皇家学会老资格会员夏戈尔顿是英国的首席科学家，他当时已经 73 岁，但身体非常棒。跟夏戈尔顿同龄的瑞士科学家甘塞尔也参加了此次联合考察，他是研究喜马拉雅的权威，1936 年就开始了有关喜马拉雅的研究，是最早在该领域进行研究的科学家之一。美国的科学家莫尔纳，还有诸多国际上鼎鼎大名的科学家都名列其中。这样一次国际强强联合的综合考察注定会收获可观。考察结束后，他们先是在《自然》杂志上发表《青藏高原地质演化》一文，引起了不小轰动。到了第二年，双方又在北京联合召开了一个会议，决定到拉萨再进行一次考察。这一次，从拉萨到樟木再到加德满都，我国科学家们带着英美科学家横穿青藏高原，走了一条非常完美又有代表性的路线，直到把他们送到友谊桥。考察结束之后，双方合作用英文写了一本书。这本书当年在英国图书市场十分畅销，是当时最畅销的两本科技图书之一。很多年后，这本书还被认为是青藏高原地质考察研究的经典之作，受到国际学术界的高度认可。

之后，我国与各国的联合青藏高原科学考察越来越频繁。

根据中巴科技合作第九次会议协议，1989年秋，中巴科学家对巴基斯坦境内的喀喇昆仑山地区进行了联合考察。这一次中巴联合考察中，来自中科院下属的8个研究所的10名中方科学家参与其中，专业包括地质、地理、生物等方面；巴方科学家则有8名，分别来自白沙瓦大学、卡拉奇大学、巴基斯坦自然历史博物馆等单位。

1989年9月28日，我国科学家由北京经卡拉奇飞抵伊斯兰堡，以喀喇昆仑山公路沿线为主进行了34天的科学考察，野外考察大体按专业分成地质、地貌与第四纪地质、自然地理、植物区系4个组进行。中巴科学家以素斯特、阿里阿巴、吉尔吉特和齐拉斯为基地，对洪扎谷地进行了重点考察。

此次为期约一个月的野外联合考察中，中巴双方科学家对彼此的合作交流和获得的成果很是满意。通过此次联合考察，我国科学家与巴基斯坦科学家建立了联系，促进了双方在地质、地理、植物研究等方面的交流与合作。巴基斯坦科学家对我国青藏高原的科学考察工作有了进一步的了解。联合考察所取得的进展证实了我国青藏科考原有的一些结论，同时也拓宽了科学家们的眼界。

鉴于青藏高原的整体性，郑度、潘裕生等参与了中巴合作考察的科学家们清楚地认识到，青藏科考只局限在我国境内是不够的，必须到毗邻区域去考察，从整体上认识青藏高原。考察结束后，郑度他们建议在可能的条件下，组织有关的国际合作研究，如西帕米尔高原（塔吉克境内）、西喜马拉雅和克什米尔地区等，以完善对青藏高原的整体认识。

自 1997 年青藏科考列入"973 计划"以来，国际合作项目增多了不少。英、美、法、德等国科学家急需青藏高原的研究资料，积极寻找合作伙伴进入青藏高原考察。要争取我国在青藏高原研究方面的领先地位，必须拿出具有国际领先水平的成果。当时，我国科学界也非常需要打开眼界，打开局面。这样一来，国际合作青藏科考成了大势所趋。

1998 年 6 月，中德联合考察组赴西昆仑和帕米尔高原考察。由于项目经费有限，中方队员的帐篷是从中科院新疆生态与地理研究所沙漠调查队借用的。用于沙漠考察的帐篷不适应高寒气候，防寒性能很差，每当到了后半夜，队员们常常被冻醒。而且使用多年的帐篷磨损严重，很多有破洞，雨天"帐外下中雨，帐内下小雨"。

即便如此，科考队员们仍出色地完成了气象、土壤、植被、植物和昆虫等方面的考察任务，获得了大量一手实测资料。中德双方对这次合作都非常满意。

随着青藏高原的重要性越来越显著，国际上也投入了更多的力量到青藏高原考察研究上，我们所列举的只是其中的几次合作。青藏高原这块宝地有着太多的奥秘，吸引并等待着全球科学家共同探索。

二、钻取海拔最高的冰芯

要说国际合作青藏科考，最精彩的一章，非国际联合钻取海拔最高的冰芯莫属。

1997 年 7 月 28 日，青海湖畔遍地金黄，油菜花雀跃地摇摆着柔弱的枝丫，似乎在欢迎远道而来的客人。

一辆越野车载着一群生机勃勃的年轻人从这里经过，往南驶去，直指美丽的冰雪天地——希夏邦马峰。徐柏青坐在副驾驶位，生平第一次走上青藏高原的年轻的他，忍不住时不时探望窗外的山山水水。

这个年轻的小伙子实则是在参加一项了不起的行动——希夏邦马峰联合冰芯考察。在之后的达索普冰川考察期间，他 20 多次往返于海拔 5800 米的大本营和海拔 7000 米的冰芯钻探营地，运送物资和冰芯。跟他一样，在这次行动中，还有很多杰出的科考队员，为了钻取海拔最高的冰芯，付出了常人无法想象的艰辛和努力。

在这支队伍中，有来自全世界的顶尖冰川学家。在中国的阵营里，有徐柏青这样初出茅庐的小年轻，也有姚檀栋这样资深的冰川学家。早在 1987 年，姚檀栋就已与美国科学家一起，在祁连山敦德冰川共同钻取了中国第一支深孔冰芯。此行再入希夏邦马峰，他信心满怀，胸有成竹。

奇迹，将从那一座伟岸的山峰诞生。

站在海拔 5800 米的大本营里，姚檀栋、蒲健辰等冰川学家抬头远望，希夏邦马峰的冰川，犹如一条银白的巨龙，巍峨又冷峻。此行，他们将同外国的顶尖冰川学家们一道抵达 7000 米的高处，钻取迄今为止海拔最高的冰芯，任务艰巨而繁重。冰川学家们异常兴奋，这是所有人都憧憬了很久的愿望。

希夏邦马峰，早在 20 世纪 60 年代，冰川冻土研究的前辈施雅风就已经带队进行了一番考察，成果十分可观。他没想到，多年后自己的学生会带领着团队做出奇迹般的成绩。这也意味着，在青藏科考的道路上，人才辈出。

冰川是在高寒环境条件下，由大气降雪逐年积累并逐渐演变而形成的具有一定规模、形状和流动性的自然冰体。

由于在大气降雪形成运移和降落过程中，大气中的飘浮物质随雪花一起沉积并保存于冰层中，故而，冰川成了过去气候、环境的历史记录者。冰川区海拔越高，气候越寒冷，冰雪的消融越弱，极高山区的积雪甚至不发生消融，冰层中携带的物质几乎全部被保存下来。因此，冰川是过去气候环境变化的天然档案馆，其信息量大、分辨率高、保真度极好。

通过钻取冰芯进行分析研究，可揭示出短至季节、年，长到数万年乃至几十万年的各种自然过程及其变化特征。比如，南北极的冰芯揭示了过去几十万年以来南北极地区的气候环境变化特征。中低纬度地区的冰芯结合南北极冰芯的研究，对全面地解释全球气候环境变化具有重要意义。青藏高原，无疑是中低纬度现代冰川发育最好的地区之一，是冰芯研究最理想的地区。

继 1996 年 8 月第一次攀登海拔 7000 米冰雪平台并试钻浅冰芯取得成功之后，1997 年 7—10 月，中国科学院兰州冰川冻土研究所组织的五国（中国、美国、俄罗斯、秘鲁、尼泊尔）联合希夏邦马峰冰芯科学考察队，再次在海拔 7000 米以上的极高山区，连续工作 40 天，成功钻取了三根冰芯（分成 200 多小节），计 480 米，总重达 5 吨之多。科考队员们付出了常人难以想象的艰苦劳动，创造了科学考察史上的多项世界之最，如群体科考队员攀登海拔最高、采集样品最多、高山工作时间最长、困难和危险性最大等，被评为 1997 年全国十大科技进展之一。

在海拔 7000 米高处连续工作 40 天，无疑是对每个参与者勇气、胆识、体力、意志等方方面面的考验。姚檀栋、蒲健辰亲历了这一次钻取海拔最高的冰芯的工作。

希夏邦马峰被称为世界第 14 高峰，其北坡的达索普冰川是中科院此次研究目标。达索普冰川海拔高，几乎不受人类活动的干扰，冰雪保持着原始的自然状态，为该地区面积在 20 平方千米以上的 3 条大型冰川之一。达索普冰川面积 21.67 平方千米，长 10.5 千米，海拔 7000 米的西冰雪大平台面积在 2—3 平方千米之间。

一眼望去，晶莹洁白的冰雪山峰壁立千仞，仿佛奥秘无穷。雄伟的希夏邦马峰位于印度季风的前缘区，气象万千。达索普冰川落差数千米，蜿蜒陡峻。冰川运动形成的明裂暗隙纵横交错，密如蛛网。冰面上是起伏不定的冰塔，冰下则是暗河，流水哗哗。山峰时而直插云端，时而坠落冰川表面。雪崩冰崩声此起彼伏，声震耳际。海拔 7000 米的冰雪平台，大气降雪几乎不发生融化，每次降雪全部保存。如此得天独厚的天然档案馆，自然信息十分完整，是研究自然环境变化和季风演替等的良好载体。

虽然科考队员们几乎个个都有着丰富的冰川科考经验，也见识过不少冰原世界的奇妙景象，但希夏邦马峰的神秘景象还是深深地吸引着大家的眼球，一个个跃跃欲试，想要一探究竟。

接下来，他们需要深入希夏邦马峰的内部，穿过它的心脏，钻取冰芯，揭示它的千古奥秘。

科考队的大本营在海拔 5800 米处，这已经是常人很难适应的海拔。可对钻取冰芯工作队而言，这只是起点，他们得挑战世界上海拔最高的冰芯，他们得把工作区域搬到海拔 7000 米的极高山区，然后，在此安营扎寨！

　　从海拔 5800 米的大本营到 7000 米的工作区，步步走在冰天雪地里，段段充满着艰辛和危险，冰川消融过程中堆积形成的大小冰碛石块极不稳定，稍有不慎便会石滚人翻。

　　在冰塔林区，科考队员们没有专业的登山装备，也没有登山鞋，穿着雨鞋上冰面，这也是几十年的传统了，怎奈雨鞋穿不了几天鞋底就被磨得光滑。他们提心吊胆地在冰面上走，一不小心就要摔个底朝天。寒冷刺骨的冰，胆战心惊的神经，个个腿脚颤抖。

　　终于走过了冰塔林，前路却是更大的危机。在开辟上山的道路时，姚檀栋他们打开了一处宽大的冰裂缝，那里可真是一个绚丽夺目的美妙世界。近冰面露出形态各异的冰晶，阳光射入，经冰晶的折射反射，五彩斑斓。在大伙儿的鼓动和帮助下，不知是姚檀栋还是蒲健辰先系上绳索下入裂缝，用冰镐敲出立脚台阶。他们曾在一篇合写的文章中细描其景：

　　细观其景，好一座美妙的地下宫殿！经升华凝结在裂隙冰壁上的冰晶，层层叠叠，一个接一个，一串一串的，似花、似树、似禽兽、似灯、似塔、似殿……表面融水下渗过程中形成的一排排冰钟乳，粗的、细的、悬挂的、顶天立地的、似动非动的微型冰瀑、冰浪……一处接一处的梦幻世界，真使人兴奋至极！

　　之后，为争览其景，大伙我上你下，轮番进出，大自然的奇特景致令所有人兴奋不已。

一般情况下，这样的裂缝往往被吹雪遮盖，隐藏起来，表面看上去没有一点征兆，非常平静，几乎没有任何异样。可一旦用脚踩上去，保准被吓得失魂落魄。冰面之下是空的，一脚就能将伪装的薄薄的冰面踩破，然后用冰镐捅，再往下看，好大一个陷阱，光溜溜的，黑咕隆咚，深不见底。谁若撞到这样的裂缝便是撞到了死神。

姚檀栋和蒲健辰都有 20 多年冰川工作经历，走在这样布满裂缝的冰面上时，仍是阵阵发毛。他们想起了前几年在阿尔卑斯山冰川上发现的"古尸"，那人就是掉入这样的裂缝中，冷藏数百年之后，在冰川末端的融出冰雪里被发现。眼下，谁又能保证自己不会成为这样的"古尸"呢！

每每遇到危险性大的裂隙，姚檀栋都要用小红旗做上标志，提醒队友注意安全，以免身陷险境。即便这样，裂缝依旧是防不胜防。1997 年 9 月 1 日，科考队员们和往常一样，全队人员往海拔 7000 米的大本营背物资。可谁也不曾料到，在海拔 6400 米附近有一大片软雪，前面有队友踩到了一个大窟窿，姚檀栋看到了，他赶紧喊后面的人，要他们匍匐在雪上换道走。话音未落，只听得唰的一声，抬头一看，前面的人连人带箱子都不见了！这可把姚檀栋吓坏了，他一边放下自己背上的东西一边喊："快解绳子来救人！"他三步并作两步来到塌陷处往下看，箱子还卡在冰缝中。

"救命啊！救命啊！"只听见箱子下边传来惊慌失措、撕心裂肺的叫喊声。人和箱子还连在一起！大伙七手八脚地拖住箱子，费了好一番工夫，终于把人救上来了。刚刚才和死亡打过交道的队友惊魂未定，全身哆哆嗦嗦直发抖。所幸，他背的大箱子救了他一命。

茫茫冰雪大平台，好似铺了一块洁白的软绵绵的地毯，往上一走，才发现这样的地毯远没有想象中和善。一条腿未拔出，另一条腿又陷进去，让人寸步难行。还有裂缝、冰塔林、两侧山坡频繁的冰崩和雪崩，危险无处不在。

再往上走，从海拔6400米到7000米是一条很陡很长的冰雪槽谷，大部队艰难地跋涉，五步一喘，十步一歇，一走就是几个小时。晴天的太阳是可怕的，走在冰雪槽谷中，就像进入一个太阳灶，烤得人心烦意乱。脸属于保护的重点部位之一，若防护不当，很容易被紫外线灼伤，隔上一个夜晚，脸上便大片大片地掉皮。队友们互相看着一张张掉皮的大花脸，啼笑皆非。

天，随时会变换脸面。当天空飘来几朵乌云，很可能马上就要狂风大作，大雪纷飞。刚刚还沐浴着暖和的太阳浴，现下一个个又被冻得瑟瑟发抖。大家气喘吁吁，风雪打在脸上，伤口沾了雪，刺骨地疼。大伙用疲惫的双肩背着大包小箱，颤悠悠地往山顶爬，那样子，既滑稽好笑，又辛酸难过。

9月中下旬，气温越来越低，风雪肆意，常常一刮就是一整天。当山头的雾气急速移动，就意味着狂暴的风雪将瞬间席卷而来。

风到来时，霎时朦朦胧胧，气浪滚滚，狂风夹带着大雪箭一般直刺过来，使人站立不稳，呼吸不畅，更无法前进，随便移动一小步都有被狂风刮走的危险。姚檀栋他们只能原地蹲下，背对着风，任其肆意拍打。

风雪过后，冰面地形大变，面目皆非，和之前判若两地。本来计划好的路线，被风雪这么一闹，去打钻处的攀登路线也变了，看不到一丝考察队活动过的痕迹。风雪可真是位了不起的雕塑家，将历史活生生地埋藏起来。这时只能等到远方云消雾散，以山头为目标，另外再开辟一条新路。若运气不好云雾不散，那就寸步难行，只能往山顶胡走，不知道要走多少冤枉路。

雪打在身上，队员们急于赶路、采样或观测，顾不得拍打身上的冰雪。风雪无孔不入，就是衣服裹得再严实，也会被灌进大量的小冰粒和小雪粒。冰雪冻结在头发、眉毛和胡须上，在银装素裹的雪山中融化不了，一个个白皑皑的人在雪地上移动时，像极了一个个走动的雪人。

人在这样的环境中，高山反应是极为严重的。缺氧会导致人大脑系统严重失调、记忆力极度衰退、吃不下睡不着等情况。在海拔5800—7000米处，空气中含氧量只有海平面的50%左右，人在这种环境中不携任何东西，空手走路即相当于平地负重几十千克，不干活躺着都难受，随时会有生命危险。科学家们负重前行，这无疑是对生命的挑战。头疼、恶心、脸发肿、腰腿关节疼如家常便饭。一个个嘴唇溃烂，既见不得酸又沾不得辣，连笑都不敢笑，吸气都钻心地疼。一旦睡着，上下嘴唇黏合到一起，一觉醒来，双唇粘得像长到一起似的。这时候，人只能用舌头携带着温暖的唾液慢慢往外顶，很久才能将上下嘴唇分开，常常弄得满嘴是血。

海拔 7000 米被称作"白色禁区"，要在海拔 7000 米处连续工作 40 天，困难可想而知。科学家们就是在这样的海拔之上做常人无法想象的事情——钻取冰芯。

历经千难万险，科学家们终于到达 7000 米营地，他们身上又将发生怎样的故事呢？

在即将开钻的那段时间，工作强度是极大的。为了保证工作不受影响，我方队员和美国、俄国、秘鲁的队员分成小组，轮流住在海拔 7000 米的工作现场。极度疲累、寒冷和饥饿的时候，姚檀栋他们眯缝着眼睛，只渴望有一碗热汤面或是一个热气腾腾的馒头吃，可在海拔 7000 米的冰天雪地里，这些常人唾手可得的东西，却是科考队员们遥不可及的奢望。

天气好时，5800 米大本营会派人送上来一些炒米饭、饼和菜，这是科考队最好的伙食，5800 米大本营的人舍不得自己吃，都紧着在更高海拔处作业的队员们吃。可这样的好东西经过一路的风吹雪打，到了顶上往往已经冻得冰凉，要是留到晚上吃，就跟吃冰冷的石头一般。鸡蛋冻成了冰蛋，队员们饿得紧了就和着冰碴一起咽下去。天气不好时，情况就更糟糕了。山下大本营的饭菜送不上来，队员们只能吃压缩干粮和方便面。方便面不会结冰，但海拔 7000 米的地方不可能有开水泡面吃，只能干吃。连着吃方便面，很快就使人倒了胃口，到后来，姚檀栋他们连方便面的气味都怕闻见。

本来，在极高山区，考察队员的体力消耗巨大，应该要吃更多东西补充能量，可由于高山反应，队员们个个食欲不振，吃饭都为难。这时，只有蔬菜比较受欢迎，大家都爱吃。然而，蔬菜在青藏高原是非常难得的食材，大本营经常断菜，这使得山上的生活更艰难了。吃惯了肉的俄罗斯人总喊着叫着要吃肉，现实却让人无奈。

海拔 7000 米的冰雪世界，雪就是水源，但喝水是非常困难的事。冰雪化水需要一定的温度，必须生火升温，在哪里生火成了一个大问题。帐篷太小不敢在里面点火，雪地里风太大生不着火。大家绞尽脑汁，终于想出一个可行的办法。他们决定从冰雪面向下挖坑，大家费了九牛二虎之力，终于挖出了一个一米多深的雪坑。接下来还得挖一个斜坑做出入通道，再在雪坑面上盖一层塑料薄膜。一切准备就绪，简易的冰雪伙房总算搭成了。说是伙房，实际上只能烧点热水喝。雪的温度低、密度小，融化起来很慢，耗热量很大。大伙铲了雪不断往锅里添，锅内的水却增加得很慢。常常用上一个多小时才能烧开一锅水。海拔 7000 米的地方，水的沸点很低，70℃水就开了，这样的"开水"连方便面都泡不开。

白天工作紧锣密鼓，没时间烧水，渴了就喝点事先准备好的胡萝卜素饮料。按说这些饮料和其他水体一样，很快就会结成冰，那么，科考队员们是怎么喝到液态饮料的呢？原来也是从实践中摸索出来的经验。有人睡觉时把冻结的饮料和八宝粥放入睡袋中，到第二天冰融化了，变成液态的水。临出工时又将饮料瓶装入稍贴身的衣袋里，渴极了掏出来喝上一口，午饭也可以吃上虽然冰凉却没有结冰的八宝粥。这样的经验一经推广，全队效仿。胡萝卜素可防高山嘴裂，可极高山区的紫外线实在太强烈，等到饮料喝光了，大家嘴唇的开裂情况却仍然有增无减。

科考队员们本来带了汽油炉烧水做饭，但是海拔 7000 米的地方，连汽油炉也发生了"高山反应"。汽油不能完全燃烧，不停地冒黑烟，熏得锅上、顶篷上、炊具上全都是黑墨灰。一顿简单的饭做完，做饭的队员常常两手黑乎乎，鼻孔中、眉宇间沾满了墨灰。如果被外面的人看见，非得问一声："你是烧窑的还是烧炭的？"

这样的条件下工作 40 天后，大家的体重都下降了十多斤。在一时烈日、一时风雪的作用下，队员们一个个变得又黑又瘦。刚到希夏邦马峰时，小伙子们个个都是白白胖胖的壮小伙，返回兰州时已经变成黑不溜秋的竹篙竿子。返回兰州之后，一个小伙子的女朋友见到他的第一眼，简直不敢相信自己的眼睛，心疼地惊叫："你咋成这样了？"

白天，山下有人不断背物资上山，山上山下来来往往，日子在忙忙碌碌中十分充实，倒也过得快。到了晚上，山下再也没人上来，在山上宿营的考察队员们住进搭在冰雪上的低矮而单薄的高山帐篷中，帐篷和外面的冰天雪地仅是一层薄薄的尼龙布之隔，刺骨的寒冷钻了进来。大家只能坐着活动筋骨，或是躺着伸一伸腰腿。高山反应带来的不适扰得队员们翻来覆去难以入睡。这样的漫漫长夜，队员们在寂寞煎熬中度过了一个又一个。

早晨 8 点，宿营的队员们得起床做气象观测。一夜的时间，帐篷上结了厚厚的一层冰霜，稍一触动，凝霜哗啦啦掉到衣服和被子上，冰凉的雪粒钻入衣领里，化成一阵刺骨的寒冷，冷得人瑟瑟发抖。

"一、二、三，加油！"过后不久，队员们围到了发动机旁，他们要轮番上阵拉发动机，可总是很难发动。队员们实在拉不动了，一屁股瘫倒在雪地上，鼻孔不出气，两眼冒金星。美国钻机工程师布鲁斯气急败坏，一直骂骂咧咧。发动机发动不了，钻机就开不了工。每人轮番拉五六个回合能启动发动机已经算是侥幸，更多的时候得拉大半个上午，甚至是整个上午的时间都花在启动发电机上。

为防冰芯污染，减轻噪声，汽油发电机放在离掘取冰芯目的地几十米开外的地方。据说那台摆在希夏邦马峰峰顶的发电机是按航空发电机的指标专门设计的，不成想，在如此高海拔的地方，低温缺氧，压缩达不到爆发密度，连这样高规格的发动机都有心无力。

"嗒嗒嗒……"发动机的嗒嗒声是此刻希夏邦马峰上最悦耳的声音，随着嗒嗒声响起，另一侧的钻机带动钻头飞速转动，回返过来一阵"嗞嗞嗞"的声响。钻头不停往冰层里面钻，钻开的冰屑在钻头周围形成了一个小涡旋。所有人都目不转睛地盯着钻头，巴望着能早点看到成果。当终于看到晶莹的冰芯时，大伙激动得热泪盈眶。一小节冰芯足有 1 米长，直径 11 厘米，近 10 千克重。

从冰川深处提取出的冰芯还得经过一系列精细化的处理才能做标本。首先，对冰芯进行特征描述，并仔细记录；之后，对冰芯进行严密封装，以防污染；然后，为了保证顺序和层次不乱，每根冰芯都得进行编号和标示出它的上下端……这些看似简单的步骤，一点都不能马虎，稍有不慎就会影响冰芯的检测结果。随着深度的变化，冰层密度也会发生变化。刀的吃冰量对不同密度的冰层要求不同，钻头的刀口要随着密度的变化而不断调整：吃冰量太小，钻头空转提不出冰芯；吃冰量太大，会将冰芯卡碎。稍有不慎，钻头一旦提不出来，就要造成重大损失。考察队员们跑上跑下，忙得不可开交。

为了保存冰芯，队员们早早沿着雪面向下斜挖了一个 2 米多深的倒梯形雪坑，又在坑中水平方向挖一个洞口，队员们从这个洞口爬上爬下，运送冰芯。从洞口向里，大约有一个 3—4 立方米容积的雪洞，足可存放 200 根冰芯。平时无人进出时，就用箱子将洞口堵住，以便储存。

钻头一天天地往下深入，冰芯一节节提上来，大伙累得气喘吁吁，可一想着希夏邦马峰的千古之谜将随着这一批晶莹的柱状冰芯被揭开，大家又会忘记自己置身于海拔 7000 米的高山之巅，而只是沉浸在那些令人振奋的时刻。

冰芯提取出来了，艰难还在继续。如何将高山之巅的冰芯运输下去？这是一项艰巨的任务，需全体人员共同努力。运输冰芯得等到傍晚气温较低的时候——太阳光强的时候运，冰芯会融化。队员们将冰芯细心地包裹好，又一根根地将其装入托斗，用绳子一道道捆紧。

走在滑溜滑溜的冰雪陡坡上，所有人围着托斗，后边的人用力拽，前面的人使劲刹，尽量让托斗慢慢滑。因为一旦用力不够托斗脱手，就会冰毁人伤；若是来不及撒手，人就会被拖下去，十分危险。大家走在光滑的冰面上，屁股在冰面墩个不停。通过冰塔冰裂区时，冰芯得靠人背，一些地段还得爬着背下去。在危险的地方，所有人都宁肯摔跟头也要保护冰芯。

终于，在大家的百般保护之下，冰芯被运到了海拔 5800 米的大本营，再往下就要用牦牛驮运了。天还未亮，大伙就将事先加了冷冻剂、装好箱的冰芯又是抬又是绑，全部弄到牦牛背上，这样的工作通常要花 3—4 个小时。好不容易打好包，对驮工千叮咛万嘱咐，希望他们赶好牦牛，不要摔着碰着。可牦牛根本不理解冰芯是多么重要的东西，它们走到一起就只顾争先恐后，瞪大眼睛往前挤，有些还会乱撞，钻进大石头空隙里。驮子被挤掉了，牦牛拼命往前跑。队员们抬着冰样箱往前追，牦牛跑得更快了。一个还没追上，另一个又掉了。几十头牦牛接二连三地掉驮子，满山坡的冰样箱，急得大家手忙脚乱。到最后，实在追不上牦牛，只能靠人背。不能等到第二天，必须连夜往下背。科考队员们顾不得身心疲惫，连夜在深山里摸着黑护送，到凌晨四五点钟终于送到转运营地，快速换了冷冻剂装箱，再装上汽车，这才松了一口气。为了保证冰芯安全运抵拉萨，中美双方负责人亲自护送，于黎明前急匆匆踏上了去拉萨的行程。

当所有冰芯都完好无损送达拉萨时，这项国际合作的科学工作才算圆满告一段落。那一个个扣人心弦的远古秘密将随着冰芯的研究逐渐被人类解密。

在希夏邦马峰风刀雪剑的日子里，队员们常常为了获取珍贵的实测资料而以命相搏。每当完成一项有意义的观测或取得一组科学数据，或发现一个有趣的自然现象时，队员们常常兴奋得像个小孩，津津乐道地向其他队员炫耀。

第三大根冰芯即将钻取成功那天，可能老天也能感受到科考队员们愉悦的心情，希夏邦马峰终于云开雾散，虽然仍是严寒，但已经不刮风吹雪，一时间天朗气清。站在希夏邦马峰之巅，姚檀栋他们极目远眺，好一派壮丽的景象。在姚檀栋的一篇文章中，清晰地记录了当时的情况：

希夏邦马峰银光闪闪，似流非流的冰舌四处延伸；天是那样的蓝，和明镜般镶在远处起伏群山之间的冰水湖融合在一起；草原上狂奔的野驴，矫健的牦牛，给寂静的草原增添了无限的生机。领略着大自然的奇异风光，犹如置身仙境之中，顿感心旷神怡，忘记了攀登的酸甜苦辣，也忘记了自我。

我们终于胜利了！60 多个日日夜夜，我们舍生忘死，团结协作抗风雪，斗严寒，蹚冰河，卧冰雪，穿裂隙，攀冰崖，忍耐着紫外线的烧灼，勇敢地跟大自然拼搏，终于战胜了达索普冰川，战胜了希夏邦马峰。冰川事业是勇敢者的事业，豪迈的事业，但是冰川工作，尤其是冰芯工作，确实是一项艰苦的工作。我们付出了辛勤的汗水，但攀登者是无所畏惧的，总是向往无限风光的险峰，总会笑迎新的挑战。

毫无疑问，海拔 7000 米处冰芯的胜利钻取，是一场国际联合科考的胜利，是全人类的胜利。钻取冰芯对于冰川研究具有非常重大的意义。姚檀栋他们钻取海拔最高的冰芯的行动令老前辈刘东生感慨万千。刘东生在《青春将永放光芒》一文中写道：

年轻的姚檀栋和他的伙伴们在希夏邦马峰 7000 米海拔高的冰川上为取得几百米长的冰芯而战斗在冰雪中的身影，使我顿时想起 30 多年前，1964 年，和他差不多一样年轻的冰川学家施雅风、谢自楚和他们的群体在希夏邦马峰 6000 多米海拔冰川上用手摇钻杆取了几米冰芯时的干劲。

仿佛时间凝固了。大自然传递了永远不会消逝的青春。这时候我感觉到了科学考察队的青春。我感觉到了 30 年科学继续传递的能量。

几十年的青藏科考，冰川研究一直是重中之重。

中科院寒区旱区环境与工程研究所苏珍在《青藏高原冰川特征及其变化》一文中说：从 1958 年起，我国就开始了与国际冰川编目接轨的冰川编目，直到 1999 年 9 月完成了中国冰川编目的全部统计工作。根据新编目资料统计，青藏高原我国境内有现代冰川 36793 条，冰川面积 49873.44 平方千米，冰川冰储量 4561.3857 立方千米，分别占我国冰川总数的 79%、84% 和 81%。青藏高原冰川主要分布在昆仑山、念青唐古拉山、喜马拉雅山、喀喇昆仑山、唐古拉山、横断山、祁连山、冈底斯山及阿尔金山等各大山脉以及帕米尔高原、羌塘高原。

如此大的体量和面积，虽集众智进行科学研究，终还是存在一些悬而未决的谜题。在青藏科考中，我们听到最多的关于冰川的争议就是第四纪是否存在"统一大冰盖"，科学家对此有着完全相左的意见。早在 20 世纪 20 年代，有人提出了青藏高原在第四纪冰期中被厚冰层覆盖的观点。20 世纪 50 年代，关于大冰盖的问题被再次热议。 20 世纪 80 年代，德国科学家库勒进一步提出了在 2 万多年前末次冰期中青藏高原存在大冰盖的观点。一时间，关于大冰盖的讨论热烈了起来。是否存在大冰盖直接关系到青藏高原古环境、古动植物等的发展演化。以施雅风、李炳元、李吉均等为代表的中国冰川学家拿出了古环境、古冰川、古生物等方面的证据，否定统一大冰盖的观点。20 世纪 90 年代，在中国举行的国际学术研讨会上，库勒阐述了他的大冰盖观点。这无疑有利于该领域科学问题的深入探索和研究。

"新的更高层次的学术争论有助于推动新的更高水平的研究。"正如刘东生先生所言，争论往往是理论突破的前奏，于科学研究大有益处。

据李炳元、李吉均等 1991 年编制的《青藏高原第四纪冰川遗迹分布图》，青藏高原已发现的第四纪冰川遗迹的范围，其总面积已超过 50 万平方千米，但也可以肯定，即使在最大冰期，青藏高原也未能发育出统一的大冰盖，这在孙鸿烈、郑度主编的《青藏高原形成演化与发展》中有所说明。此外，高原上形态保留完好的火山锥和熔岩台地、含有机质的古湖泊沉积等，均说明不存在连续大冰盖。

如冰芯的钻取一样，冰川影响着全世界，从来都是一个世界命题。相信在将来，国际联合冰川考察会产生更多惊人的成果。

三、"第三极环境"计划

2009 年，一场别开生面的研讨会在北京召开。来自 15 个国家的 70 多名科学家兴致勃勃地赶来。青藏高原，这个美丽的地方，在国际的大舞台上换上了一套更为霸气的新衣——世界第三极。

青藏高原为何被称为"世界第三极"？一个很重要的原因是，它是地球上离天空最近的地方。如果将对流层顶部的高度看作是天空的高度的话，那么，赤道距离天空大概是 16000 米，南极北极距离天空大约是 8000 米，平均海拔约 4000 米的青藏高原，距离天空仅约 5000 米。这样说来，青藏高原这一世界的高极被谓之"世界第三极"也是顺理成章的。

将青藏高原称为"世界第三极"源于何时，至今我们没有找到确切的定论。很久以前，人们用"第三极"形容珠穆朗玛峰，却没有直接扩展到青藏高原。即便是在 1980 年的国际会议上，科学家们还是没有用"第三极"来形容青藏高原，只是用了"最高极"来指称它。有一种说法是，真正把"第三极"与青藏高原联系起来是在《西藏自然地理》一书中，书的前言中写道："青藏高原……在自然地理学上，它是一个独特的中低纬的高寒环境，号称地球第三极。"此后人们频繁用"第三极"称呼青藏高原。这一说法是不是源自此书，尚无定论，总之，如今"世界第三极"的称呼已然深入人心。

事实上，青藏高原作为世界第三极的意义远不止于它离天空最近，而是，如南极、北极一样，青藏高原对于地球的生态环境变化影响巨大。几十年来，青藏科考的科学家们经过长期的野外考察和求证，已经证实，青藏高原的存在，对于同纬度地区的中国大地影响巨大，对全球环境的整体格局也有着深远影响。可以说，青藏高原的隆升极大程度上重塑了中国的环境。如果没有高耸的青藏高原，上海、杭州、苏州等地定然会像世界同纬度地区一样，处于干热的环境中，而绝不可能成为今天这样富饶的城市。青藏高原的隆起，引起了太平洋季风，造就了富饶的江南水土；青藏高原的阻挡，又促成了西北荒漠区的诞生，季风从西北荒漠区携带漫漫黄沙，堆积成了黄土高原……如此环环相扣，形成了中国独特的地理环境。这一切都跟青藏高原密不可分。

多年研究青藏高原的孙鸿烈认为：印度板块和欧亚板块在地球形成的过程中不断移动，最终印度板块俯冲到欧亚板块之下，将欧亚板块抬高，逐渐形成了今天的青藏高原。青藏高原是一个热源，气流往上走，气流与气流相互作用的过程中，太平洋季风形成并进入大陆，在青藏高原以东的中国广大地区形成了太平洋季风气候。

1997年，青藏高原下了一场很大的雪，热源作用降低，太平洋季风随之减弱，停滞在华东一带。有研究人员认为，这很有可能就是导致1998年华东地区严重洪灾的重要原因，这个事件也有力地验证了青藏高原屏障作用的重要性。

2009年召开的研讨会正式宣告了一项国际行动——"第三极环境"（The Third Pole, TPE）计划启动。多国知名科学家组成了"第三极环境"科学委员会和项目办公室。我国青藏高原科学考察首席科学家姚檀栋院士，美国伯德极地研究中心朗尼·汤姆森教授，德国国家自然博物馆馆长、古生物学家福克·莫斯布鲁格教授担任联合主席。同处高原地带的10个国家：中国、印度、巴基斯坦、尼泊尔、缅甸、不丹、孟加拉国、阿富汗、塔吉克斯坦、吉尔吉斯斯坦，悉数参与了"第三极环境"计划，大有一派国际大联合的气势。

"第三极环境"计划其实酝酿已久，早在2008年7月24日，《自然》杂志就以大篇幅对"第三极环境"进行了报道，其标题醒目地写着"THE THIRD POLE"，这是该杂志第一次将青藏高原与南极、北极提到同等重要的位置，并强调了"第三极环境"的重要意义。

何谓"第三极环境"计划？这是一项由中科院主导，联合具有地缘优势的周边国家和具有科技优势的国家，致力于第三极地区环境和区域可持续发展，致力于阐明该地区环境变化与机制的国际科学计划。这一计划旨在提高人类应对环境变化的适应能力，特别是服务于环境灾害防治、生态保护和农牧民增收等问题，以实现人类与自然的和谐发展。它是以青藏研究范式推动综合学科进展的"加强版"。作为青藏事业的延伸，第三极的概念在空间范围上有所放大，由 250 万平方千米扩展为 500 万平方千米。在研究阵容上，除吸纳了周边诸国的力量之外，还有欧美等国科学家的踊跃参与。21 世纪伊始，以"第三极环境"计划为标志，青藏科考开启了国际科学大联盟的新篇章。

"第三极环境"计划涉及八大关键人类科学问题：

1. 处于中低纬度特殊地理位置和极高海拔的第三极地区如何影响北半球乃至全球的气候系统？

2. 第三极地区的环境变化如何影响冰冻圈（冰川、积雪和冻土）、大气圈、水圈和生物圈？

3. 过去不同时间尺度上第三极地区曾发生了哪些重大生态环境变化事件？是怎样变化的？

4. 第三极地区的能水循环及其组成部分有哪些特征？与印度季风和西风有什么联系？

5. 全球变暖背景下，第三极地区（特别是在高海拔区域）

的生态系统将发生怎样的变化？

6.冰川退缩和冰川物质平衡变化将如何影响水循环？其对第三极地区环境变化有何影响？

7.人类活动会在多大程度上影响第三极地区的环境变化？

8.如何恰当应对第三极地区的环境、生态和灾害等问题对社会发展的影响？

"第三极环境"计划启动以来，在国际上特别是在周边各国得到了空前的重视。《自然》《科学》等杂志对该计划作了重点报道。尼泊尔和塔吉克斯坦等国相继成立了分中心，并配备实验室。美国地球物理联合会（AGU）和欧洲地球物理联合会（EGU）这两个地球科学领域最具影响力的国际大会，在其一年一度的学术会上，自2010年以来，特设"第三极环境"专题分会场，由三位联合主席——姚檀栋、汤姆森、莫斯布鲁格担任召集员。此外，"第三极环境"计划还每年召开一次国际资深专家研讨会，各国轮流做东道主，这一研讨会在世界各国备受欢迎和关注。2009年北京会议之后，尼泊尔、印度、德国、美国等国轮番接过火炬，盛情承办。更有甚者，像冰岛这样与青藏高原相距甚远的国家也申请举办研讨会。原来，当时的冰岛总统听说了"第三极环境"计划，希望能与北极研究结合起来，特发出了申请。2011年，他们如愿以偿。由此可见，青藏高原已经是名副其实的"世界第三极"。

实质性的大协作则要落实到联合考察活动中。我国周边的尼泊尔、印度、巴基斯坦、塔吉克斯坦等地，几乎同时开展了相关的联合科学考察行动。联合考察的重点集中在 5 个断面：柯西河—希夏邦马断面、柯西河—珠穆朗玛断面、帕米尔断面、喀喇昆仑断面和冈仁波齐断面。在各国山地建立统一标准的野外观测台站，共建第三极环境数据库是一项基础性工作。这些地方多半既没有卫星信号覆盖，又没有公路交通可以到达，要到人迹罕至的地区去架设自动观测台站，这样的工作并不轻松。

2012 年 5 月，中方专家与尼泊尔学者在尼泊尔境内联合进行野外考察，从喜马拉雅南坡的两处自动气象站回收到一年来的观测数据，其中有 7 天完全靠徒步在山中穿梭。这样的艰苦，在联合科考中再平常不过。

对"第三极环境"计划来说，培养第三极地区青年科研人才也是一项意义深远而重要的工作。中外合作联合官张凡主持青年人才培训班有声有色。首届培训班在尼泊尔举办，参与的国家众多。培训班之外，我国还有一个培养第三极地区青年科研人才的长效机制——向周边国家招收留学生。自2009 年姚檀栋带上尼泊尔籍博士生后，截止到 2016 年，总计招收了 70 多名来自 14 个国家的留学生。这些青年人才大多来自参与"第三极环境"计划的国家，这些青年学子的成长成才为青藏科考的进一步飞跃储备了力量，为探索人类的第三极蓄积了火种。

　　归根结底，"第三极环境"计划的顺利开展与中国青藏高原科考的深入发展密不可分。从 20 世纪五六十年代甚至更早时期的开拓性探索，到 70 年代以来科学工作者们大举进军青藏，填补了区域科学资料的空白，提出并阐明了许多重大科学命题。这是我们老一辈青藏科考工作者的血与汗累积出来的硕果。本书绝大多数篇幅都在讲这段伟大的、可歌可泣的历史。从 1973 年开始，到 1992 年结束，这段恢宏的历史被称之为"第一次青藏科考"，其重要性毋庸置疑。然而，在这之后呢？青藏科考事业又是怎样延伸和发展的呢？

　　1990 年，中国青藏高原研究会成立。这是个在中国科学技术协会领导下，由全国许多知名科学家发起并得到政府部门等多方面支持的综合性学术团体。它是全国性、学术性的非营利性社会团体，是发展青藏高原研究事业的重要社会力量。自成立以来，中国青藏高原研究会理事长分别由刘东生（第一、二届）、孙鸿烈（第三届）、郑度（第四届）担任，并于 1990 年、1994 年、1998 年、2003 年召开了四届全国会员代表大会。

　　此次我们得以采访到青藏科考的诸多老青藏，也是得益于中国青藏高原研究会的帮助和引荐。刘东生、孙鸿烈、郑度等老青藏们将青春奉献在青藏高原的热土上，年老之后，还在为着更好地推进青藏高原的资源、环境和社会经济可持续发展研究而奉献余热，不禁令我们感佩万分。同时，我们也见到了年轻一些的中科院地理科学与资源研究所土地科学与生物地理研究室主任张镱锂，虽说相对年轻，看着年龄也有 50 多岁了。在科学界，这样的年纪可谓"风华正茂"。张镱锂是第二次青藏科考的中坚力量，也是青藏高原研究会的中坚力量。研究会首席科学家姚檀栋因为忙于第二次科考的工作，抽不开时间来接受我们的采访。

2003 年，青藏高原研究所成立，这是中科院根据国家经济社会发展的战略需求和国际科学前沿发展趋势，在知识创新工程科技布局和组织结构调整中成立的研究所之一。目前，青藏高原研究所实行"一所三部"的特殊运行方式。"三部"分设在北京、拉萨和昆明，这些地方，都与青藏高原科学考察有着千丝万缕的联系。

依托于青藏高原研究所，2014 年，中科院青藏高原地球科学卓越创新中心成立了。该中心以中科院在青藏高原地球科学前沿领域已取得的领先优势为基础，通过汇集最具创新活力的青藏高原研究人才，建设世界一流的青藏高原科学研究平台。该研究所以青藏高原多圈层关键过程和相互作用为主线，针对重大科学问题开展基础研究和应用研究。

依托中科院青藏高原地球科学卓越创新中心，2016 年，中科院立项实施了"泛第三极环境"（PTPE）国际计划。顾名思义，这是已经成功实施的"第三极环境"计划的进一步扩展和深化，是"第三极环境"计划服务于国家"一带一路"倡议的新使命。"泛第三极"专指受第三极环境变化影响显著的地区，包括东亚、东南亚、南亚、中亚、东欧等"一带一路"的核心地带和全球人口分布最密集区，面积约 2000 万平方千米，涉及 20 多个国家、约 30 亿人口。

至此，对青藏高原这一世界屋脊的科学考察研究，愈加成了全人类的命题。在我国数以千计的科学前辈几十年的探索基础上，世界屋脊放射出了耀眼的、明亮的光辉。

四、第二次青藏科考启动

2017 年 8 月 19 日，第二次青藏高原综合科学考察研究正式启动，习近平总书记的贺信令考察队和青藏高原的人民欢欣鼓舞。

中国科学院青藏高原综合科学考察研究队：

值此第二次青藏高原综合科学考察研究启动之际，我向参加科学考察的全体科研人员、青年学生和保障人员，表示热烈的祝贺和诚挚的问候！青藏高原是世界屋脊、亚洲水塔，是地球第三极，是我国重要的生态安全屏障、战略资源储备基地，是中华民族特色文化的重要保护地。开展这次科学考察研究，揭示青藏高原环境变化机理，优化生态安全屏障体系，对推动青藏高原可持续发展、推进国家生态文明建设、促进全球生态环境保护将产生十分重要的影响。希望你们发扬老一辈科学家艰苦奋斗、团结奋进、勇攀高峰的精神，聚焦水、生态、人类活动，着力解决青藏高原资源环境承载力、灾害风险、绿色发展途径等方面的问题，为守护好世界上最后一方净土、建设美丽的青藏高原作出新贡献，让青藏高原各族群众生活更加幸福安康。

习近平

2017 年 8 月 19 日

　　盛夏的青藏高原风光旖旎，连日阴雨的拉萨短暂放晴，在青藏高原研究所拉萨分部，来自 5 个科考分队的上百名科学工作者意气风发，齐聚"第二次青藏科考"启动仪式的现场。时任中共中央政治局委员、国务院副总理刘延东在启动仪式上宣读了习近平总书记的贺信，并宣布了第二次青藏高原综合科学考察研究正式启动。队长姚檀栋倍受鼓舞，他双手接过"第二次青藏高原综合科学考察研究"的蓝色队旗。接下来，他要带领这支队伍完成党和国家交给他们的光荣使命。

　　预期长达 10 年的"第二次青藏科考"将以"变化"为主题，总体目标是：揭示过去 50 年来青藏高原环境变化的过程与机制及其对人类社会的影响，预测这一地区地球系统行为的不确定性，评估资源环境承载力、灾害风险，提出亚洲水塔与生态屏障保护、第三极国家公园（群）建设和绿色发展途径的科学方案，为生态文明建设和"一带一路"倡议服务。

在第二次科考中，第三极地区被划分为亚洲水塔区、喜马拉雅区、横断山高山峡谷区、祁连山—阿尔金山区、天山—帕米尔区五大综合考察研究区，按 10 年规划，分两期实施科考研究计划。

在队长姚檀栋的访谈资料中，他详细介绍了第二次青藏科考的远景目标，即通过系统开展从青藏高原到泛第三极的科学考察研究，建立泛第三极地区地球系统的科学理论，领跑国际泛第三极资源环境研究；优化青藏高原生态安全屏障体系和绿色丝绸之路建设方案，为国家生态文明建设、全球生态环境保护和增加全人类的共同福祉作出贡献。

第二次青藏科考开始筹备，老青藏孙鸿烈满怀期待和希望。他对年轻人说："你们光是研究窄的方面很难深入发展，要多学习，扩大知识面。"在他看来，综合考察是一个不断扩充自己知识的过程，第二次青藏科考，应在前人填补了诸多空白的基础上，更注重专题调查研究。

"青藏科考是协同作战，团队中各单位、各专业的人要团结协作，不畏艰险，奋勇向前。"孙鸿烈如是说，我们采访的其他老青藏们也如是说。

当火炬传递到年轻一代的手中，他们准备怎么做？

河湖源综合科考是第二次青藏科考中继"江湖源"之后，2017 年实施的第二个考察计划。自 1998 年第一次踏足青藏，张镱锂致力于青藏高原土地变化科学研究已 20 年。这些年，青藏高原农牧业、城乡建设、自然保护事业都取得了长足进展，可张镱锂知道，土地利用和生态保护的矛盾依然严峻，考察研究工作任重道远。在第二次青藏科考中，张镱锂担任河湖源土地资源考察队队长，他和科考队员们整装待发，为青藏高原土地资源利用和生态环境保护的协调发展不断探索科学途径。

自 1999 年第一次进入青藏高原参加可可西里考察至今，邬光剑已经跟随姚檀栋投身青藏高原冰芯研究多年。第二次青藏科考启动后，他就更为忙碌了。邬光剑现在的研究方向是亚洲粉尘与冰冻圈环境，他想从冰芯粉尘的记录中，进一步窥探青藏高原的大气环境。

青藏高原被誉为亚洲水塔，湖泊又被看作水塔储水功能的核心所在。在此前青藏科考的基础上，朱立平想在第二次青藏科考中再完成 30% 的湖泊基础数据勘测，全面估算青藏高原所有湖泊的储水量和变化。

樊杰提出了在青藏高原上建立"第三极国家公园群"的设想，目前，国家公园主管部门已经采纳了他的建议，这个设想也被列为第二次青藏科考的重点目标之一。樊杰最初接触青藏科考，源自老前辈孙鸿烈主持的院士专家青藏咨询项目，从此，青藏高原对他产生了强大的吸引力。此后，他一直致力于青藏高原可持续性发展的研究。第二次青藏科考，他担任国家公园分队队长，在未来的日子里，他将朝着构建全球最具影响力的国家公园群不断前进。

陈发虎师从老青藏李吉均，虽然此前从未参与青藏科考，但他对青藏研究很有信心。2017 年，陈发虎被调入中科院青藏高原研究所，恰逢第二次青藏科考启动，更深入理解史前人类定居青藏高原的过程和动力这样一个重大的科学命题落在了他和他的伙伴们头上。

取得硕士学位后，杨永平留在了武素功的课题组工作。恰逢青海可可西里综合科学考察，时任队长的武素功将初出茅庐的杨永平带到了青藏高原。那是他第一次涉足这片土地，没想到从此与青藏高原结下了不解之缘。第二次青藏科考启动后，杨永平带队参加了江湖源区和河湖源区的生态与生物多样性考察，对他而言，这才刚刚开始。在未来的日子里，他的任务是为高原植物进行基因检测，在分子层面理解高原植物的适应性演化。

……

以上只是参加第二次青藏科考部分专业人才的简单介绍，还有很多的科学家将参与这次盛举。他们都将在未来的日子里用行动向中国，向全人类交出沉甸甸的答卷。

"是谁带来远古的呼唤，是谁留下千年的祈盼……"我们肉眼所见到的地方，远远不是远方。阳光照在苍茫大地上，孕育了新的希望。希望洒落在人们的心里，开出了绚烂夺目的花朵。循着花开的方向，我们终究会望见那世界最高的神秘屋脊的美丽光芒。

新时代，新高度

北京的初秋，树上的叶子黄得金灿灿，一排一排，一片一片，美得令人沉醉。有一群人，这样的美景，在他们年轻的时候通常是见不到的。嫩叶刚刚抽条，他们就背上了远去的行囊，等再回到家乡，往往已是秃木萧索。他们用青春，用健康，甚至用生命所投身的，是一项关乎全人类的伟大使命。这个美丽的使命叫作青藏科考，这群勇敢的人有一个约定俗成的名字——老青藏。

20 世纪 50 年代以来，青藏科考事业随着祖国迅猛发展的脚步而发展。在过去几十年里，青藏科考大致经历了四个阶段：第一阶段为 20 世纪 50 年代初至 60 年代末，在本书中，我们称之为"艰难的开拓"。毫无疑问，这是一个拓荒阶段，在一些区域性、专题性的科学考察中，取得了第一手重要资料，这些都为后来的科学考察奠定了基础。第二阶段是 20 世纪 70 年代初至 80 年代末，从"八年规划"开始，到可可西里地区综合考察结束。这一阶段国家组织了大规模的青藏科考，上千位科学家参与其中，取得了数以百万计的第一手原始资料。由于其影响之大，成果之丰，1973—1992 年的综合考察也被称为"第一次青藏科考"。第三阶段为 20 世纪 90 年代初至 2003 年，这一阶段紧密结合青藏高原当地的经济和环境需求，开展区域资源合理开发、生态环境恢复与治理、社会经济发展规划等研究工作。青藏科考被列入"攀登计划""973 计划"等国家重点项目。第四阶段大体为 2004 年以后至第二次青藏科考启动之前，这一时期考察研究走向深入，国际合作走向深入。

本书的主体内容集中在第二阶段，即第一次青藏科考，缘于这一阶段在青藏科考历史上的影响之巨，涉及之广，收获之大，都值得我们大书特书。青藏科考选题被列入"'创新报国 70 年'大型报告文学丛书"，在写作之前，我们没有完全了解其中的缘由，只是心中惶恐，这么一个重量级题材，我们能否用手中的笔将其尽可能公允地记录下来？

当我们投身于这个项目的写作，收集到了大量一手资料，并做了深入采访之后，我们的压力更大了。第一次青藏科考的内涵和意义远比我们想象的要复杂，要浩大，要深远。即便我们穷尽了能力，也不可能完完全全、尽善尽美地将其中的内容展示得如它本来的面貌那么丰富。那些可歌可泣的故事，那些家国天下的精神，那些奉献了半辈子青春的人……每一个人物，每一个点面，都可以成为一本厚重的书。要将这些内容浓缩起来，群体性地展示在读者面前，我们诚惶诚恐，不敢下笔。可是，当采访了十几位年逾八十的老青藏之后，我们决定要竭尽全力书写这段历史，哪怕写得不尽如人意。因为，我们要用手中笨拙的笔致敬那个时代，亦要尽可能地传扬那些闪闪发光的精神。如若不然，我们便对不起为青藏科考、为我们的国家奉献一生的数以千计的科学家们。

几十年的考察下来，一批杰出的科学家脱颖而出。在青藏科考这个队伍中，成长了一批两院院士，如孙鸿烈、李吉均、张新时、陈宜瑜、李文华、曹文宣、郑绵平、郑度、滕吉文、姚振兴等，亦有后起之秀如姚檀栋等。

青藏科考周周转转几十年，很多人随着青藏科考的脚步从少年郎熬到了白发苍苍。但老青藏们的满腔热情还未消减，他们总觉得那里还藏着很多很多的奥秘，还有许多问题尚待研究和厘清。故而，哪怕已是耄耋之年，他们仍在青藏研究方面奉献着余热。所幸的是，年轻一代接过了老一辈人的火炬，继续加入青藏高原的科学考察研究之中。

青藏科考的队伍是一支怎样的队伍？我们清楚地记得，在采访孙鸿烈院士的时候，他用了"实在很可爱"来形容。他说队伍中大多为半辈子奉献于这片热土的老青藏。1993年，在成都召开了一次别开生面的会议，纪念青藏科考队成立20周年。大家不无感慨，一支由几十个单位、几十个学科组成的科研队伍能够 20 多年延续下来，长盛不衰，可真是难能可贵。这支队伍之所以有这么强的向心力，原因很多。隐藏着无数奥秘的青藏高原等待所有人去探索，而这个过程是极为艰难的。在青藏科考的过程中，大家一起历经生死，同吃同住，相互学习，相互配合，结出了丰硕的研究成果，也铸就了患难与共的深情厚谊。

我们也深刻地记得郑度先生办公室里那张写着密密麻麻地名的中国地图，以及讲到我们不太清楚的地名时，郑先生非常熟练地在地图上给我们作演示的情景。地图上青藏高原那些密密麻麻的地名，于我等而言，很多都是第一次听到，或是听过却极为生疏的名字，可是，郑度先生以及老青藏们却用脚步切切实实走过那里的每块土地。那些名字他们早已烂熟于心，那里芬芳的泥土已经融入他们的生命，一辈子挥之不去。

何希吾先生摆了一屋子青藏的特色器皿和动植物标本，我们记得最清楚的是他家墙上的牦牛角。那些是他老年时最宝贝的东西，一辈子的青藏情结都熔铸在里面。何先生那枚小小的正方形的印章，以及他从包裹了好几层的精致的小匣子里拿出印章时那饱含深情的样子，深深地刻在我们的记忆中。他告诉我们，在他艰苦的读书年代，就是拿着这枚印章，领了十几年的助学金。是党和国家培育了他，故而，他要将余生的智慧都回馈给国家，为国效力。在我们采访的先生中，很多人都有何先生这样的经历，也有他这样的想法，这样的爱国情怀深深地感动了我们。

　　滕吉文为了科考事业，年纪轻轻牙齿就掉光了。在我们拜访他的时候，他笑起来露出一口假牙，却乐观地告诉我们他现在一切安好。

　　拿着地质锤，背着篓子在青藏高原上采集石头，潘裕生做地质工作差不多做了一辈子。虽然如今已是80多岁高龄，我们见到他时，一种质朴的、脚踩黄土地的踏实感扑面而来，这种气质给我们留下极深印象。

　　被称作"亲王"的冯祚建，活像个老顽童。我们永远不会忘记动物标本楼，冯祚建的办公室里那股刺鼻的药水味，也不会忘记他拉着我们和他的徒孙辈学生，像个孩子般非得要请我们吃饭的样子。这个在艰苦的青藏高原忙碌了几十年的老青藏，到老了，却是如此返璞归真的慈爱模样，真令我们佩服。

　　高登义是到过地球三极——南极、北极、第三极青藏高原的人，他的电脑里面保存了无数张精美的照片，随意挑选一张都可以做电脑桌面。他热爱科学，又将生活过出了艺术的模样，给我们留下了深刻的印象。

　　李明森是我们此行采访中，唯一身体不太好的老科学家。采访的全过程，他都戴着助听器听我们说话，采访的问题，我们写在本子上给他看。看着他，我们不禁感慨不已，人是这世间的沧海一粟，老青藏们终将老去，而我们得赶紧去抢救那些珍贵的资料。

　　陈万勇还有很多想法，他研究了半辈子的古生物，遗憾的是，人类的起源之类的科学问题尚无定论，他多么希望自己还有力气去探究这一人类的终极命题。

郭柯年轻一些，50多岁的年龄，在科学界而言，正值壮年。他讲了满腹的想法，我们听到了青藏科考的新希望。

妻子去世之后，温景春又当爹又当妈，因为要照顾一双儿女，他不能再去青藏高原实地考察，可他却从没有放下青藏科考。他常常带着一双儿女在办公室里熬到深更半夜，他为青藏科考做了很多幕后的筹备工作、编撰工作。

在青藏科考的漫漫长途中，有人在前面冲锋陷阵，也有人在幕后默默耕耘。有人做专业的考察工作，也有人冒着生命危险保驾护航。除了温景春先生这样做幕后工作的专业人才之外，还有一个人群是不得不提的，那便是司机以及后勤工作者。

在青藏高原的特殊环境中，司机是个苦差事。老先生们告诉我们，那时候，大家总是将最好的住宿处留给司机，以保证他们睡眠充足。因为要在狭窄的、弯曲的、陡峻的道路上，甚至根本没有路，随时都有可能陷入荒原暗沼的情况下开车，实在是太艰难，太辛苦了。青藏科考之所以能在那么艰难的条件下取得累累硕果，与后勤保障到位息息相关。青藏科考几十年下来，有些人不幸受伤了，有些人不幸牺牲了，正是他们不畏艰险的牺牲奉献精神，助推了青藏科考事业一步步向前。在此，我们也要特别致敬这些默默为科学考察研究奉献的幕后英雄们。

采访中还有诸多感人的故事，在此不一一列举。老一辈科学家们一心为国，一心为公，团结协作，为青藏科考奋斗终生的气概凝结成一种不朽的精神，久久萦绕在我们的心间，每逢夜深人静，想起来总觉激情澎湃。故而，我们尽可能地将他们的所见、所闻、所历还原到一段段生动的历史场景中，一个个鲜活的故事中，让读者从中细细体会，细细感怀。可我们终究水平有限，笨拙的笔不能表达其万分之一，只选部分印象，以飨读者。

由于我们的能力有限，书中涉及的科学家只是其中的一部分，采访到的科学家更是只有十来人。我们本想采访更多人，可我们了解到这些老青藏大都年岁已高，有些身体不好，有些已经不能很好地表达，有些已经作古。而稍微年轻一些的骨干力量则已经全力投入第二次青藏科考的工作之中，我们不便打扰。因此，虽然涉及的人很多，但我们能采访到的人并不多。

在中科院地理科学与资源研究所和中国青藏高原研究会的帮助下，特别是在宁建贞和袁肖蕾两位女士的沟通协调下，郑度先生亲自为我们拟定了现在尚可采访的人员的名单。在我们到访的第一天，郑度、何希吾、温景春、张镱锂等院里的先生们便亲自来到中科院地理科学与资源研究所，为我们梳理了基本的思路，给我们提出一些可行性建议。在此，我们要表示特别的感谢。

说起青藏科考，说起科考精神，所有人都会竖起大拇指。忠贞爱国、团结协作、不畏艰险、乐于奉献……但凡表示大忠大义的词语几乎都可以用到青藏科考中来。数以千计的科学家用大半辈子的汗与血，铸就了一座厚重的丰碑，永远地屹立在中华人民共和国成立以来迅猛发展的征程中。

"雄关漫道真如铁，而今迈步从头越"，所有奋发图强的过去都是为了充满希望的现在和将来。我们花了浓重的笔墨回顾青藏科考的历史，除了要让世人记住这段峥嵘而光荣的岁月之外，还有面向未来的美好希望。这种希望主要包含两层意思。

其一，希望以青藏科考的故事，让我们的国人从中或多或少地受到鼓舞。青藏科考的精神不只适用于那个时代，那个使命，也适用于每一个时代，每一件事。我们总能从青藏科考的漫漫长途里、故事片段中汲取到一些养分，鼓舞自己。大了来说，为国家、为民族作力所能及的贡献；小了来讲，过好自己眼下的生活，不悲观，不气馁，不消沉。

其二，第二次青藏科考已经启动，参与者多为年轻一辈。青藏高原仍巍峨耸立，时代却在发生着日新月异的变化。随着科学技术的发展，生活水平的提高，我们现在的科研条件毫无疑问已经好了许多。一个时代有一个时代的使命，也有一个时代的艰难。与第一次青藏科考不同的是，第二次青藏科考的重心更多的不在于填补空白，而在于深度挖掘。新一代青藏科考人从老一辈青藏科考人传承而来，他们肩负着新的任务和使命，有着新的目标和方向，同样，他们也必然会面对新的挑战和艰难。老一辈科考人所留下的精神和经验永远是宝贵的财富。

　　"路漫漫其修远兮，吾将上下而求索。"愿新时代下，新的科考人继往开来，站在前人的肩膀上，将青藏科考这一千秋大业推向更高峰。愿我们当下的国人，特别是年轻一代，能在前人伟大精神的推动下，将我们的国家建设得更美好。

2019 年 3 月 4 日初稿

2019 年 4 月 30 日修改稿

参考书目

1.《中国科学院自然资源综合考察委员会会志》（1956—1999），科学出版社，2016 年 8 月。

2. 中国青藏高原研究会编：《追寻青藏的梦》，河北科学技术出版社，2003 年 9 月。

3. 孙鸿烈等口述，温瑾访问整理：《20 世纪中国科学口述史：青藏高原科考访谈录》（1973—1992），湖南教育出版社，2010 年 7 月。

4. 马丽华著：《青藏光芒》，北京十月文艺出版社、西藏人民出版社，2018 年 3 月。

5. 高登义著：《登极取义》，福建少年儿童出版社，2018 年 8 月。

6. 李明森著：《科学探险家的足迹：挺进羌塘高原无人区》，电子工业出版社，2016 年 8 月。

7. 中国科学院青藏高原综合科学考察队编：《西藏土壤》，

科学出版社，1985 年 12 月。

8.《中国国家地理》第三极特刊，2018 年 9 月。

9.《踏遍神州情未了——中国科学院自然资源综合考察委员会科学考察回忆录》（1956—1999），科学出版社，2016 年 8 月。

10. 范云崎、文世宣著：《藏北无人区百日科考纪行》，科学出版社，2015 年 2 月。

11. 高登义、温景春、周正、杨逸畴著：《无止境的科学探险》，山东友谊出版社，2001 年 10 月。

12. 杨逸畴、李明森著：《天河地峡亲历记》，四川教育出版社，2002 年 9 月。

13. 蔡春山著：《勇探"三极"》，时代文艺出版社，2017 年 1 月。

　　1978年前后，在方毅同志的支持下，《哥德巴赫猜想》《小木屋》《胡杨泪》等一批反映科学家和科技创新的报告文学作品相继问世，引起了强烈的社会反响。这些被人们认为反映了"科学的春天"到来的激越文字，已经或依然在影响着很多人的人生选择。

　　2013年5月，中国科学院启动了新一轮机关管理体制改革，成立了科学传播局。在传播局的战略规划中，明确提出创作一批反映科技创新、歌颂科技工作者的高质量文化产品，争取可以传世。在中国作家协会副主席白庚胜同志、中国科学院文联主席（现任名誉主席）郭曰方同志、中国科学院科学传播局局长周德进同志的倡议下，这一想法明确为创作出版一套反映新中国科技成就的报告文学作品。由此，中国科学院、中国作家协会、中国科学技术协会三方达成联合创作一套大型报告文学作品的高度合作共识。2015年1月，中国科学院、中国作家协会、中国科学技术协会主要领导联合会签工作方案，正式将其定名为"'创新报国70年'大型报告文学丛书"。

知易行难。经选题遴选、作家推荐、研究所对接，到2015年11月13日，"创新报国70年"大型报告文学丛书项目举行第一批选题签约仪式，6项选题正式开始创作。其后，项目进入稳步有序的推进阶段，先后组织了4批选题的编创工作。

这是一个跨部门、大联合、大协作的项目，从工作设想到一字一句落墨定稿，数百人为之操劳奔走，为之辛苦不眠，为之拈断髭须。在选题、作家遴选阶段，中国科学院12个分院近60家院属单位提交了选题方向建议，多家研究所主动联系项目办公室，希望承担选题创作支撑任务；白春礼、侯建国、钱小芊、白庚胜、谭铁牛、王春法、袁亚湘、杨国桢、万立骏、陈润生、周忠和、林惠民、顾逸东、王扬宗、彭学明等20余位院士、专家直接参与统筹指导、选题遴选工作，为从根源上保障丛书水准出谋划策；中国作家协会、中国科学技术协会给予项目高度支持，细心考虑多方因素，源源不断地推荐最合适的优秀作家，提供强有力的支撑。

在调研创作阶段，30余位作家舟车劳顿，不辞辛劳深入科研一线调研采访，深挖一人一事。以"青藏高原科学考察项目""东亚飞蝗灾害综合治理""顺丁橡胶工业生产新技术""灾后心理援助十周年纪实""从人工全合成牛胰岛素研究到人工全合成核糖核酸研究""从'黄淮海战役'到'渤海粮仓'""包头、攀枝花、金川综合开发项目""中国植物分类学发展与植物志书编纂""中国科大'少年班'""李佩先生相关事迹"为代表的选题，因涉及年代较为久远，跨越了一代甚至几代人的时光，部分重大工程参与单位遍布全国，部分中国科学院外单位甚至已经取消或重组，探访困难。纪红建、陈应松、薛媛媛、秦岭、铁流、李鸣生、杨献平、彭程、李燕燕、冯秋子等作家，在选题依托单位的支持下，以科研成果为中心，不囿于门户，尽最大可能遍访相关单位和亲历者，尊重历史、尊重科学的初心始终如一。以"从'望洋兴叹'到'走向深海大洋'""从无缆水下机器人研究到'蛟龙'号载人深潜器""猕猴桃属植物资源保护、种质创新及新品种产业化""我国两栖动物资源'国情报告'""中国泥石流研究""文章写在大地上——植物学家蔡希陶""中国北方沙漠化过程及其防治""冻土与沙漠地区工程建设支持西部发展""唤醒盐湖'沉睡'锂资源""澄江生物群和寒武纪大爆发"为代表的选题，采访、调研的客观条件较为恶劣。许晨、徐剑、李青松、裘山山、葛水平、李朝全、毛眉、李春雷、马步升、董立勃等作家，出远海、访林间、探深山、翻石冈、巡雨林、穿沙漠、过盐湖，亲历一线采风，与科研人员同吃同住同工作，以自己的亲身见闻，撰写出最生动的文章。而以"北京正负电子对撞机及二期改造工程""核聚变领跑记：中国的'人造太阳'""从黄土到季风""载人航天工程空间科学与应用""大气灰霾的追因与控制""高福院士和他的病毒免疫学团队""强激光技术""'中国天眼'及南仁东先生事迹"为代表的选题，涉及大量晦涩难懂的基础科学研究及其前沿进展。叶梅、武歆、冯捷、周建新、哲夫、张子影、蒋巍、王宏甲等作家克服极大困难，"跨界"学习自己所不熟悉的科学知识，甚至成了相关领域的"半个专家"。与此同时，中国科学院下属30余家科研院所逾百位分管领导和工作人员任劳任怨、尽职尽责，为作家创作提供支撑保障。如西北生态环境资源研究院办公室副主任岳晓，曾十余次陪同作家前往一线采访，包括环境艰苦恶劣的青海格尔木站和北麓河站（海拔4800米）、宁夏中卫沙坡头站、新疆天山冰川站和阿勒泰站等。

在审读定稿阶段，科学界、文学界近150位专家参与审读工作，为高质量作品的诞生提供有力保障。"冯康先生及其家族对中国科学技术的贡献"选题作家宁肯在书稿初稿创作完成后，秉着精益求精的态度，充分尊重各方建议，先后进行了三次重大调整，所付出的精力与调研创作时不相上下。"周立三先生对我国国情研究的贡献"选题作家杜怀超对作品精雕细琢，根据审读意见不断修改完善，对笔误也一一审校订正，力争做到尽善尽美。

"创新报国70年"大型报告文学丛书的创作出版工作，已历时五年。这五年中，科学与文学相互激荡、科学家与文学家激情碰撞。这些"碰撞"，也成为开展工作的难点所在。例如，书稿标题的拟定，是应当更平实，还是更富文学性？一项科研工作，是应当尽可能全面展示，还是选取最具可读性的片段施以浓墨重彩？一个或多个工作团队中，应当展现什么人物？又该重点展示这些人物的哪些方面？凡此种种，在成稿之前，作家和科研人员都展开了无数轮"激烈"讨论，经过多方考虑才达成一致。这些或大或小的"碰撞"，在编写过程中，是大家的焦虑所在；在最终呈现给大家的这套书中，也许将是最精华之所在。处理或有不周，但作为一种"跨界"的磨合，相信读者会读出不一样的精彩。

"创新报国70年"大型报告文学丛书项目办公室设在中国科学院科学传播局，联合中国作家协会创联部、中国科学技术协会调宣部共同开展统筹协调工作。项目执行单位先后设在中国科学院计算机网络信息中心、中国科学院文献情报中心。前前后后，数十人为之操劳奔忙，他们是中国科学院的杨琳、胡卉、储姗姗、李爽、陈雪、崔珞、王峥、孙凌筱、张颖敏、岳洋，中国作家协会的高伟、范党辉、孟英杰，中国科学技术协会的孟令耘等。这个团队持续跟踪选题创作和审读进展，及时发现问题、解决问题，付出了大量的时间和精力，保障了丛书的顺利出版。

感谢中国作家协会、中国科学技术协会、中国科学院以及浙江教育出版社的精诚合作，感谢各位专家、作家和工作人员对此项工作的辛勤付出，相信"创新报国70年"大型报告文学丛书的出版能够有力地传承科学文化，推进科技与人文融合发展，弘扬社会主义核心价值观和新时代科学家精神，为实现中华民族伟大复兴的中国梦发挥出独特作用。

"创新报国70年"大型报告文学丛书项目组

2019年6月

图书在版编目（CIP）数据

世界屋脊的光芒 / 杨丰美，纪红建著. -- 杭州 ：
浙江教育出版社，2019.9（2019.12重印）
（"创新报国70年"大型报告文学丛书）
ISBN 978-7-5536-9375-0

Ⅰ．①世… Ⅱ．①杨… ②纪… Ⅲ．①报告文学－中
国－当代 Ⅳ．①I25

中国版本图书馆CIP数据核字(2019)第165872号

"创新报国70年"大型报告文学丛书

世界屋脊的光芒
SHIJIE WUJI DE GUANGMANG

杨丰美　纪红建　著

策　　　划：周　俊
责任编辑：王凤珠　严笑冬
责任校对：刘晋苏
责任印务：沈久凌
出版发行：浙江教育出版社（杭州市天目山路40号　邮编：310013）
图文制作：杭州林智广告有限公司
印刷装订：浙江海虹彩色印务有限公司
开　　本：635 mm×965 mm　1/16
印　　张：23.5
字　　数：255 000
版　　次：2019年9月第1版
印　　次：2019年12月第2次印刷
标准书号：ISBN 978-7-5536-9375-0
定　　价：68.00元
联系电话：0571-85170300-80928
网　　址：www.zjeph.com

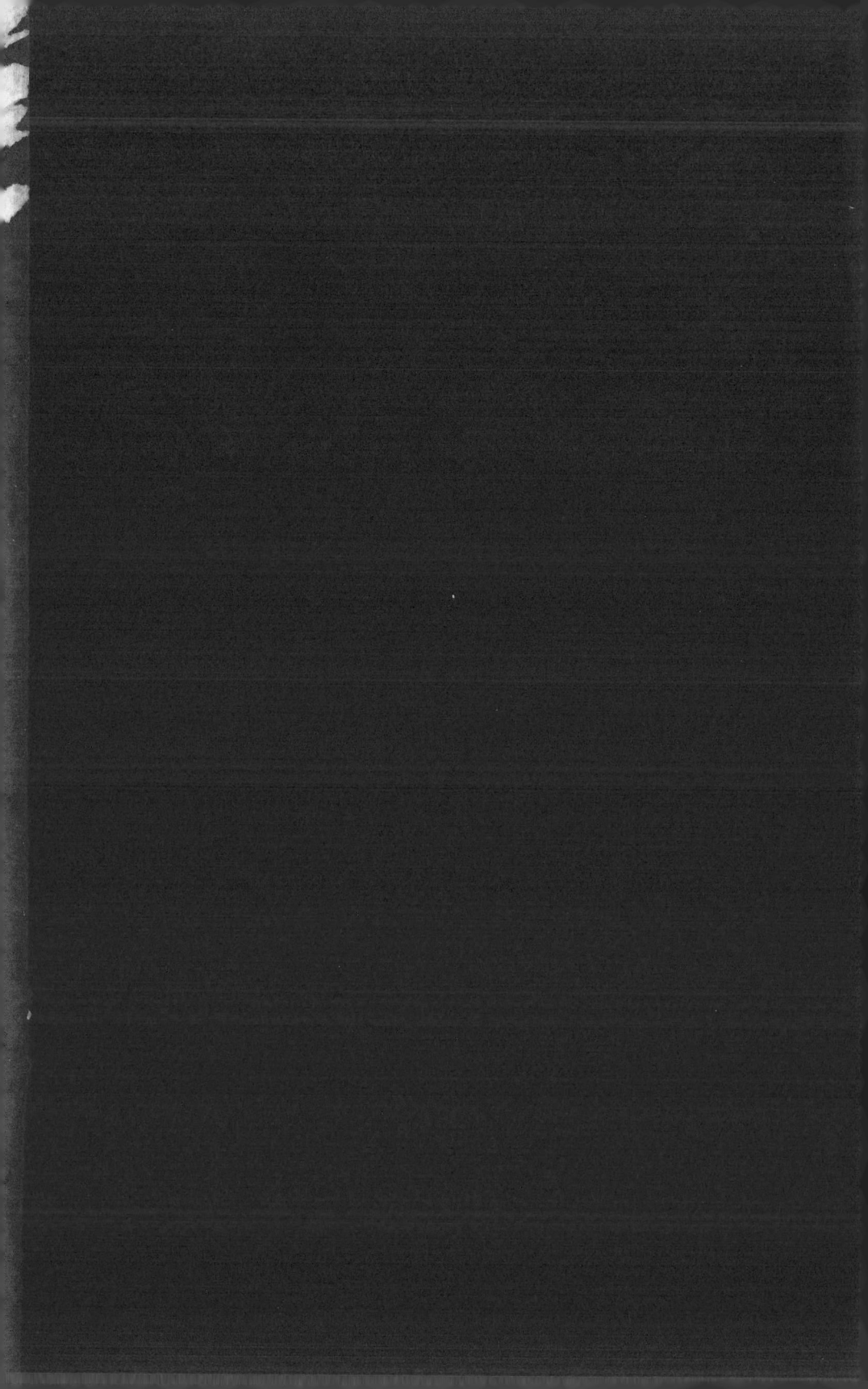